Das Buch

1941 kehrt das deutsche U-Boot 136 unter dem Kommando von Kapitänleutnant Lützow schwer beschädigt vom Einsatz zurück. Nach einem Torpedoversager war es von Wasserbomben getroffen worden. Wegen Meuterei wird die gesamte Besatzung in eine Strafkompanie an die Ostfront geschickt. Doch als aus Washington ein deutscher Geheimagent meldet, daß der amerikanische Präsident Roosevelt im Nordatlantik den englischen Premier Churchill auf dem Kreuzer *Prince of Wales* treffen will, gibt Großadmiral Dönitz, Oberbefehlshaber der Kriegsmarine, den Meuterern von U 136 eine Bewährungschance. Sie sollen das Treffen der Staatsmänner mit allen Mitteln verhindern ...

Der Autor

C. H. Guenter wurde 1924 in Franken geboren. Wie viele seiner Altersgenossen legte er im Krieg das Notabitur ab und wurde zur Marine eingezogen, der er dann bis Kriegsende angehörte. Seine wichtigsten Einsätze erlebte er als Offizier zum Teil auf U-Booten. Seine Laufbahn als Schriftsteller begann C. H. Guenter mit dem Schreiben von Songtexten und Kurzgeschichten. Später folgten Drehbücher und Kriminalromane. Viele seiner Romane erschienen in den USA, in England, Frankreich, Brasilien, Italien und Rumänien.

Die U-Boot-Romane von C. H. Guenter erscheinen als Taschenbuchoriginalausgaben exklusiv bei Ullstein Maritim:

Herr der Ozeane: U 500
Das Santa-Lucia-Rätsel
U-Boot-Einsatz in der Todeszone
U-Boot unter schwarzer Flagge
U 136 in geheimer Mission
U 136: Flucht ins Abendrot
U-77: Gegen den Rest der Welt
U-Kreuzer Nowgorod
U-XXI: Die erste Feindfahrt war die letzte
U-Z jagt Cruisenstern

C. H. Guenter

U 136: Einsatz im Atlantik

Roman

Ullstein

Besuchen Sie uns im Internet:
www.ullstein-taschenbuch.de

Umwelthinweis:
Dieses Buch wurde auf chlor- und säurefreiem Papier gedruckt.

Originalausgabe im Ullstein Taschenbuch
Ungekürzte Neuausgabe
1. Auflage September 2006

Hinweis: Der Titel der Erstausgabe lautete
Einsatz im Atlantik – Das letzte U-Boot nach Avalon I
Umschlaggestaltung: Buch und Werbung, Berlin
Titelabbildung: Viktor Gernhard
Druck und Bindearbeiten: Ebner & Spiegel, Ulm
Printed in Germany
ISBN-13: 978-3-548-26464-6
ISBN-10: 3-548-26464-6

Vorwort

Alle in diesem Roman geschilderten Ereignisse fanden statt. Nur ihre Aufeinanderfolge wurde dramaturgischen Regeln untergeordnet.

Die Namen sind zum Teil erfunden, die Personen hingegen nicht.

Der Roman ist für Leser geschrieben, die vom letzten Geheimnis des U-Boot-Krieges 1941, von politischen Intrigen, von Liebesaffären, von Geheimdiensten und der Gestapo nicht alles wissen, aber den Wunsch haben, es zu erfahren.

I. TEIL

Der Verdacht

1

Im Frühjahr 1940 besetzen deutsche Armeen Dänemark und Norwegen. Der siegreiche Westfeldzug führt zu einem Waffenstillstand mit Frankreich. Deutschland, Japan und Italien schließen einen Dreimächtepakt. Hermann Göring wird Reichsmarschall.

13. Dezember 1940

Der Himmel war so blau, daß es in den Augen schmerzte. Aus der für den Spätherbst ungewöhnlich ruhigen See schob sich ein stählernes Rohr. Etwa armdick. Kurz vor dem Ende trug es ein Glasfenster, oval, nicht größer als ein Handteller. Dahinter verbarg sich ein Auge, nämlich die Sehrohroptik eines U-Bootes.

Das Boot hielt sich außerhalb der amerikanischen Hoheitsgewässer. Es stand jetzt vier Seemeilen querab des Leuchtturms von Kap Hatteras.

In der kalten grünen Tiefe mündete das stahlgraue Rohr in den Kommandoturm und nach noch einmal sechs Metern in die Zentrale.

Das Auge des Sehrohrs hatte sich einmal um 360 Grad gedreht. Im Innern des Bootes sagte der Kommandant, Kapitänleutnant Lützow: »Horizont frei. Astreine Navigation, Obersteuermann. Kap Hatteras peilt in siebenundfünfzig Grad.«

Der Kommandant schob die Mütze mit dem einst weißen, jetzt schmutzigen Bezug aus dem Genick nach vorn, klappte die Armstützen des Sehrohrfußes hoch und ließ das Ganze per Knopfdruck einfahren. Einem Blick auf die Seekarte folgten neue Befehle.

»Kurs drei-null-fünf! Beide E-Maschinen langsame Fahrt!« Dann rief er den zweiten Wachoffizier, einen kaum zwanzigjährigen schiefgesichtigen Leutnant zu sich.

»Sie sollten mit der Bordgymnastik weitermachen, Wessel.«

Keiner liebte Freiübungen in der engen 750-Tonnen-Röhre. Aber das deutsche U-Boot mit der Nummer 136 war jetzt vier Wochen unterwegs. Da wurden die Glieder schlaff. Bis auf eins.

Mitte November waren sie vom Bunker in Lorient an der französischen Bretagneküste ausgelaufen. Nach drei Wochen Kriegsmarsch quer durch den Atlantik mit zum Teil verheerenden Orkanstürmen. Nun fuhren sie schon eine Woche vor der US-Ostküste auf und ab. Leider ohne die Rauchfahne eines Geleitzuges zu sichten. Bis jetzt hatten sie überhaupt nichts vor das Sehrohr bekommen, weder einen Mast noch einen Schornstein. Das alles kostete mehr Nerven als sonst etwas.

»Gymnastik also, Herr Kaleu«, wiederholte der Zweite Wachoffizier.

»Mangel an körperlicher Bewegung, das nagt an der Volksgesundheit«, meinte Lützow in seiner knappen ironischen Art.

Der II WO, wie stets ein wenig vorlaut, bemerkte: »Ein Kakadu sitzt ein ganzes Leben lang auf der Stange und wird hundert Jahre alt, Herr Kaleu.«

Es wurde nicht weiterdiskutiert, doch es kam auch nicht zu den verhaßten Freiübungen, wo man sich stets die Flossen irgendwo anstieß, denn der Horchraum meldete: »Turbinengeräusch in ... aus Süd!« Das Gerät war in der Lage, meilenweit alle möglichen Maschinengeräusche zu unterscheiden.

Der Kommandant stieg in das Horchschapp und setzte selbst die Kopfhörer auf. Sie drehten an der Feineinstellung. Bald wußten sie mehr. Das unbekannte Fahrzeug lief etwa zwanzig Knoten und würde ihren Kurs kreuzen.

Der Obersteuermann berechnete den Punkt der Begegnung. Nach vierzig Minuten entschied der Kommandant: »Auf Sehrohrtiefe gehen!«

Die Ruder wurden gelegt, beide oben. Die E-Maschinen summten lauter.

»Vierzehn Meter!«

Ein kurzer Rundblick, schon zog Lützow das Sehrohr wieder ein. Nach einem für ihn typischen Daumen- und Zeigefingerdruck in die Augen sagte er: »Zu groß für eine Privatjacht, zu klein für einen Küstendampfer. Schauen Sie sich den mal an, I WO.«

Der Oberleutnant musterte durch das Periskop das eingehend elegante weiße Schiff. »Eine Hochseejacht, Herr Kaleu.«

Lützow studierte noch einmal die Schiffsumrisse. Dazu schaltete er auf die große Angriffsoptik. Der Obersteuermann blätterte das Flottenhandbuch durch, aber sie kamen zu keinem sicheren Ergebnis.

»Das könnte die amerikanische Staatsjacht sein.«

»Mit Roosevelt an Bord?« fragte der II WO. »Den würde ich gerne mal über den Zeh stolpern lassen.«

»Wie denn? Roosevelt sitzt seit seiner späten Kinderlähmung im Rollstuhl.«

»Dann einen Torpedo, daß die Puppen tanzen. Nur so zum Spaß.«

Kopfschüttelnd fragte der stets überlegen ruhige Lützow: »Was bitte war am siebten Mai 1915?«

Darauf wußte keiner eine Antwort. Nur der Leitende Ingenieur, der im Kugelschott zur Zentrale lehnte und mitgehört hatte, ließ die Fingernägel durch seinen U-Boot-Bart kratzen. »Ich glaube, am siebten Mai 1915 hat ein deutsches U-Boot vor Liverpool den Ozeandampfer *Lusitania* versenkt. Dreißigtausend Tonnen.«

»Es gab vierzehnhundert Tote«, ergänzte Lützow, »und zwölftausend Tonnen Munition gingen dabei hoch. Die britischen Seelords dirigierten die *Lusitania* absichtlich vor die Torpedorohre unseres U-Bootes. Amerika hat heftig dagegen protestiert. Heute würde so ein Zwischenfall zum sofortigen Kriegseintritt führen. – Nein, meine Herren. Außer dem Eintrag ins Kriegstagebuch wird diesmal nichts stattgefunden haben.«

Das deutsche U-Boot änderte seinen Kurs geringfügig, ging auf sechzig Meter Tiefe und setzte seine ermüdende Patrouille fort.

Nur der II WO maulte herum: »Ich wäre gern als Prisenkommando an Bord gegangen. Die Amerikaner haben neuerdings Lippenstift mit Pfefferminzgeschmack. Nur als Souvenir für mein Fräulein Mutter.«

»Die deutsche Frau benutzt keinen Lippenstift«, sagte I WO Rahn.

Der Unterwassermarsch bei Tage saugte die Batterien leer bis zum letzten Ampere, wie Jungkälber das Euter der Mutterkuh. Mit besorgtem Gesicht stand der LI vor Lützow. Wie alle – und alles hier – stank er nach Dieselöl, nach Abgasen, nach Salzwasserfeuchtigkeit, nach Schimmel und Gammel, eben nach U-Boot.

»Schon wieder mal soweit?« fragte Lützow.

Der LI nickte. Ohne elektrische Energie ging unter Wasser nichts. Lützow ließ also auftauchen, um in nächtlicher Überwasserfahrt mit den Dieseln und Generatoren die Akkus aufzuladen. Das dauerte bei halber Fahrt und neunzig Umdrehungen ungefähr fünf Stunden. Dabei mußte die Turmwache höllisch auf jeden Schatten, auf jedes Flugzeug aufpassen, als ginge es ums Leben.

Parallel zur US-Küste, mit Generalkurs Baltimore, zog U 136 seinen verräterisch hellen Kielwasserstrich. Zum Glück war es eine mondlose Nacht. Gegen Morgen, die Batterien waren einigermaßen voll, schob der Oberfunkmaat den Kopf durch das Turmluk.

»Funkspruch vom BDU, Herr Kaleu.«

Die Blechkladde wurde hinaufgereicht. Der Text war bereits entschlüsselt. Lützow überflog ihn im Schein einer abgeblendeten Lampe. Dann machte er seinen berühmten Buckel, der die stämmige Figur gedrungen erscheinen ließ.

Der I WO kam auf die Brücke. »Der Fühlungshalter hat einen Geleitzug entdeckt, Herr Kaleu.«

»Ja, U 86 Schneider«, sagte Lützow.

»Das Geleit ist vor einer Woche aus New York und Boston ausgelaufen. Sie sammeln sich jetzt bei Neuschottland.«

»Vor Halifax«, präzisierte Lützow. »Das sind Pi mal Daumen neunhundert Seemeilen.«

»Das wäre bei großer Fahrt in zwei Tagen zu schaffen, Herr Kaleu.«

»In drei Tagen«, schränkte Lützow ein. »Die Dampfer sitzen ja nicht wie die Henne auf dem Ei. Aber sie laufen nie schneller als ihr langsamster Pott. Bestenfalls neun Knoten.«

Lützow übergab dem I WO die Wache. In der Zentrale beugte er sich mit dem Obersteuermann über die Seekarte. Sie steckten den Kurs von ihrer Position bis zu jenem Planquadrat, in dem das Geleit stand, ab. Der Obersteuermann zirkelte die Suchkurve. Später wurde der LI hinzugerufen. Wie so oft stellte Lützow die Vertrauensfrage: »Treibstoffvorrat, Behrens?«

Der Leitende hatte längst peilen lassen, weil er sich immer Sorgen machte. Unverzüglich kam die Antwort: »Knapp fünfzig Tonnen. Mit hundertzwanzig Tonnen gingen wir in Lorient raus. Das reicht meist knapp für siebentausend Seemeilen. Unser Verbrauch liegt bei eins Komma acht Tonnen für hundert Meilen. Bei Normalfahrt.«

Erneut begann die Rechnerei. Zwar hatten sie genug Treibstoff für die Rückreise, aber keine taktische Reserve für eine Geleitzugsschlacht und schon gar nicht für drei Tage Sturmritt.

»Und die Diesel«, erinnerte der LI mit Leidensmiene.

Lützow spottete es weg. »Weiß schon. Ihre armen Diesel. Heilige Muttergottes! Das Boot ist neu, kaum sechs Monate alt. Das müssen die Maschinen aushalten.«

»Außerdem«, bemerkte der Obersteuermann, ein ehemaliger Fischdampferkapitän, »rechnen sie beim Befehlshaber der U-Boote in Kernevel jedes Pfund Torpedo, Treibstoff und Proviant genau mit.«

»Der BDU wird uns einen U-Tanker entgegenschicken«, hoffte Lützow und traf seine Entscheidung. Als hochdekorierter Ritterkreuzträger konnte er gar nicht anders.

»FT an BDU, verschlüsselt: Zehn Torpedos, neunundvierzig Tonnen Treibstoff. Operieren auf Geleitzug.

gez. Lützow.«

Der Funkspruch war noch nicht hinaus, da kam schon der Befehl: »Beide Diesel große Fahrt. Neuer Kurs: Fünf-zwei Grad. Und paßt mir bloß auf da oben auf dem Turm. Jede Ölsardine, jede Nachtigall, die trapst, ist mir zu melden.«

Dann wandte sich Lützow an den II WO: »Ich mache ein paar Stunden klar bei Auge.« Er verschwand in der O-Messe, warf sich auf die Koje in seinem engen Schapp und zog den grünen Filzvorhang zu.

2

Die USA pachten von Großbritannien für 99 Jahre unter anderem die Bermudas, Jamaika, Trinidad, Britisch Guayana und Santa Lucia. Dafür liefert Amerika 50 alte Zerstörer an die englische Marine.

16. Dezember 1940

Am Morgen rief der General den Diplomaten an. Er faßte sich kurz, denn er fürchtete, sein Telefon sei von der Gestapo angezapft.

»Höre, du bist aus Tokio zurück«, sagte er. »Sehen wir uns?«

Bodo von Zelitsch hatte damit gerechnet und war sofort bereit. »Wann und wo?«

Wie immer, wenn er die Kaiserhofbar am Kurfürstendamm meinte, sagte der General Reginabar. Oder umgekehrt. Ein Sicherheitsritual, das sich bewährt hatte.

»Regina. Heute zweiundzwanzig Uhr.«

»Ich bin da. Kommt der Professor auch?«

»Mit Sicherheit.«

»Und«, fragte der anspruchsvolle Diplomat, »wird es Champagner geben, Kaviar, Mokka und Havannas?«

»Dafür sorge ich.«

»Fein, Harald«, sagte der Legationsrat I. Klasse, »ich freue mich.«

Der General legte auf. In normalen Zeiten, bis Kriegsbeginn also, hatten sie sich einmal im Monat zu einer Aussprache getroffen, weil es für bestimmte Kreise wichtig war, daß sich Fachleute aus Forschung, Wehrmacht und Diplomatie gegenseitig unterrichteten. Vor zwei Jahren, ehe er bei Nacht und Nebel als einer der letzten aus Berlin fliehen mußte, hatte noch ein jüdischer Bankier zu der Runde gehört. – Nun hielten sie die Tradition, soweit das noch möglich war, zu dritt aufrecht. Dabei gaben sie sich nach außen hin den Anschein, als seien sie nur deshalb befreundet, weil sie Wein, Weib und Gesang liebten. Im Grunde waren sie Verbündete, die Hitler haßten und sahen, wie er Deutschland auf dem Weg von Sieg zu Sieg in den Abgrund führte. Gegen 19 Uhr fuhr der General im Dienst-Horch vom OKM in seine Wannseevilla. Nach kurzem Imbiß kleidete er sich um. Wenn er sich mit Kant und Zelitsch traf, trug er stets Zivil.

Das Radio dudelte einen Schlager. *»Laß die Frau, die dich liebt, niemals weinen«*, sang Rudi Schuricke eunuchenhaft.

»Stellen Sie den Kasten ab!« rief er zu seiner Haushälterin ins Erdgeschoß hinunter.

Die in Samtblau, Mahagoni und Messing gehaltene Kaiserhofbar lag in schummrigem Licht. Ein Duft von Parfüm, Cognac und Tabak hing überall – in den Tapeten, in den Teppichen und Polstermöbeln. In der Ecke spielte ein Trio. Baß, Gitarre und Piano. Am Flügel saß ein hohlwangiger blonder Reserve-Siegfried. – Bestenfalls kriegsverwendungsfähig »Heimat«, schätzte General Harald Nordstein.

Der Oberkellner führte ihn zu seinem gewohnten Platz in einer gutgedeckten Nische. Auf dem Tisch stand eine Kerze. Der Ober wollte sie anstecken.

»Laß den Quatsch, Detlef«, sagte der General.

»Der Professor ist schon da, Herr General. Mußte rasch mal telefonieren.«

Wenig später erschien Kant, mager, fast dürr, und kurzsichtig – so wie man sich einen Physiker, der sich gegen die Umwelt tarnt, vorstellt.

Sie sprachen wenig. Mit der Bestellung warteten sie, bis der Diplomat kam. Als könne ohne ihn das Spiel nicht beginnen, obwohl an diesem Abend keiner an Skat dachte.

Mit Verspätung erschien Zelitsch. Hochgewachsen, elegant, mit grauem, scharfgeschnittenem Oberlippenbart sah er ein wenig aus wie von Papen. Lässig warf der Baron seinen gefütterten englischen Trenchcoat über die Sessellehne. »Bekam kein Taxi«, entschuldigte er sich. »Ist ja fast schon wie in Tokio.«

Damit war das Stichwort gefallen. Er fing an zu erzählen. Einmal in Fahrt, war er schwer zu bremsen.

»Das Reich im Zeichen der Sonne bereitet sich auf Krieg vor«, lautete die Quintessenz seines Berichtes, »bei Tag und bei Nacht. Wie die Überpreußen. Die Japaner eskalieren die Lage im pazifischen Raum planmäßig. Ein Nadelstich gegen Amerika hier, ein Fußtritt dort. Die USA reagieren zunächst nur mit wirtschaftlichen Sanktionen. – Noch. – Aber eines Tages, das schwöre ich, schlagen sie los. Das wird ein fürchterlicher Kladderadatsch. Dann gibt es Haue auf die gelben Ärsche.«

»Und wir, als Japans Achsenverbündete, hängen mit drin«, fürchtete der General, stets gerade sitzend wie ein Ladestock. »Das fehlte noch.«

»Was heißt fehlte noch?« fragte der Diplomat, der mehr über die Lage in Ostasien als in Europa wußte.

Aber zunächst einmal bestellten sie.

»Für mich einen Kaviartoast«, bat von Zelitsch.

»Beluga ist längst aus«, bedauerte Detlef, der schwule Oberkellner, »Toast ebenso. Was wir haben, ist deutscher Kaviar. Heringsrogen fein gesalzen auf Graubrot mit Margarine.«

»Und für mich eine Flasche Schampus«, orderte Kant.

»Gibt nur noch Sekt, Herr Professor.«

»Dann bitte eine Flasche Mosel.«

»Fränkischer Bocksbeutel wäre noch da, Herr Professor.«

Der General hatte mitgehört und wurde bescheiden. »Für mich einen guten Schwarzwälder Himbeerschnaps. Danach einen Mokka.«

»Schnaps«, notierte Detlef, »für gut kann ich nicht garantieren. Mokka geht leider auch nicht. Aber unser Ersatzkaffee ist stark und süß.«

»Zuckersüß?«

»Sacharinsüß, Herr General.«

»Mit Sahne, bitte.«

»Mit Trockenmilchpulver, Herr General. – Sonst noch Wünsche?«

Der Professor verzichtete daraufhin nicht nur auf eine Havanna, sondern auf jede Zigarre.

»Gehen die Noten für die Kapelle auch auf Bezugschein?« fragte von Zelitsch anzüglich.

Im selben Moment fing das Trio wieder an. Es spielte ein abgeleiertes Filmliedchen. Der Blasse am Flügel sang dazu den Text: »In der Nacht ist der Mensch nicht gern alleine.«

Der General beugte sich vor und nahm den Gesprächsfaden wieder auf. Jetzt allerdings mit gesenkter Stimme. Seine Freunde wußten, daß er im OKW saß und Kommandeur einer Panzerdivision war, die in Döberitz lag. Er trieb die Schulung von Panzerbesatzungen voran. Das brauchte Nordstein nicht extra zu erwähnen. Was er von sich gab, war jedoch eine heiße Information.

»Wir bilden unsere Panzerbesatzungen für einen Großangriff aus, und zwar für den Einsatz in einem Land mit riesigen Räumen, mit Steppencharakter und strengen Wintern. Mehr äußere ich nicht dazu.«

Der Diplomat sprach es ungeniert aus. »Für Rußland.«

Erschrocken legte der General den Zeigefinger an den Mund. Doch dann setzte er hinzu: »Wenn Hitler Rußland überfällt, ist das sein Ende. Das übersteigt unsere Kräfte. Siehe Napoleon.«

»Hoffentlich«, kommentierte der Diplomat. »Man sollte sich ins Ausland absetzen. Ich fürchte, es wird höchste Zeit – oder?« Von Zelitsch schien auf eine Reaktion der Freunde zu warten.

»In welches Ausland bitte?« fragte der Professor. »Nach Spanien, in die Schweiz? Wie lange gibt es die freien Neutralen noch?«

»Meine neue Freundin holt mich in einer Stunde ab«, äußerte der Diplomat ausweichend.

Die Getränke und das Heringseierbrot wurden serviert. Auch Professor Kant nahm einen Bissen davon. Noch kauend, meinte er: »Ganz so schlimm wird es wohl nicht. Waffenmäßig haben die Nazis ziemlich was in der Rückhand.«

Dr. Siegmund Kant, Physikprofessor an der Humboldt-Universität, arbeitete nebenbei an verschiedenen Forschungsinstituten der Industrie und saß im Rüstungsbeirat des Kriegsministeriums. Er sprach nie besonders viel, doch was er sagte, hatte stets Gewicht.

»Den Vergleich Hitlers mit Napoleon würde ich für unqualifiziert halten. Unsere Rüstung ist der des Feindes weit voraus. Um mindestens sechs Jahre. Ich denke an die neuen U-Boote, an die neuen Flugzeuge mit Triebwerken auf Turbinenbasis. Sie sind doppelt so schnell wie die alten. Weiter denke ich an die Raketen, die ein gewisser von Braun in Peenemünde baut. – Nur mit der Nuklearforschung steht es schlecht. Zu teuer, zu aufwendig, zu ungewiß im Ergebnis. Sie wird aufgrund einer laienhaften Entscheidung der technisch unbedarften obersten Führung eingestellt. Aber die ist ja, bis hinauf zum . . .«, er hüstelte, ». . . zu Adolf, sowieso bescheuert.«

»Schade«, spottete von Zelitsch, »das sieht alles fast zu gut aus. Hoffentlich bleibt dem ›Gröfaz‹, unserem größten Führer aller Zeiten, bald die Luft weg.«

Sie redeten, tranken, rauchten ihre R-6 und Junos. Das Bar-Trio spielte etwas Französisches: *Premier Rendezvous.*

Zelitsch schaute immer wieder auf die Uhr. Er wirkte ungeduldig. »Sie sollte längst dasein.«

»Eine stolze Walküre«, frotzelte der General, »blond, wie du sie liebst?«

»Eine zierliche schwarzhaarige Japanerin aus der Nippon-Botschaft«, verbesserte ihn der Diplomat. »Die Geschmäcker ändern sich bekanntlich. Und jede Änderung kostet Geld.«

»Und Nerven«, fügte Kant hinzu.

Es ging auf Mitternacht. Sie beschlossen aufzubrechen und verabredeten sich für einen Abend im Januar.

Die Limousine, die vor dem Hotel Kaiserhof scharf bremste, war kein behäbiges 260er Dieseltaxi, dem eine elegante Japanerin entstieg, sondern ein schwerer Mercedes Sechssitzer Pullman. Männer in schwarzen Ledermänteln sprangen heraus. Sie eilten durch das Hotelfoyer und die Treppe zur Bar hinunter. Vorher hatten sie sich aufgeteilt, als gelte es, den Rückzug zu sichern. In der Bar kamen nur noch zwei von ihnen an.

Der Kleinere bellte wie ein Fleischerhund: »Ruhe! Hört endlich mit der verdammten Musik auf!«

Die Stimme des zweiten klang ruhiger, aber nicht weniger fordernd: »Sitzenbleiben! Keine Bewegung, Herrschaften. Ausweise bereithalten!«

Sie sprachen mit Detlef, dem Oberkellner, als sei er ihr Vertrauter. Detlef deutete nach rechts hinten. Ohne sich um die anderen Gäste zu kümmern, steuerten sie auf die Nische zu, in der die drei Herren mittleren Alters saßen. Der lautstarke Gedrungene rief: »Geheime Staatspolizei! Nordstein, Zelitsch, Kant, alle drei mitkommen!«

Der General erhob sich. »Für Sie bin ich General Nordstein.«

»Und ich bin Professor Kant«, ergänzte der Physiker.

»Ist das eine Festnahme oder was?« wandte der stets gelassene von Zelitsch ein. »Was sollte der Grund dafür sein?«

Da beugte sich der lange der beiden Gestapo-Männer vor, faßte unter den Tisch und riß etwas ab, das dort mit Leukoplast angeklebt war. Es war ein Mikrofon mit dünnen Drähten daran. »Jedes Wort Ihrer Unterhaltung wurde auf Wachsplatte aufgezeichnet.«

»Na schön. Und?« fragte der Diplomat. »Dachte, die Nazis sind gar nicht mehr am Ruder.«

»Wir werden dir dein unverschämtes Maul polieren«, sagte der Gestapo-Giftzwerg.

»Dann marschiere ich zu Adolf«, bemerkte von Zelitsch arrogant. »Er hat mir erst gestern persönlich gebeichtet, daß er sich weigern würde, jemals Mitglied dieser idiotischen SS zu werden.«

»Erst mal gehst du mit in die Prinz-Albrecht-Straße«, erklärte der Lange und legte ihnen Handschellen an.

Wie Verbrecher führte man sie aus dem Hotel Kaiserhof. Hinter dem großen Mercedes war noch ein 170-V aufgefahren. In den wurden die drei Herren hineingestoßen.

Wenig später, im Gestapo-Hauptquartier, mußten sie die Taschen leeren, die Krawatten abnehmen, die Hosenträger und Gürtel ablegen. Sogar die Schnürsenkel mußten aus den Schuhen gezogen werden. Jeder kam in eine Einzelzelle.

Ehe man sie trennte, zischte Kant: »Scheiße, Herr General!«

»Abwarten!« rief Nordstein.

Man ließ sie achtundvierzig Stunden in der Zelle schmoren. Dann wurden sie einzeln zum Verhör geholt. – Der kahle Kellerraum enthielt nur einen Schreibtisch, einen Hocker und zwei starke Lampen, die auf den Hocker gerichtet waren. Dort mußte der Häftling Platz nehmen.

Hinter dem Schreibtisch saß ein Zivilist mit Nickeldrahtbrille. Vor sich hatte er einen Plattenspieler. Ohne ein Wort an den Gefangenen zu richten, wurde eine Wachsplatte abgespielt. General Nordstein sah nur, daß sie aus rosafarbenem Material war. Kratzig klang ihre Bar-Unterhaltung.

»Sind das die Stimmen von Ihnen, von Kant und Zelitsch?«

Nordstein nickte.

»Die Aufnahme ist also korrekt.«

Abermals nickte der General.

»Was haben Sie dazu zu sagen?«

Zögernd äußerte Nordstein: »Daß es sich um ein nicht ernstzunehmendes Gespräch unter angetrunkenen Freunden handelt.«

»Unter konspirativen Mitgliedern einer möglichen Widerstandsbewegung«, entgegnete der Gestapo-Psychologe. »Wir beobachten Sie schon seit Monaten. Wer sind Ihre Hintermänner?«

Es gab welche, aber die konnte die Gestapo nicht kennen. Dafür waren sie stets zu vorsichtig gewesen. Die Gestapo hatte keinerlei Beweise und würde auch nie welche kriegen. Also leugnete der General alles ab. Nur, was er über Hitler, Napoleon und den geplanten Ostfeldzug erwähnt hatte, war nicht wegzudiskutieren.

»Sie werden des Defätismus angeklagt«, erklärte man ihm, »der Zersetzung der Wehrkraft sowie der Bildung einer staatsfeindlichen Gruppe. Sie haben Gelegenheit, Ihren Einspruch schriftlich niederzulegen.«

Nordstein wurde weggebracht. »Der nächste!« befahl der SS-Verhörbeamte.

Bei Kant und von Zelitsch verlief die Prozedur ähnlich. Auch sie mußten sich die Platte anhören. Erneut kam der Pauschalvorwurf regierungsfeindlicher Bandenbildung, wurden Vorwürfe im einzelnen genannt. Kant wurde Verrat von Rüstungsgeheimnissen vorgeworfen, dem Diplomaten die Aufforderung zur Staatsflucht ins Ausland sowie Herabwürdigung von Partei und Führung.

Nach weiteren vierundzwanzig Stunden erfuhren die Häftlinge, was mit ihnen geschehen sollte. General Nordstein wurde von seinem bequemen Schreibtischsessel im OKM zu einer Einheit nach Nordnorwegen strafversetzt. Dort hatte er einen Abschnitt zu kommandieren, der vom Polarkreis über Narvik bis Kirkenes reichte. Nur seine Verdienste als Panzerführer im Polenfeldzug und sein Einsatz bei der taktischen Ausbildung neuer Panzerverbände retteten seinen Kopf.

Mit Kant sprangen sie weniger freundlich um. Für ihn als Physiker bestand keine Aussicht, daß das Projekt eines Uran-Meilers, den er mit Hahn baute, im Lauf der nächsten Jahre waffenmäßig ergiebig sei. Er wurde ins KZ Oranienburg abgeschoben.

Zu Legationsrat von Zelitsch sagte der SS-Sturmbannführer: »Eigentlich sollte man Individuen wie Sie einen Kopf kürzer machen oder einfach aufhängen wie Schweinehälften. Ihr Glück ist, daß Sie Fernost-Experte des AA sind und Japanisch sprechen. Ihr Diplomatenpaß wird einbehalten. Sie dürfen Berlin nicht verlassen. Sie haben sich alle zwei Tage auf dem Polizeirevier zu melden. – Los, hauen Sie ab! Gehen Sie an die Arbeit. Leute wie Sie verpesten nur unsere saubere Luft.«

Professor Siegmund Kant verschwand hinter den Stacheldrahtzäunen des KZ Oranienburg.

General Harald Nordstein wurde mit einer Luftwaffen-Transportmaschine zunächst nach Oslo geflogen. Seine Koffer mußte er stets eigenhändig zu der Ju 52 schleppen.

Bodo von Zelitsch ahnte, daß seine Stunden gezählt seien und er nur noch auf Abruf lebte. Also ließ er seine Verbindungen spielen.

Am 18. Dezember, eine Woche vor Weihnachten, fuhr er mit der S-Bahn nach Pankow. Es wehte ein eiskalter Wind. Der Regen führte Graupel mit. Zelitsch stemmte sich dagegen bis zur Damerowstraße und weiter in Richtung Heinersdorf.

Es war 19.15 Uhr und schon dunkel. Es herrschte kaum Verkehr. Nur wenige Fußgänger eilten nach Hause. Immer wieder blieb Zelitsch stehen und hielt nach einem bestimmten Automobil Ausschau. Endlich bog eines von der Penzlauer Promenade nach links herein. Es war ein eleganter Mercedes-500-Kompressor-Roadster in Cremegelb mit Sindelfinger Karosserie.

Zelitsch kannte den Wagen. So einer stand auf der Liste

seiner unerfüllten Wünsche. Der Mercedes wendete bei der S-Bahn-Brücke, holte ihn ein und hielt an. Die Tür rechts schwang auf.

»Rasch, steig ein, Bodo!« rief eine dunkle Frauenstimme mit skandinavischem Akzent.

Es dauerte nur Sekunden. Schon fuhr das Sportcabriolet wieder an. Es führte ein schwedisches Kennzeichen und das ovale CD-Schild vom Corps diplomatique.

Der 500 K nahm die Straße Nr. 109 nach Norden. Die hundertachtzig Kilometer von Berlin über Neubrandenburg bis Stralsund brachte der schnelle Wagen trotz einsetzenden Schneetreibens bis 23 Uhr hinter sich. Noch zeitig genug für die Schwedenfähre Saßnitz-Trelleborg, die dreißig Minuten vor Mitternacht ablegte.

Der Legationsrat Bodo von Zelitsch erreichte das neutrale Ausland wohlbehalten im Kofferraum des Autos einer schwedischen Filmschauspielerin.

3

Mit Luftangriffen auf London beginnt die Schlacht um England. Hitler gibt seinen Invasionsplan, das Unternehmen »Seelöwe«, auf und widmet sich der Vorbereitung anderer Eroberungszüge. Spanien erklärt sich als nicht kriegsführend.

20. Dezember 1940
U 136 hetzte mit großer Fahrt durch schwere See nach Nordosten. Mit ihren 2800 PS schoben MAN-Dieselmotoren die enge Stahlröhre mit fünfzig Mann Besatzung voran.

Drinnen im Boot wurde der Lärm der Maschinen, der Pumpen und Verdichter vom Gedudel einer Schallplatte übertönt, die sie pausenlos abspielten. Es war der neueste französische Schlager *J'attendrai le jour et la nuit, j'attendrai toujour ton retour*, gesungen von Madame Nicole Pinette. Doch droben auf dem Turm waren nur das Pfeifen und Tosen des Sturmes zu hören. Immer wenn das Boot einen Wellenberg querte, fetzte ihnen die Gischt wie mit Peitschen ins Gesicht. Besonders hohe Brecher konnte das Boot nicht abreiten. Dann schnitt es unter. Sekundenlang tauchten dann die vier Mann der Brückenwache in die eiskalten Fluten des Nordmeeres.

Mit breiten Feuerwehrgurten hatten sie sich gesichert. Sonst hätte es sie auf Nimmerwiedersehen in den Atlantik gerissen. Das Turmluk, den Weg nach unten, hatten sie längst geschlossen. Zuviel Wasser wäre in das Boot eingedrungen. Durchfroren und durchnäßt, galt es den Horizont nach Flugzeugen, nach Bewachern, nach dem Geleitzug abzusuchen. Irgendwann mußte etwas in Sicht kommen.

Am Ende von vier Wachstunden kletterten sie, steif vor Kälte, in die Wärme des Bootes, wo von den Wänden Kondenswasser abtropfte. Die Finger waren fast unbeweglich geworden. Die Kameraden halfen ihnen, das nasse Zeug vom Körper zu ziehen. Die Unterwäsche wurde ausgewrungen und gewechselt, aber die andere war noch klamm vom letzten Mal und die Gummistiefel innen naß und klebrig.

Mit rauher Stimme sang II WO, Wessel, das Lied im Radio mit. Den Text hatte er ein wenig abgeändert. *»Erwartet uns . . . bei Tag und bei Nacht . . . erwartet uns . . . wir kommen schon . . . schattendrä duschur . . .«* Wessel war ein großer Zyniker und nur ein sehr kleiner Hitlerjunge. Wenn er sich vorstellte, sagte er stets: »Gestatten, Wessel, aber nicht Horst.« Womit er sich vom Dichter des »Fahne-hoch-Liedes« bewußt absetzte. Aber Krieg war Krieg, und U-Boote waren nicht dazu da, um damit in der Kieler Förde Sprotten zu angeln.

Wessel hängte seine nassen Klamotten in einer warmen Ecke der Zentrale auf. Der Kommandant hockte mit dem Leitenden auf einer leeren Kartoffelkiste. Behrens' Gesicht war wie immer besorgt. Er spielte mit seinem Rechenschieber.

»Sechsundvierzig Stunden schon. Immer mit hundertneunzig Umdrehungen.«

Lützow winkte ab. »Bei der Werftprobefahrt sind wir einen halben Tag lang AK gefahren, und die Maschinen hielten es problemlos durch.«

»Zwei Tage große Fahrt nehmen sie stärker mit als zwölf Stunden äußerste Kraft«, wandte Behrens ein.

»Die MAN halten das aus.«

»Das ist nicht alles, Herr Kaleu. Die Vibrationen zerrütteln das Boot in Spanten und Nieten. Diese ewigen Vibrationen. Dazu das Übertouren der Schrauben, wenn das Heck in der See freikommt.«

Lützow reagierte auf solches Gejammere gern mit Fragen. Fragen erforderten Antworten, Antworten Nachdenken, und Nachdenken lenkte ab. »Wer baut die besten Boote, Behrens?«

»Die Hamburger Werften.«

»Und wer von denen baut die allerbesten?«

»Blohm und Voss.«

»Und von dort stammt unser Boot.«

Daraufhin äußerte der LI nichts mehr. In der O-Messe nahm er einen Schluck Apfelsaft und verschwand nach achtern zu seinen Maschinen.

Wenig später meldete der I WO von der Brücke: »Schneesturm setzt ein!« Wenn es so weiterging, müßte die Brückenwache noch in Tauchanzügen antreten.

Gegen Mittag traf ein aus zwanzig Buchstaben bestehendes Kurzsignal ein. Der Fühlungshalter meldete Standort, Kurs und Geschwindigkeit des Geleitzuges. In der Zentrale koppelten sie nach.

»Neunundvierzig Nord, vierundvierzig West«, rechnete der Obersteuermann. »Der Konvoi ist schon weiter, als wir dachten.«

»Abstand?«

»Vierzig Meilen, Herr Kaleu.«

Ohne Rücksicht auf die Diesel und den Treibstoffverbrauch gab der Kommandant jetzt den Angriffsbefehl.

»Kurs null-acht-fünf! Beide Diesel äußerste Kraft voraus!«

Lärm und Vibration steigerten sich noch einmal. So jagten sie zwei weitere Stunden durch den Schneeorkan. Das Boot benahm sich wie ein Holzscheit in einem schäumenden Wildbach. Es gierte, bäumte sich auf, taumelte, schlug mit dem Bug wieder hart ein. – Gegen 16 Uhr endlich die erlösende Meldung: »Geleitzug in Sicht! Rauchwolken!«

Lützow hastete auf den Turm, bekam sein frischgeputztes Glas und begann zu zählen. Allein an der Steuerbordseite des Konvois konnte er wenigstens ein Dutzend Zehntausendtonner erkennen. Tanker, Frachter und Kühlschiffe. Um sie herum wieselten, wie Schäferhunde um die Hammelherde, die Bewacher. Es waren vorwiegend Zerstörer der Townklasse, die alten amerikanischen mit der offenen Brücke. Sie sicherten den Konvoi und hielten ihn zusammen.

Lützow nahm erneut eine Kurskorrektur vor. Bis zu Beginn der Dämmerung wollte er sich vor den Konvoi setzen, sich bei Dunkelheit hineinsacken lassen und die dicksten Brocken herausschießen. – Das war seine Taktik.

Geschützt durch Abstand und Seegang, der ihre schlanke graue Silhouette kaum erkennen ließ, überholte U 136 den Konvoi, indem es parallel seinem Kurs folgte. Um 18.00 Uhr geriet das Geleit außer Sicht.

»Sie haben gezackt«, vermutete Lützow, »und zwar nach Norden. In einer Stunde werden sie wieder zurückzacken, dann haben wir sie.«

Der erfahrene U-Boot-Kommandant behielt recht. Jetzt, vor dem Konvoi stehend, verringerte er die Fahrtstufe. Langsam holte der Geleitzug sie ein. An beiden Seiten tauchten rostigrote Schiffswände auf.

»Endlich«, meinte Lützow erleichtert. »Offenbar gibt es doch Regeln, die den Pechsträhnen gewisse Grenzen setzen.«

Dann befahl er: »Klarmachen zum Überwasserangriff!«

Das Nachtzielgerät war auf der Brücke montiert. Im Turm stand ein Maat am Schußrechner. Lützow hatte einen 9000-Tonnen-Tanker ins Fadenkreuz genommen und gab die letzten Werte durch: »Gegnerlage links. Gegnerfahrt elf Meilen. Abstand viertausend Meter. Torpedogeschwindigkeit dreißig. Tiefe sieben.«

Die Werte wurden eingedreht. Jetzt konnte Lützow ohne Rücksicht auf die Lage des Bootes feuern. Hauptsache, er behielt das Ziel in der Optik. Die Aale steuerten automatisch auf den richtigen Kurs.

Der I WO meldete: »Rohr eins bis vier klar zum Überwasserschuß! – G 7 mit Aufschlagpistole!«

Die Rohre wurden bewässert, die Mündungsklappen

aufgedreht. Von achtern erfolgte eine Meldung: »Heckrohr klar!« Vielleicht brauchten sie alle fünf Torpedos.

Der LI berechnete inzwischen, wieviel leichter das Boot nach dem Schuß wurde und wie er trimmen mußte.

Lützow wartete nicht mehr lange. Eine Schneebö trieb auf sie zu und hatte sie fast erreicht. »Dreierfächer aus Rohr eins, zwei und vier! Abfeuerung von Brücke!«

Der Tanker stand etwas vorlicher als querab. Das UZO war auf ihn gerichtet.

»Gleich haben wir dich«, murmelte Lützow und folgte mit dem Fadenkreuz dem vorderen Mast des Tankers.

Der Maat am Rechner meldete: »Deckung ... Dekkung ... Deckung!«

»Los!« befahl Lützow.

Der Torpedooffizier, der I WO, drückte den Abschußknopf. Die Motoren der G-7-Torpedos liefen an. Ein Schwall von Preßluft drückte sie aus den Rohren. Mit Getöse machten sie sich auf den Weg. Ein Schütteln lief durch das Boot. Der Gewichtsverlust ließ den Bug in die Höhe steigen. Auf dem Turm konnten sie die Torpedolaufbahnen nicht erkennen. Sie wußten nur, die E-Motoren brachten die Aale auf achtundzwanzig Knoten, und die Automatik steuerte sie auf Zielkurs.

Sie drückten die Stoppuhren und warteten. In vierzig Sekunden sollten die Torpedos den Tanker erreicht haben. Nach fünfzig Sekunden erfolgte drüben weder eine Stichflamme noch eine Detonation. Das rote Licht am Mast des Tankers zog ruhig dahin.

»Siebzig Sekunden«, zählte der I WO, »achtzig ... vorbei!«

»Ein Fehlschuß«, bemerkte Lützow, »ist unter diesen Bedingungen einfach unmöglich.« Er drehte das Boot leicht mit und schoß den Torpedo aus Rohr drei ab – wiederum ohne Erfolg.

Inzwischen wurde im Bugraum nachgeladen. Sie schafften es in vierzehn Minuten. Keine Rekordzeit. Eine Stunde später sichteten sie einen dicken Frachter an Backbord. Diesmal riskierte Lützow gleich den Viererfächer.

Die Entfernung war diesmal geringer. Kaum eintausendfünfhundert Meter. Kurz vor 22.00 Uhr erfolgte der Schußbefehl. Nach hundert Sekunden wieder kein Ergebnis.

»Vorbei!« kommentierte der I WO erneut.

»Das müssen Versager sein.« Lützow fluchte. »Verdammte Sabotage. Sechs Wochen auf See und dann diese Schweinerei.«

Lützow, der als einer der besten Torpedoschützen seiner Flotille galt, konnte es nicht fassen. Er wollte schon einen geharnischten Funkspruch an den BDU diktieren, als der Achterausguck schrie: »Zerstörer in sieben Uhr!«

Mit weißer Bugwelle kam er in Braßfahrt auf sie zu. Sie waren entdeckt worden. Da gab es nur eines: Sofort runter.

»Alarm! Tauchen!«

Die Sirene heulte los. Trainiert wie Roboter warfen sie sich durch das Turmluk. Als letzter stieg der Kommandant ein. Noch am Verschlußrand des Lukendeckels hängend, befahl er: »Fluten!«

Das Boot war tauchklar. Alle Sektionslampen brannten.

»Tauchzellen fünf, vier, drei, zwei – beide!«

Die Männer rissen an den Entlüftungen. Die Diesel wurden auf E-Maschinen umgekoppelt. Sekunden äußerster Anspannung und Konzentration. Die Tauchtanks waren jetzt geöffnet. Das Wasser rauschte in die Zellen. Das Boot kippte ein. Zehn Grad, zwanzig Grad. Die letzte Tauchzelle wurde aufgerissen, um die Tiefenfahrt zu beschleunigen. Die Ruder lagen hart unten. Die E-Maschinen liefen äußerste Kraft. Das Boot schüttelte sich unwillig.

Mit monotoner Stimme meldete der LI: »Zehn Meter, zwanzig Meter . . . Boot fällt schnell.«

»Auf hundert Meter gehen!« befahl Lützow mit rauchiger Stimme.

Die Neigung betrug fünfunddreißig Grad. Jeder in der Zentrale suchte nach Halt. Sie glaubten schon, dem Bewacher entkommen zu sein, da hörten sie das singende Propellergeräusch des Zerstörers und das Ping-ping des Asdic, seines U-Boot-Suchgerätes. Lützow schlug mit dem Boot einen scharfen Haken nach Steuerbord. Auf hundertdreißig Meter ging er mit einer weiten Runde auf Gegenkurs. Nur so ließ sich der Gegner austricksen.

Oben lag der Zerstörer jetzt gestoppt, um sein Asdic optimal einzusetzen. Wenn seine Maschinen wieder anliefen, dann waren Wasserbomben zu erwarten. Und schon trudelten sie herunter. Die erste Salve lag weitab, die zweite schon näher, die dritte auch, die vierte dann so dicht über dem Boot, daß es sie hin und her schleuderte wie einen Punchingball unter den Fäusten eines Preisboxers. Dann Stille.

»Absolute Ruhe an Bord!« befahl Lützow. »Zieht die Filzlatschen an.«

Sie hockten da und warteten. Nur die E-Maschinen summten. Flüsternd erteilte Lützow seine Befehle, was Tauchtiefe und Kurs betraf. Dazu mußte er in zwei Ebenen denken. In der Ebene des Jägers da oben und in der Ebene des Wildes, das sie selbst waren. Für jede Wasserbombe zog der LI einen Kreidestrich auf einer Tafel. Bis jetzt hatte er elf Detonationen gezählt – doch mindestens sechzig Wasserbomben hatte ein Zerstörer an Bord.

Scharfes Asdic-Ping-Ping schreckte sie auf. Wieder setzte der Zerstörer zum Angriff an und holte sie ein. Kaskaden von Wasserbomben detonierten um sie herum. Druckwellen packten das Boot, schüttelten es. Nahe, sehr nahe, ganz dicht. Tödliche Pause.

»Mit der Feinfühligkeit eines Elefanten«, kommentierte Lützow trocken. – Seine Ruhe flößte den Männern Zuversicht und Vertrauen ein. In solchen Augenblicken hing alles an den Lippen des Kaleu.

Eine neue Wasserbombensalve packte das Boot. Diesmal ohrenbetäubend und ganz brutal. Glas barst. Das Licht ging aus. Nach einem Schlag, als treffe eine tonnenschwere Kanonenkugel das Boot, meldete der LI: »Wassereinbruch!«

Aus dem Dunkel war Wessels Stimme zu vernehmen: »Eigentlich wollte ich ja meine Mutter auf diese Reise mitnehmen.«

»Ein andermal«, sagte Lützow. »Und jetzt Ruhe bewahren, Leute. Ist alles nur halb so doppelt.«

So schlimm war es noch nie gewesen. Auf fünf Feindfahrten hatte Lützow zwei Dutzend Dampfer mit einer Viertelmillion BRT versenkt. Er hatte geglaubt, als Kommandant alles erlebt zu haben. Aber so schlimm wie diesmal war es noch nie gewesen.

Neue Wasserbomben fielen. Neue Treffer. Es knallte ohrenbetäubend. Sie taumelten, verloren jeden Halt. Hammerschläge trafen das Boot. Wasserstandsgläser, der Feintiefenmesser, Lampen zerplatzten. Die Maschinen blieben stehen. Die Hauptsicherung war herausgesprungen. Mit Untertrieb sackte das Boot weg. Sie fummelten mit Taschenlampen herum.

»Zweihundert Meter!« sagte der I WO an.

Hinten im Maschinenraum versuchten sie den Wassereinbruch an einer Abgasrohrdurchführung zu stoppen.

Inzwischen waren die Schraubengeräusche von drei Zerstörern zu unterscheiden. Die Verfolger umzingelten sie. Es folgten wieder Wasserbomben. In seiner Not ging Lützow bis auf zweihundertfünfzig Meter Tiefe, dann wieder steil nach oben, mit dem Boot Achterbahn fahrend.

»Eine echte Luxusschlägerei«, meinte Wessel. »Einer kloppt, der andere duckt.«

Und so ging es weiter. Neun Stunden lang.

Der LI hatte im Heck zu tun. Also machte der Zentrale-Maat die Kreidestriche. Die makabre Wasserbombenbuchhaltung füllte schon beide Seiten der Schiefertafel.

»Wie viele?« fragte der Kommandant wie nebenbei.

»Hundertfünfundvierzig, Herr Kaleu.«

»Dann haben die sich bald verschossen.«

In der Tat sparten sie droben jetzt mit ihren Wasserbomben. Nur ab und zu, wenn sie dachten, sie hätten das Boot geortet, fielen noch welche. Aber sehr weit entfernt.

»Man darf nie alle Eier in einen Korb legen«, sagte Lützow. »Und wiege dein Korn erst, wenn es trocken ist.«

Seine Männer verstanden nicht, wie das gemeint war, aber Lützows Stimme klang noch ebenso beruhigend wie die ganze fürchterliche Nacht über.

Der Leitende kam in die Zentrale.

»Batterie ist leer«, meldete er.

Das bedeutete, daß sie vielleicht noch für zehn Minuten Energie hatten. Sie konnten nur hinunter, um sich in der Tiefe vom Wasserdruck zerquetschen, oder hinauf, um sich oben zusammenschießen zu lassen. – Es lief immer auf dasselbe hinaus. Auf den Tod.

»Und folgende Schäden«, las der LI von seinem Zettel ab. »Kreiselkompaß ausgefallen. Hauptlenzpumpe . . .«

Der Kommandant unterbrach ihn. »Sag doch bitte mal einer was Schönes.«

»Schöne Scheiße«, murmelte Wessel, der II WO:

Sie mußten auftauchen. Droben war jetzt heller Morgen. Mit größter Wahrscheinlichkeit kamen sie mitten im Ring der Zerstörer-Mahalla heraus.

»Sehrohrtiefe!« befahl Lützow schweren Herzens.

Wasser wurde mit Preßluft ausgedrückt. Das Boot bekam Auftrieb. Die E-Maschinen lieferten nur noch langsame Fahrt. Es dauerte Minuten, bis sie auf fünfzehn Meter gestiegen waren. Lützow fuhr das Sehrohr aus. Atemholen. Schweißausbruch. Rasche Orientierung. Beinah hätte er vor Freude getanzt. Der Horizont war leer.

Er schaltete auf die große Optik. Nichts zu sehen. Keine Korvette, kein Zerstörer. Alle hingen sie an seinem Mund.

»Auftauchen!« befahl Lützow. »Anblasen!«

Das Boot schnitt durch.

»Turm ist frei!«

»Druckausgleich!«

Als erster war Lützow am Turmluk. Zischend entwich mit dem Überdruck die stinkende, ölgeschwängerte, vergiftete Luft ins Freie. Er nahm einen Rundblick.

»Brückenwache sich klarmachen!« befahl er.

Sie waren allein mitten im rauhen Nordatlantik. Der Konvoi war weitergedampft – und mit ihm seine Wachhunde.

Der Wind hatte noch Sturmstärke. Die Sonne stand wie ein blaßgelber Punkt im dunstigen Südosten.

Nur noch ein Diesel war intakt. Mit ihm luden sie erst die Batterien auf. In langsamer Fahrt stampfte das Boot nach Süden. Sie lüfteten es durch. Der Koch hatte wieder Strom für seinen Herd. Es gab Kaffee.

»Wo bleibt die Schadensmeldung, LI?« fragte Lützow ungeduldig.

Hohlwangig und übermüdet wankte Behrens in die Zentrale. Mit leiser Stimme, es sollte nicht jeder mithören, zählte er auf: »Ausfälle: Trimm- und Hauptlenzpumpe – die kriegen wir hin. Steuerbordkühlwasserpumpe – brauchen wir nicht mehr. Eine der Detonationen hat den rechten Diesel aus dem Fundament gerissen. Totalausfall. – Rechner der Feuerleitanlage defekt – irreparabel. – Alle Abgasklappen undicht. Ebenso Kurbelwellendurchführung an Backborddiesel. Vermutlich Leck an einem Treibstofftank. – Zwei Batteriezellen kaputt. Die überbrücken wir. – Boot ist tauchunklar.«

»Bis wann kriegen Sie es hin, LI?«

»Wir arbeiten daran, Herr Kaleu.«

»Bis wann?«

»Bis Ende Tageslicht.«

Lützow wollte sich gerade eine Zigarette anstecken, als Behrens noch hinzufügte: »Und ein Mann hat sich in die Hosen geschissen, Herr Kaleu.«

Da hob Lützow grinsend ein Fingerpaar. »Nein zwei Mann. Ich will Ihnen was gestehn, LI, auch ich scheiße mir bei jedem Wasserbombenangriff in die Hosen.« Er hustete aus der verschleimten Kehle hoch und kletterte wieder auf den Turm.

Inzwischen stellte Obersteuermann Klein seine Berechnungen an. Als er damit fertig war, steckten der ehemalige Fischdampferkapitän und Lützow die Köpfe zusammen. Später kam noch der LI hinzu.

»Bis St-Nazaire oder Lorient sind es zweitausendvierhundert Seemeilen«, lautete die Hiobsbotschaft.

»Wir haben noch sechsundzwanzig Tonnen Treibstoff«, meldete der LI die letzte Peilung.

»Verbrauch?«

»Normal, knapp zwei Tonnen für hundert Seemeilen.«

»Und bei sparsamster Hungerfahrt?«

»Mit dem noch intakten Diesel bei siebzig Umdrehungen vielleicht nur die Hälfte. Etwa eine Tonne.«

»Macht dreiundzwanzig Tonnen«, sagte Lützow. »Könnte beinah hinkommen. Da bleibt uns noch eine stolze Reserve von dreitausend Maßkrügen voll.«

»Das ist, als würde eine Mücke gegen ein Pferd anstinken, Herr Kaleu.«

»Mit Gott, so Gott will.« Lützow warf den Bleistift auf die Seekarten.

Zum Glück war das Wetter schlecht. Mit sparsamster Fahrtstufe hinkten sie nach Südosten. Pro Tag schafften sie knapp hundertneunzig Seemeilen.

Über Funk setzten sie an den BDU die Schadensmeldung ab. Da vom Dönitz-Stab keine Reaktion erfolgte, jagte Lützow noch ein FT hinterher: *Erbitte Rückmarscherlaubnis für Grundüberholung.* FT-2218/4055.

Wieder keine Antwort.

»Die haben uns vergessen oder schon abgeschrieben«, sagte Lützow bei Kraut und Eisbein in der O-Messe. »Also dann, fröhliche Weihnachten, Herrschaften!«

4

Japan besetzt den nördlichen Teil von Indochina. Die italienische Flotte erleidet schwere Schäden durch Luftangriffe. Die Briten treten zur Offensive in der Cyrenaika an.

21. Dezember 1940
Noch vor vier Jahren war Gloria Anderson nur mädchenhaft frisch, klug und gebildet gewesen. Heute war sie die reichste Frau von Texas.

Kaum hatten sie sich kennengelernt, da bat Senator Capland die blonde Schönheit aus bester Neuengland- Familie, die ihre Herkunft bis zu den Pilgervätern zurückführte, auch schon, ihr die Ranch zeigen zu dürfen. Mit einer zweimotorigen *Cessna* T-50 waren sie von Houston aus nordwärts geflogen. Nach einer Stunde hatte Gloria den Senator gefragt: »Wann kommt Ihr Besitz, Walt?«

Breit lachend entgegnete der Senator: »Wir fliegen schon seit dreißig Minuten darüber hinweg.«

»Das sind ja nur Ölfelder und Bohrtürme.«

»Ich weiß, sie sehen häßlich aus, aber sie gehören nun mal dazu.«

Gloria Anderson kam aus dem Staunen nicht heraus. »Die Ranch ist ja größer als Luxemburg.«

»Ein wenig«, untertrieb der Senator. »Um etwa tausend Quadratmeilen.«

»Jetzt sehe ich meist grüne Hügel und Flußtäler.«

»Texas besteht nicht nur aus Prärie und Cowboys«, erklärte der Senator stolz.

»Aber Rinder gibt es wohl überall.«

»Wir haben hundertachtzigtausend Stück. Nicht allzu viele also. Aber ausreichend für einen kleinen Schlachthof mit Fleischwarenfabrik.«

Der Senator landete. An der Piste wartete ein rothaariger Bursche mit Pferden. Sie ritten wenige Minuten bis zu dem weißen Ranchhaus, das von vorne aussah wie ein griechischer Tempel und in einem subtropischen blühenden Park lag.

Am Abend fragte der Senator Gloria Anderson bei Champagner und Kaminfeuer, ob sie seine Frau werden wolle. In seiner drögen texanischen Art gab er eine knappe Erklärung dazu ab.

»Meine Geschäfte als Ölproduzent, als Rinderzüchter und Politiker ließen mir für die Brautschau leider verdammt wenig Zeit. Ich hätte aber noch gerne einen Sohn, einen Erben aus einem guten Stamm. Was halten Sie von dem Angebot, Gloria?«

Sie bat um Bedenkzeit.

In ihrem Freundeskreis gab es viele Ehen, die kaputtgegangen waren. Am besten hielten immer noch die ohne großartig romantische Liebesgeschichte. Weil sie klug war, rief sie Walt Capland von Boston aus an und sagte: »Okay, Senator!«

Nach einer rauschenden Hochzeitsfeier traten sie eine Weltreise an. Das war im Herbst 1936 gewesen.

Bei seinen Bemühungen, einen Sohn zu zeugen, hatte sich der um siebenundzwanzig Jahre ältere Capland offenbar übernommen. Nach einer heißen Liebesnacht, in der er sich besonderen Anstrengungen unterzogen hatte, war er am Morgen ausgeritten und mit einem Herzschlag vom Gaul gefallen.

In tiefer Trauer hatte Gloria diesen geraden, ehrlichen Texaner beerdigt. Schon ein Jahr darauf hatte sie sich, den Rat von Caplands Freund Bayswater folgend, um Walts Senatorensitz beworben und gegen einen überschlauen Bankier aus Houston die Wahl gewonnen. Seitdem nannten sowohl die Angestellten im Haus wie die Cowboys auf der Ranch und die Angestellten der Capland Oil Corporation sie nicht mehr Mrs. Capland, sondern einfach Senator.

Doch aller Respekt schützte Gloria Capland nicht davor, daß der Majordomus sie schon um sechs Uhr morgens, mit Panik in der Stimme, aus dem Schlaf riß.

Binnen weniger Minuten war Gloria Capland geduscht und angezogen. Schnell hatte sie ihre blonde Prinz-Eisenherz-Frisur glattgebürstet und eilte nach unten.

In der Halle stand Baxter, der hünenhafte Vormann der Cowboys. »Dreitausend«, sagte er nur. Baxter war ein Mann, der bei Zahlen ausschließlich in Rindern dachte und alles, bis hin zur Katastrophe, herunterspielte.

»Also sechstausend«, bemerkte Gloria nüchtern.

»Von unseren fettesten Kühen. – Guten Morgen, Senator.« Baxter hatte an, was die modernen Cowboys heute trugen. Enge blaue Hosen aus festem Baumwolldrell, ein buntkariertes Hemd, Reitstiefel mit nach innen abgeschrägten Absätzen, dazu eine Lederjacke mit Indianerfransen. Den breitrandigen Stetson drehte er verlegen zwischen den Händen.

»Wir haben lange gesucht. Vergebens.«

»Nun hoffen Sie, aus der Luft würden wir sie leichter finden.«

»So ist es, Madam . . . Senator.«

»Haben Sie eine Ahnung, wo die Kühe sein könnten, Baxter?«

»Nur ungefähr.«

Gloria Capland nahm einen Schluck Kaffee, wickelte Schinkenscheiben um einen Toast und telefonierte. Sie sollten das Flugzeug mit dem Traktor aus dem Hangar ziehen.

»Dann los!« rief sie und schob Baxter durch die Tür. Vor der Terrasse stand schon ihr Hengst bereit.

Um in der scharfen Kälte warm zu werden, galoppierten sie zu dem meilenlangen Stück brettebener Weide, das der Ranch als Flugplatz diente. Ein Mechaniker checkte bereits die rote *Cessna* durch.

»Die Lady müßte anspringen«, sagte er, als sie bei ihm ankamen.

Ein anderer koppelte den Ford-Traktor an. Sie kletterten über die Tragfläche des Tiefdeckers ins Cockpit.

Kaum hatte Gloria Capland im linken Sitz Platz genommen, betätigte sie mehrere Schalter. Die Batterien waren voll, die Tanks halb. Erst startete sie den linken Motor. Der kam sofort. Der rechte tat es etwas unwillig. – Zwei Minuten Warmlauf mit zunehmender Drehzahl, dann Start. Nach wenigen hundert Yards Anlauf zogen die beiden 300-PS-Continental-Motoren die Maschine hoch.

Ehe Gloria auf Kurs ging, wandte sie sich noch einmal an ihren Vormann: »Sind Sie sicher, daß die Rinder in der Corsicana-Schlucht stehen?«

Baxter nickte zögernd. »Sie folgen dem frischen Gras am Potatoe River. Sie fressen sich dumm und dämlich und sind danach zu faul weiterzugehen, wenn das Gelände ansteigt. Also wandern sie Richtung Palastone. Nach ein paar Meilen stecken sie in der Falle, weil die Schlucht 'ne Einbahnstraße ist, wie ein Sack.«

»Und die Zäune?« Gloria Capland nahm Kurs zum Potatoe River und flog den Fluß entlang in etwa zweihundert Fuß Höhe nach Süden.

»Die Zäune rammen sie nieder«, sagte Baxter, »es gibt nichts Sturenes als Herdenvieh.«

In einem Seitental beobachteten sie mehrere tausend Rinder und eine Handvoll Cowboys, die versuchten, sie zusammenzuhalten. Nach fünfzehn Minuten etwa erreichten sie die Stelle, wo der Potatoe River sich eine Art Klamm durch die Felsen gefressen hatte. Gloria bog nun in weiter Kurve nach Osten. Baxter deutete in die Tiefe. Die Spur der verlorenen Herde war gut zu erkennen. Grünbraune Dungfladen markierten ihren Weg.

Um von dem Cañon klarzukommen, stieg Gloria auf achthundert Fuß. Im Cañon standen sie dann auch, einige tausend Kühe, eng gedrängt zwischen den Felswänden der

Edward Mountains. Wie üblich hatten sie ihre Hinterteile gegen den Wind gedreht. Gloria kreiste mit Abstand, um die Rinder nicht nervös zu machen. Ohne Wasser und Gras kam es leicht zu einer Stampede. Dann trampelten sie in Panik sich und alles andere über den Haufen.

»Wird ein Stück Arbeit werden, sie da rauszutreiben«, fürchtete Gloria Capland.

»Wir schaffen das schon, Senator. Jetzt, wo wir wissen, wo die Viecher sind.«

»Ich komme mit und helfe Ihnen dabei.«

»Danke, Senator.«

Sie flogen zurück. Die Landepiste war noch nicht in Sicht, als das Sprechfunkgerät ansprang. Das Büro rief an.

Gloria wandte sich an ihren Vormann: »Wird nichts draus, Baxter, ich muß nach Washington.«

»Drei Tage vor Weihnachten, Senator?«

»Dringende Sitzung im nationalen Sicherheitsausschuß.«

Nach der Landung, als Baxter sich auf seinen Gaul schwang, rief er noch: »Dann gute Reise, Senator, und Merry Christmas!«

Er winkte seinem Boss zu. Er war Gloria treu ergeben, verehrte sie über alle Maßen. Und sie wußte es.

Ab Dallas hatte Gloria am Mittag eine Flugverbindung. Die DC-3 der Virginia Airlines flog dreimal pro Woche die tausendzweihundert Meilen von Washington herunter und wieder zurück. Nach Zwischenlandungen in Atlanta und Norfolk sollten sie gegen Abend in Washington ankommen. Es war ein ermüdender Sechsstundenflug.

Gloria Capland vertiefte sich in Arbeit. Sie studierte Akten, Berichte und las Zeitungen. Dabei dachte sie immer wieder an Arie. Sie liebte diesen Jungen. Sie begehrte ihn körperlich und seelisch. Wenn sie sich einige Wochen nicht in den Armen gelegen hatten, hielt sie es nicht mehr aus. Er war der Top-Mann, von dem sie stets geträumt hatte –

groß, schlank wie ein Hering, ein Kinn wie Cary Grant, ein Lachen wie Clark Gable, schwarzlockig, auch im Winter gebräunte Haut und rundherum mit dem Charme eines Levantiners.

Kennengelernt hatten sie sich in New York. Vor zwei Jahren etwa war das gewesen. Gloria konnte nicht mehr genau sagen, wie sie nach Greenwich Village in diese Vernissage geraten war. Irgendwann spätabends war sie dort gelandet. Vermutlich nach einer Bartour mit Freunden. Eine kanadische Malerin, eine Halbindianerin, hatte ihre neuesten Bilder ausgestellt. Bei dieser Gelegenheit war auch Arie Goldsterns neuer Roman vorgestellt worden. Bei »Barabbas, der Mann aus Jerusalem« handelte es sich um eine Übersetzung aus dem Deutschen ins Amerikanische. Arie hatte mit dunkler, vibrierender Stimme und leichtem Akzent daraus vorgelesen.

Sie hatten nicht viel miteinander gesprochen, nur ein paar Worte, aber er hatte sie mit seiner Sicherheit, seiner europäischen Kultiviertheit tief beeindruckt.

Damals hatte sie erfahren, daß er aus Berlin kam und gerade in Paris lebte, als seine jüdische Familie ins KZ verschleppt wurde. Daraufhin war er emigriert.

Später hatten sie sich noch einige Male gesehen, auf einer Party, im Theater, bei einem Musical. Vielleicht war es Zufall, vielleicht auch Fügung. Spontan hatte sie ihn für das nächste Wochenende in ihr Haus nach Washington eingeladen. Zwei Nächte und einen Tag war er bei ihr geblieben.

In der Tasche hatte sie das Weihnachtsgeschenk für ihn. Einen Ring, Gold, zwei ineinander verschlungene Schlangen, mit Augen aus Brillanten. Ein Schmuckstück, elegant, kostbar und doch männlich.

In der Hauptstadt regnete es.

»Taxi, Madam?« rief ihr ein Schwarzer zu.

Doch vor ihr stand schon der Dienst-Chevy, den der Senat für sie zum Flugplatz geschickt hatte.

»Wohin, Senator?« Der Fahrer kannte sie und ihre Arbeitswut. »Zum Kapitol?«

»Nach Hause.«

Er brachte sie durch Regen und Dunkelheit nach Georgetown, wo sie eine elegante Villa besaß. Ein Haus im viktorianischen Stil aus rotem Backstein mit weißen Türen, weißen französischen Fenstern, einem weißen Balkon und weißen Dachkanten.

Vor ihrer Abreise hatte sie telefonisch alles organisiert. Sowohl im Büro wie daheim. Die Köchin, eine dicke Schwarze aus Mississippi, erwartete sie. Die Frau versorgte das Haus, ihr Mann den kleinen Garten dahinter. Er kümmerte sich auch um Reparaturen und um die Heizung. Wie immer glänzte alles blitzblank.

Die Köchin hatte einen Imbiß vorbereitet. Mageres Gulasch vom Kalb, grünen Reis und Selleriesalat. Gloria trank dazu ein Glas kalifornischen Rosé.

Später schickte sie die Köchin weg.

»Ich brauche Sie nicht mehr, Rosalia.« Allein saß sie am Gaskamin, hörte Radio und überflog die neuen Washingtoner Abendzeitungen. Gegen 22 Uhr stand sie auf und öffnete die in den Garten führende Küchentür einen Spalt.

Ungeduldig und sinnlich erregt lauschte Gloria Capland auf jedes Geräusch. Endlich hörte sie ihn kommen. Er war pünktlich. Schon zwei Jahre lang, seitdem er ihr Liebhaber war, nahm Arie Goldstern heimlich diesen Weg. Er kam und ging wie der Dieb in der Nacht. Beide waren sie übereingekommen, daß es besser sei, wenn die Verbindung zwischen dem emigrierten deutschen Juden und der Senatorin von Texas, Mitglied im nationalen Sicherheits-, Rüstungs- und Strategieausschuß, offiziell nicht bekannt wurde. Aber stets hatte er beteuert, daß es ihm nichts ausmache und daß es sein Ehrgefühl nicht beeinträchtigte, als armer Hund von einer Millionärin geliebt zu werden.

Da stand er nun. Sein heller Trenchcoat war durchnäßt.

Er zog ihn aus, legte ihn auf den Sessel, den Hut darauf. Sie eilte auf ihn zu und umarmte ihn. Durch das dünne Negligé spürte sie die Kälte seiner Kleidung.

»Schön, daß du da bist«, stammelte sie zwischen Küssen.

»Der Zug war voll. Ich mußte stehen.«

Sie drückte ihn auf eines der Sofas, die parallel vor dem Kamin standen, und setzte sich ihm gegenüber. Es war wie jedesmal. Sie konnte sich nicht an ihm satt sehen.

»Ich liebe dich, Arie«, sagte sie, »weißt du das? Du bist der erste Mann, dem ich das gestehe, von dem ich sogar träume.«

Die ganze Zeit über hielt er etwas unter den Arm geklemmt. Es war in Weihnachtspapier mit bunten Sternen und Tannenbäumen gewickelt. Er reichte es ihr.

»Was ist das?«

»Erst an Christmas öffnen.«

Da hatte sie die Verpackung schon aufgerissen. Es war ein Lexikon, offenbar ein sehr altes. Etwa in der Mitte fand sie ein Lesezeichen. Sie schlug die Seite auf. Ein Stichwort war unterstrichen. Sie las lächelnd, erst leise, dann laut.

»Beischlaf: Man nehme das ...«, sie zögerte, »... man nehme das steife Glied des Mannes und führe es ... hm ... in die Scheide der Frau. Dann reibe man darin so lange auf und ab, bis ein weißer Schleim entsteht ... Daraufhin fallen beide in einen sanften Schlaf. – O wie wunderbar!«

Sie klappte das Buch zu, lehnte sich zurück und schloß die Augen. Wenn sie einatmete, waren die erregten Spitzen ihrer Brüste zu erkennen.

»Du Scheusal«, keuchte sie, »du bringst mich auf hundert.«

»Es ist das erste Quäkerlexikon.«

»Darling«, sagte sie flüsternd, »wollen wir es ausprobieren?«

»Aber gern.«

»Sofort?«

»Hier?«

»Ja, hier.« Sie knotete den Gürtel ihres seidenen Negligés auf und lag nackt vor ihm auf dem Sofa. Begehrlich öffnete sie die Schenkel. Blond-rosa glitzerte es dazwischen. Später wiederholten sie es noch einmal im Bett. Sie nahmen das steife Glied des Mannes und führte es in die Scheide der Frau. Doch bevor sie in sanften Schlaf verfielen, kam erst das Ungewitter mit Blitz und Donner, mit Keuchen und Stöhnen. Es war, wie immer, ein wollüstiger Sinnenrausch, Sex pur, sehr perfekt.

Irgendwann in der Nacht erwachte Gloria und bemerkte, daß ihr Geliebter nicht schlief.

»Was ist, Darling?«

»Nichts«, log Arie.

Sie kannte ihn besser. »Du bist anders als sonst, Arie.«

»Inwiefern?« wich er aus.

»Hast du Sorgen?«

»Nicht die Spur.«

»Dann hast du eben Kummer. Ist es dein neues Buch?«

»Vielleicht«, gestand er. »Es geht nicht sonderlich gut voran.«

»Warum?«

»Keine Ahnung. Irgend etwas fehlt daran.«

Sie überlegte minutenlang.

»Fehlt dir Berlin?« tippte sie mit weiblichem Einfühlungsvermögen.

»Nicht nur Berlin, einfach alles. Das Ganze. Die Heimat. Ob du es glaubst oder nicht, ich vermisse dieses verfluchte Deutschland, ich werde es wohl nie mehr wiedersehen.«

»Du wirst es wiedersehen«, versprach sie.

»Nein, es gibt keine Hoffnung. Ich hätte einen anderen Romanstoff wählen sollen. Nicht diese preußische Liebesgeschichte.«

»Du wirst in deine Heimat zurückkehren«, versicherte sie in dem scharfen Ton, den alle bei ihr fürchteten.

»Vielleicht wenn es zu spät ist«, erwiderte er.

»Nein, schon bald.«

»Was ist bald?« fragte er resignierend.

»Hab noch ein paar Jahre Geduld, Arie.«

Nach geraumer Zeit vernahm sie wieder seine Stimme. »Und woher beziehst du diese Überzeugung, Darling?«

»Eigentlich darf ich nicht darüber sprechen«, eröffnete sie ihm. »Aber da laufen gewisse Entwicklungen.«

»Ja, Hitler siegt an allen Fronten«, bemerkte er bitter.

»Doch am Ende wird er verlieren.«

»Jetzt knüppelt er die Engländer nieder. Die Schlacht um England nennen sie es. Liest du keine Zeitungen?«

»Die USA planen langfristig«, erklärte sie. »Es ist vorgesehen, England so zu stärken, daß es Hitler widerstehen kann. Der Krieg wird in eine völlig neue Dimension eintreten. Noch ist alles *top secret.*«

»Wie stellt ihr euch das vor?« zweifelte er. »Jeder Geleitzug wird von deutschen U-Booten auf den Grund des Atlantiks geschickt.«

»Präsident Roosevelt«, rückte sie zögernd heraus, »und Churchill werden bald Gespräche führen und ein Abkommen treffen. Das Treffen der beiden Staatsmänner ist für den Frühsommer geplant. Kennwort Charta.«

»Wo?« bohrte er ungläubig, »in London, in Washington oder unter Palmen auf Hawaii?«

»Es wird ein sicherer Platz sein. Dort, wo kein Spion sie belauschen und kein Agent sie erreichen kann.«

Mehr darüber erfuhr Arie Goldstern in dieser Nacht nicht.

Noch bei Dunkelheit verließ Arie Goldstern die Villa in Georgetown, eilte zum Zentralbahnhof und nahm den ersten Zug, den *businesstrain,* nach New York.

Mit Glorias Ring spielend, dachte er über vieles nach. Daß sie sich bei der Vernissage dieser kanadischen Malerin kennengelernt hatten, war kein Zufall gewesen. Er hatte alle Register gezogen, damit die Einladung die Senatorin von Texas, Mitglied in geheimen Ausschüssen der Regierung, erreichte und damit sie sie wahrnahm.

Das alles war raffiniert eingefädelt worden. Auch daß sie sich in ihn verknallte und seine Geliebte wurde.

Nach fünf Stunden Fahrt kam der Expreß in der New Yorker Philadelphia Station an. Es ging auf Mittag. Mit U-Bahn und Bus fuhr Arie Goldstern zu seiner Wohnung in Greenwich Village, einem hübschen Atelier-Apartment mit Dachgarten.

Erst schlief er mehrere Stunden. Gegen Abend funktionierte er sein Radio zu einem Kurzwellensender um. Dazu brauchte er nur einige Kabel anders zu stöpseln. Dann schloß er das Gerät an eine in der Dachrinne und am Giebel entlanglaufende unsichtbare Hochantenne an. – In Berlin ging es bereits auf Mitternacht, als er seine verschlüsselte Information in Richtung Osten funkte. Vor Neufundland wurden die Morsesignale von einem dort liegenden Fischdampfer aufgefangen und verstärkt weitergeleitet. Arie Goldstern war Agent im Amt Canaris, dem deutschen Auslandsgeheimdienst.

Eines der codierten Worte in seinem Funkspruch wiederholte sich immer wieder. Im Klartext lautete es: Charta.

5

Strawinski komponiert seine Sinfonie in C-Dur. Charly Chaplin dreht die Hitlerpersiflage »Der große Diktator« und Veit Harlan den Film »Jud Süß«.

23. Dezember 1940
»Kamera ab! Ton ab!« rief der Regisseur.

Die Klappe wurde geschlagen. »Einstellung hundertsieben zum zweiten Mal.«

Durch die Kulisse eines Burgtores kam ein Reiter in die Kulisse des Burghofes hereingaloppiert. Er war im Stil des 16. Jahrhunderts gekleidet. Vor einem Balkongerüst, an dem Henkersknechte nagelten, sprang er vom Pferd. Nach kurzem Blick auf die Hinrichtungsstätte eilte er die Kulisse einer steinernen Außentreppe hinauf.

»Kopieren!« rief der Regisseur. »Umbau!«

Die Scheinwerfer verloschen. Am Drehort entstand hektisches Hin und Her. Der Regisseur verließ seinen Klappstuhl. Professor Carl Froelich drehte in der Filmstadt Babelsberg bei Berlin die ersten Szenen seines neuen Monumentalfilms »Das Herz der Königin«.

Volltönend wandte er sich an den Regieassistenten. »Nächste Szene innen. In zwanzig Minuten geht es weiter.« Dann schaute er zum Himmel. Es sah nach Schnee aus.

In Tonhalle 8 war der Saal eines Tudorschlosses aufgebaut. Granitkamin, die Wände aus dunklem, reichgeschnitztem Holz, imitierter Marmorboden, ein paar Sitzmöbel.

Diesmal wurde gehupt. Die Schauspieler, drei hübsche junge Mädchen, erschienen im Studio. Das Licht war schon eingerichtet. Die Kamera stand bereit, der Tonmeister zeigte klar.

Als letzte hatte die große Diva ihren Auftritt. In tiefdekolletiertem dunkelgrünem Samtkleid, perfekt geschminkt, mit Krone auf den roten Locken sah sie wunderbar aus.

Prof. Froelich nahm den Weltstar beiseite und sagte in seinem unverwechselbaren Berliner Dialekt: »Hör mal zu, Schätzeken, vergiß allet, wat de je bei Schillern über Maria Stuart jelesen hast. Sie hatte zwar 'nen längeren Hals als du, aber du hast'n weitaus hübscheren Busen.«

Froelich legte seinen Arm um ihre üppigen Hüften und fuhr fort: »Dat hier is Fotheringhay Castle, dein Gefängnis. Du sitzt schon 'n paar Jährchen hier ein. Morjen sollste jeköpft werden. Also verschenkste deine Klunker an die Edeldamen. Die Tür geht uff, und Leicestern kommt. Du liebst ihn, doch er hat dich verraten, die Rübensau. Wat de zu zwitschern hast, steht im Drehbuch.«

Die Schwedin in ihrer erblühten Schönheit, so groß wie Froelich, kannte den Text. Sie repetierte ihn mit dunkler Stimme und reizvollem Akzent.

»Was klagt ihr? – Warum weint ihr? – Freuen solltet ihr euch, daß meiner Leiden Ziel nun endlich naht.«

»Fabelhaft, Kleene!« lobte Froelich. »Nur noch 'n bißchen gelöster. Wir machen 'ne Probe, dann drehn wa gleich heiß.«

Es dauerte etwas, bis Licht und Schatten im Gesicht der Schwedin stimmten. Die Klappe wurde geschlagen. »Vierundvierzig zum ersten Mal!«

Erst war die Königin nicht gut im Bild, als sie ihrer Vertrauten ein Kollier umlegen wollte. Beim zweiten Mal hatte der Star eine glänzende Nase. Sie mußte nachgepudert werden. Dann hakte sich beim Herausnehmen aus der Schmuckschatulle eine Perlenkette mit einem Armreif. Schließlich, nach einem Kameraschwenk auf die Tür, trat Leicester eine halbe Sekunde zu spät auf. – Beim fünften Mal stimmte alles.

»Kopieren!« entschied der UFA-Regisseur. »Umbau. Nächste Szene.«

Die Schwedin, sie hatte immer öfter zu der großen Studiouhr gesehen, wandte sich nun an den Professor. Mit ihren rollenden »R« sagte sie: »Hör zu, Carlo! Schon halb drei. Wir müssen Schluß machen für heute, sonst versäume ich in Saßnitz das Fährschiff. Morgen ist Heiligabend.«

Froelich klatschte sich gegen die Stirn, als habe er das glatt vergessen. »Natürlich, morgen, Kinder, wird's wat jeben. – Schluß für heute. Dienstag drehn ma weiter.« Und zu seiner Hauptdarstellerin sagte er: »Für dich erst am achten Januar, Schätzeken, dann biste wieder dran.«

Sie küßten sich abschiednehmend.

Der Star verschwand in seiner Garderobe, wurde abgeschminkt und kleidete sich um. Wegen ihrer üppig geformten Hüften und der ein wenig zu stämmigen Beine zog die Schwedin meist lange Röcke vor. Sie verteilte noch Geschenke an Garderobiere, Friseur und Maskenbildner, dann schwebte sie, Küßchen hier, Kußhand dorthin, von dannen.

Vor Halle 8 stand ihr cremefarbenes Mercedes-Kompressor-Cabrio, aufgetankt mit laufendem Motor. Den kostbaren Zobelmantel lässig umgehängt, stieg sie ein. Vorne, am Haupttor, ehe der Schlagbaum hochging, hielt sie noch einmal an. Wie jedes Jahr verteilte sie an die Portiers kleine Aufmerksamkeiten.

»Frohes Fest!«, und schon gab sie Gas.

Der schwere Wagen zog dunkle Reifenspuren durch den Hauch von Schnee auf dem Asphalt. – Drinnen im Portiershäuschen öffneten die Wachmänner die bunt eingewickelten Päckchen.

»Schokolade«, sagte einer, »meine Kleene wird sich freuen. Echte Schokolade.«

Der Ältere, der am Fenster stand, meinte: »Sie weiß, was sich gehört und woran es hapert.«

»Das war Zarah Leander.«

»Ja, unsere Klara Zylinder«, verballhornte der Ältere liebevoll den Namen. »Immer nobel. – Was für ein Weib!«

»Mit der würdest du mal gerne wollen, wie?«

»Wollen schon«, gestand der Ältere, »aber vor Aufregung nicht können.«

Der Schneeregen wurde vom steifen Nordost quer über die Mole getrieben. Nach vier Stunden Fahrt lief die Fähre im schwedischen Trelleborg ein und machte fest. Erst rollten die Autos von Bord, dann die Eisenbahnwaggons.

Im Hotel Gösta traf der Filmstar einen Mann. Er trug einen pelzgefütterten Trenchcoat, wirkte stattlich, hatte einen Von-Papen-Schnurrbart im gebräunten Gesicht und wartete in der Lobby.

»Kaffee?« fragte Bodo von Zelitsch, der Leander aus dem Zobel helfend.

»Tee«, bat sie und übergab dem deutschen Exdiplomaten eine Aktentasche aus Krokoleder. Sie wog schwer.

»War schwierig, sie aus deiner Wohnung zu schaffen«, sagte sie. »Das Haus wird überwacht. Ist diese Tasche so wichtig?«

Zelitsch schlug kurz die Klappe zurück. Alles, was er erwartet hatte, schien vorhanden zu sein. »Überlebenswichtig. Mein zweiter Paß, die Geburtsurkunde, Zeugnisse, mein Schweizer Sparbuch, und ...«, er schüttelte ein Leinensäckchen, »... etwas Geld, um nicht zu verhungern.«

Der Filmstar hatte es eilig. Es war Nacht, und sie wollte nach Hause auf ihr Landgut. »Ich muß noch Hunderte von Kilometern fahren«, drängte sie. »Was kann ich für dich tun, Bodo?«

»Wie geht es in Berlin?« wollte er wissen.

»Na, wie schon. Euer Hitler ist auf der Siegerstraße.«

»Auf der Mörderstraße«, bemerkte der Exdiplomat bitter. »Gegen ihn hilft nur eine Superwaffe.«

»Dann baut sie doch«, erwiderte die Diva. Wenn sie die kräftigen Beine übereinanderschlug, waren sie trotzdem von reizvoller Erotik.

»Das kann nur Amerika«, fürchtete der Diplomat. »Und

so verrückt es klingt, es funktioniert nicht ohne die Hilfe der Deutschen.«

»Damit würden sie ihr eigenes Grab schaufeln«, wandte die Leander ein. Sie nahm ihren Tee mit zwei Löffeln Zukker, rührte um und trank in kleinen Schlucken. Das feine Porzellan färbte sich dunkelrot von ihrem Lippenstift.

»Ohne die Hilfe einiger deutscher Wissenschaftler«, schränkte der Diplomat ein, »geht leider gar nichts.«

»An wen denkst du?«

»An unsere Teilchen-Physiker. Aber Otto Hahn oder Heisenberg, der Quantenmechaniker, scheiden aus. Die machen da nicht mit.«

»Wer käme noch in Betracht?« zeigte die Leander sich interessiert.

»Siegmund Kant.«

Dieser Name war der Schwedin bekannt. »Ist das nicht ein Freund von dir und General Nordstein, der . . .«

Zelitsch nickte. »Von uns dreien kam er am schlechtesten weg. Er sitzt im KZ Oranienburg und soll schwer krank sein.«

Die Schwedin setzte die Tasse ab, steckte sich eine Zigarette an und spielte gedankenverloren mit dem goldenen Feuerzeug. Mutig, tatkräftig und hilfsbereit, wie sie war, fragte sie: »Was soll ich machen, Bodo?«

»Folgendes«, bat der Ex-Diplomat und beugte sich vor. Ehe er sprach, schaute er sich um, ob sie auch nicht belauscht würden. Aber sie waren allein in der Hotelhalle.

Nach den Heiligen Drei Königen kehrte die Filmschauspielerin aus Stockholm nach Berlin zurück. In den Babelsberger Ateliers gingen die Dreharbeiten zu »Herz der Königin« weiter.

Spätabends in ihrer Wohnung rief die Leander eine Nummer an, die nicht im Telefonbuch stand. Sie gehörte Admiral Wilhelm Canaris, dem Chef des deutschen Spionage-Abwehrdienstes.

6

Die Sowjetunion erobert Finnisch Karelien. Italien greift von Albanien aus Griechenland an. Roosevelt wird zum dritten Mal Präsident der Vereinigten Staaten.

30. Dezember 1940
Der Weihnachtsbaum war nicht verdorrt, sondern verrostet, denn er bestand aus Draht und Dosenblech. Er befand sich 900 Seemeilen von der irischen Küste entfernt im Nordatlantik, in der Unteroffiziersmesse von U 136.

Abseits aller Routen kämpfte sich das weidwunde deutsche U-Boot nach Hause. Auf Europa und Neujahr zu wurde das Wetter leider immer besser. Aus dem makellosen Blau des Himmels drohte der Tod. Fünfmal hatte es wegen einer Möwe, die der Ausguck für ein Flugzeug hielt, Alarm gegeben. Das zehrte an den Nerven – und an den Maschinen. Jeden Tag erstattete der LI zweimal Meldung.

»Machen Umdrehungen für acht Knoten. Backbord-Diesel plus Steuerbord-E-Maschine.«

Das bedeutete, der intakte Diesel trieb die Backbordmaschine in Generatorschaltung an und diese wiederum die E-Maschine an Steuerbord. So kamen sie wenigstens in Zweischraubenfahrt vorwärts.

»Der Defekt am Süßwasseraufbereiter ist mit Bordmitteln nicht zu beheben«, bedauerte Behrens.

»Jeder Mann pro Tag nur noch eine Tasse Wasser«, entschied der Kaleu, »außer Tee und Apfelsaft. Waschen findet ausschließlich mit Seewasser statt.«

Weiter ordnete er an, daß der II WO Salzwasserseife, die weder schäumte noch sonderlich reinigte, ausgab. Ständig versuchte Lützow den LI aufzurichten. Behrens sah schon aus wie der dritte Mann bei Dürers »Ritter und Teufel«.

»Ist ja nur noch eine Woche, Behrens.«

»In einer Woche kann man tausendmal sterben, Herr Kaleu.«

Beim Essen forderte Lützow statt eines Gebetes von jedem der Offiziere reihum einen flotten Spruch an. Dies zur Aufheiterung der Gemüter. »Aber nichts vom Reichsjugendführer Gedichtetes oder aus Rosenbergs Mythos des zwanzigsten Jahrhunderts«, bat er.

Wessel, der II WO, dachte nicht lange nach. »Lieber einmal mit Marika Rökk«, sagte er, » als siebenmal mit Joseph Goebbels.«

»Mahlzeit«, wünschte Lützow. – Ab sofort gab es keine Sinnsprüche mehr.

Wegen der lädierten Hauptlenzpumpe mußte die Bilge per Hand trockengehalten werden, damit die Batterien nicht absoffen oder Knallgas bildeten. Die ermüdend geringe Fahrstufe war nur im frischen Wind auf der Brücke erträglich. Gegen den Gestank drinnen im Boot halfen nicht einmal zehn Liter Eau de Cologne. Auch die Läuseplage wurde immer schlimmer.

Am vorletzten Tag des alten Jahres meldete Rahn, der I WO: »Heizer Riedel hat Fieber, Herr Kaleu.«

»Auf U-Booten finden Erkältungen nicht statt«, erwiderte Lützow. »Grippe ist auch verboten.«

»Er hat einen Furunkel in der Leistengegend.«

Lützow untersuchte den Dieselheizer Riedel. Es sah schlimm aus. »Wie kommst du an so was, Junge? Erst Läusebiß, dann gekratzt mit deinen Dreckspfoten, he.«

Der Gefreite nickte unter Schmerzen und versuchte zu lächeln. Das Geschwür war rubinrot, faustdick und lag zwischen Blinddarm und der Oberschenkelbeuge. Lützow glaubte einen gelben Punkt zu erkennen.

»Ich schneide«, entschied er, »damit es nicht zur Blutvergiftung kommt.«

Sie klappten die Back im Bugraum herunter und legten den Heizer darauf. Lützow holte seinen Instrumentenkoffer. Wie man Furunkel behandelte, das wußte er noch vom Kommandantenlehrgang, dazu brauchte er nicht erst im Doktorbuch für Notoperationen auf See nachzublättern. Er bepinselte den rechten Unterleib des Heizers mit Jod, dann vereiste er den Furunkel mit Chloräthyl.

»Festhalten!« befahl er dem Obermaat und der Freiwache.

Sie packten Riedel am Kopf, bei Armen und Füßen. Lützow tauchte das Skalpell in Alkohol und schnitt beherzt in die weißlich vereiste harte Hautkruste. Schreiend bäumte der Heizer sich auf. Gelbgrün spritzte der Eiter. Es hörte nicht auf zu quellen. Lützow drückte und zog und war erst zufrieden, als Blut kam.

»Das war ganz schöner Mist«, sagte er. »Aus so einem Riesending da machen arme Leute zwei draus.«

Sie legten Mull auf die Wunde und hoben den Heizer in die Koje. Offenbar ließ der pochende Schmerz allmählich nach. Dafür dröhnte jetzt die Alarmhupe durch das Deck.

»Kriegsfahrzeug an Backbord voraus!«

Lützow stürmte auf die Brücke. Der Gegner war mit schmaler Silhouette am Horizont kaum zu sehen. Daß er sie optisch entdeckt hatte, schien unmöglich.

»Gegner läuft auf uns zu«, meldete der Mann mit den besten Augen.

»Sie haben schon alle dieses verdammte Radar«, fluchte Lützow. »Tauchen!«

Jeder Tauchvorgang beanspruchte das schwerbeschädigte Boot. Aber es ging um das Leben von fünfzig Männern. Außerdem wollte Lützow sein Boot, das immerhin drei Millionen Reichsmark gekostet hatte, nach Hause bringen.

Kaum waren sie unten, war auch schon der Gegner im Horchgerät zu vernehmen.

»Kleiner Kreuzer«, vermutete Lützow, »für einen Zerstörer klingt sein Schraubengeräusch zu dumpf. Das muß schon einer aus der Vorpostenkette bei den Hebriden sein.«

Sie änderten den Kurs, um dem Kreuzer zu entkommen. Bald breitete sich der Gestank von schmorendem Isolierlack im Boot aus. Von achtern kam eine Hiobsbotschaft.

»Steuerbord-E-Maschine durchgebrannt.«

»Tauchretter aufsetzen!« befahl Lützow.

Hinten hatten sie die Maschine gestoppt und löschten mit Minimax, so gut es ging.

»Das hat uns noch gefehlt«, sagte Lützow zum LI.

»Ich habe Angst, Herr Kaleu«, gestand Behrens, »daß wir es nicht mehr packen. Es ist einfach der Wurm drin.«

»Da sind Sie noch fein raus«, erklärte der Kommandant trocken. »Ich habe sogar unheimlich Schiß.«

Die Prismen in der Sehrohroptik waren aus der Verankerung gefallen. Lützow mußte ohne Rundblick auftauchen. Ringsum herrschte dichter Nebel.

»Typisches Schottlandwetter«, meinte Obersteuermann Klein, der erfahrene Fischdampferkapitän.

Lützow seufzte nur schwer. »Und der allmächtige Gasförmige mit dem Rauschebart hat den Daumen dazwischengehalten.«

Wie Blinde tasteten sie sich durch das Insellabyrinth. Ihren Standort kannten sie nur ungefähr. Aber soviel war zu erkennen, daß es für eine neue Freudenbotschaft reichte.

»Wir verlieren wieder Öl«, meldete der Leitende.

»Lassen Sie Treibstoff peilen.«

»Schon geschehen, Herr Kaleu. Wir haben noch sieben Tonnen.«

Jeder wußte, daß das nicht hin und nicht her reichte. Neue Konferenz mit dem Obersteuermann in der Zentrale. Der Weg um Irland herum, durch die Biskaya nach La Pallice, Bordeaux oder Brest war zu weit.

»Wir müssen den kurzen Weg nehmen«, rief der Obersteuermann, »durch den Nordkanal zwischen Irland und Schottland. Das sind aber auch schlanke sechshundert Meilen. Unsere gegenwärtige Position ist vierzig Meilen südlich der Hebriden.«

Um durch die Meerengen zu kommen, brauchten sie einen größeren Haufen Glück, als ihnen noch zustand.

»Diese Ecke ist voller Untiefen und Minensperren, voll von versenkten Wracks und Blockschiffen und Hunderten von Bewachern.« Trotzdem wälzten sie die Karten, die Seehandbücher und Gezeitentafeln.

»Man kriegt niemals fünf, wenn man zwei und zwei zusammenzählt«, sagte Lützow, »aber wir haben keine andere Chance. Wir riskieren es einfach mal. Wir mogeln uns durch, segeln dem Teufel ein Ohr ab, wie es früher hieß.«

Täglich setzten sie kodierte Funksprüche zum BDU ab, wußten aber nicht, ob sie auch empfangen wurden. Eine Antwort vom Stab war schon seit zehn Tagen überfällig.

Am Morgen des 31. Dezember hatten sie die vorgelagerten schottischen Inseln Tiree, Islay und Kintyre passiert und liefen in den Nordkanal ein. Endlich lieferte der Steuermann eine genaue Positionsangabe. »Rathlin Island peilt in siebzig Grad«, meldete er.

Aus dem Nordkanal, der eigentlich eine fünfzig Kilometer breite Meerenge war, stand ihnen starker Ebbstrom entgegen. Oben ging die beste Crew Turmausguck. Der LI hing ständig achtern bei seinem Diesel herum. Er streichelte und hätschelte ihn, damit er durchhielt. Einschraubenantrieb gegen den Ebbstrom, der wie durch eine Düse aus der Irischen See schoß, lieferte gerade noch Radfahrertempo.

Lützow hielt sich so nahe wie möglich unter Land. Dort setzte der Strom schwächer. Doch dann, gegen Abend, kam der Schlußakkord. Der LI meldete: »Noch eine halbe Tonne Treibstoff. Das Bunkerleck ist zu groß. Wir sabbern alles weg.«

Das bedeutete, in drei Stunden würde der Diesel mangels Futter ein für allemal stehenbleiben. Lützow wollte nicht behaupten, daß er für diese Lage ein Rezept bereithielt. Er entschied spontan.

»Wir steuern die irische Küste an. Kurs zwo-null.«

Als das Lot nur noch dreißig Meter anzeigte, beschloß Lützow, das Boot erst einmal auf Grund zu legen.

»Sand und Schlick«, versicherte der Obersteuermann. »Laut Segelhandbuch.«

»Wenn es zur Windjammer-Zeit so war, ist es auch heute noch so«, bemerkte der II WO.

Sie tauchten, gaben dem Boot Untertrieb und setzten es sanft hin. Lützow befahl der Besatzung, sich in die Kojen zu legen und zu schlafen. Er selbst hockte sich in den Horchraum. Die Kopfhörer auf den Ohren, lauschte er stundenlang. In seiner Notlage sah er nur zwei Möglichkeiten. Entweder sie versorgten sich bei einem auslaufenden Fischdampfer, dessen Ölbunker voll waren, mit Treibstoff – oder sie gaben das Boot auf und ließen sich in Irland internieren.

»Da kommt einer auf«, flüsterte der Horchgefreite.

»Dampfmaschine«, entschied Lützow. »Die feuern hier alle noch mit Waliser Kohle. Doch mit Kohle läuft unser MAN nicht.«

Später hörten sie schnelle Bewacherkorvetten. Aber die waren zu stark bewaffnet.

Endlich, gegen 22.00 Uhr, näherte sich ein hoffnungsvolles Geräusch. Es war das typische Stampfen eines Einzylinder-Glühkopfdiesels. Lützow ließ den I WO und den LI wecken.

»Anblasen in fünf Minuten. Geschützbedienung drei Komma sieben sich klarmachen. Munition vormannen. Sprengzünder!«

U 136 tauchte auf. Ohne die Nachtgläser sahen sie den Fischdampfer, einen Engländer, herantuckern. Seine Positionslampen brannten friedensmäßig. Mit dem Brückenscheinwerfer blinkten sie ihn an und setzten ihm einen Schuß vor den Bug. Das galt als Aufforderung zu stoppen.

Immer das Rohr der 3,7 auf ihn gerichtet, manövrierten sie näher und legten an seiner Seite an. Gefolgt von einem Prisenkommando, enterte der II WO hinüber. Es kam zu lautem Palaver, sogar zu Handgreiflichkeiten. Ein Pistolenschuß fiel. Dann war Stille.

Die Heizer von U 136 zogen den dicken Beölungsschlauch herüber. Sie hämmerten den Bunkerverschluß des Fischdampfers auf und steckten den Saugrüssel hinein. Im U-Boot sprang die Pumpe an.

»Unser Schlauch ist zu kurz und zu dünn«, schimpfte Behrens.

»Wieviel schaffen wir, LI?«

»Wenn es hoch kommt, drei Tonnen in der Stunde.«

Sie schafften vier Tonnen, denn der Leitende rechnete stets zu seinen Gunsten. Das war immer so. Bis 23.30 Uhr pumpten sie. Als der Treibölvorrat des Fischdampfers fast alle und ihre Tanks so voll waren, daß es bis nach Hause reichte, entstand auf dem Fischdampfer eine Wuhling. Der II WO schrie herüber: »Der Käpt'n, das Schwein, hat mit dem Notsender SOS gefunkt.«

In weitem Bogen flog ein Mann über Bord.

»Sofort einsteigen!« befahl Lützow. »Die Bewacher können in wenigen Minuten hier sein.«

Sie kappten den Schlauch und übernahmen ihr Prisenkommando.

»Beeilung! Beeilung!« hallte es über das Deck.

Langsam trieb U 136 im Strom von dem Fischdampfer ab. Lützow hatte eine weitere schwere Entscheidung zu fällen. Er mußte den Fischdampfer versenken.

»Wenn sie den Bewachern erzählen, was los war, dann jagen die uns und kriegen uns auch. Dann herrscht bis runter zur Isle of Man Großalarm. Die fürchten deutsche U-Boote wie den Tripper.«

»Der Käpt'n ist selber schuld«, bemerkte der I WO dazu.

Das Kommando erfolgte umgehend: »Feuer frei!«

Mit acht Schüssen aus der U-Boot-Kanone in Rumpf und Aufbauten schickten sie den Fischdampfer zu den Heringen. Langsam soff er ab. Bevor er Heck voraus unterschnitt, war die Besatzung ins Beiboot gegangen und ruderte weg. Dann erfolgte noch eine Explosion. Das war wenige Minuten nach Mitternacht. Eine Stichflamme blowte gelbrot hoch, Funken sprühten gen Himmel.

U 136 hatte längst abgedreht. Dies mit der Hoffnung auf Zeitgewinn. Und seien es auch nur wenige Stunden.

»Erbärmliches Silvesterfeuerwerk«, sagte Lützow. »Übrigens, ein gutes neues Jahr, Herrschaften.«

»Dieser Fischdampferkäpt'n«, meinte der II WO, »war doch der größte Idiot westlich des Rheins, oder?«

Keiner antwortete. Jeder hing seinen Gedanken nach. Was würde das Jahr 1941 bringen? –

Schon bald hatten sie alle Hände voll zu tun, um den Bewachern zu entkommen.

7

Die USA erlassen eine Teilmobilmachung. Der britische Gegenangriff in Nordafrika zeigt erste Erfolge. Die Deutschen finanzieren durch »eisernes Sparen« den Krieg.

31. Dezember 1940
Ein Mann im Wintermantel, den Kragen hochgeschlagen, den Hut tief ins Gesicht gezogen, betrat das Hotel Lutetia, die Zentrale der Spionage-Abwehr im Raum Groß-Paris.

Aus dem Vestibül schlug ihm Wärme entgegen. Im Unterschied zum Rest der Stadt bekamen die deutschen Besatzer immer genug Kohle, um die Heizung brummen zu lassen. Aber es stank auch ein wenig nach Kaserne.

Links stand ein Gefreiter in grauer Wehrmachtsuniform.

»Ist Oberst Reimers da?« fragte der Zivilist.

»In seinem Büro, Herr Hauptmann.«

Der Zivilist eilte in den ersten Stock zum Referat III/F. Ohne anzuklopfen stürmte er hinein. Der Chef der Abteilung Gegenspionage – er war auch zuständig für die aktive Bekämpfung feindlicher Dienste – saß hinter seinem Schreibtisch. Für den recht mickrigen Oberst war das mächtige Empire-Möbel zwei Nummern zu groß.

Ohne ein Wort zu äußern, zog Hauptmann Lang eine weiße Damenhandtasche, ein teures Stück Saffianleder, aus dem Schutz seines Mantels. Das vergoldete Monogramm zeigte stilisiert die Buchstaben N. und P. Der Zivilist leerte den Tascheninhalt vor dem Oberst aus. Es war das übliche: Taschentuch, Puderdose, ein Parfümflacon, Zigaretten, ein Streichholzheftchen, in einem Silberstoffbeutel Geld in Scheinen und Münzen.

Der Oberst setzte seine Brille auf. Wie viele unscheinbare Menschen übertrieb er es mit der Brille. Sie hatte ein dunkles Schildpattgestell.

Mit spitzen Fingern sortierte er den Tascheninhalt. »Stinkt nach Puff«, sagte er, »ist das alles?«

»War schwierig genug, es aus ihrer Garderobe zu holen.«

Das Streichholzheftchen trug den knalligen Aufdruck »Moulin-Rouge«.

Der Hauptmann in Zivil wartete geduldig, ob auch der erfahrene Spion-Jäger Oberst Reimers das fand, was er selbst längst entdeckt hatte. Er und sein Vorgesetzter mochten sich nicht sonderlich. Reimers beneidete Lang, weil er selbst schon fünfzig, der Hauptmann aber erst Mitte Zwanzig war. Und Lang hielt Reimers für einen alten Sack ohne Ideen, für einen Kommißkopf, den das Amt Canaris gnadenweise von der Berliner Kriminalpolizei übernommen hatte.

Aber beide unterschätzten einander. Es dauerte nicht eine Minute, bis Reimers die Bleistiftziffern innen auf der Pappe des Streichholzheftchens entdeckt hatte.

»Aha!« Erleichtert lehnte er sich zurück. »Zwo-drei-eins-vier-eins«, murmelte er. »Was kann das bedeuten?«

»Ein Code, Herr Oberst.«

»Sie Schlauberger. Das weiß auch Vater Methusalem.«

Es ging darum, daß sie die Bedeutung der fünf Ziffern 2-3-1-4-1 unbedingt herausfinden mußten, denn wie immer war der Nachtclubsängerin Nicole Pinette nichts nachzuweisen. Zwar wußten sie, daß die Pinette für die französische Widerstandsbewegung arbeitete, daß diese Organisation von Tag zu Tag stärker wurde und ihre Sabotageakte die Sicherheit der deutschen Wehrmacht beeinträchtigten, doch bis zur Stunde hatten sie gegen die Pinette außer einem Verdacht so gut wie nichts in der Hand.

»Der Doktor soll kommen«, entschied der unterwachsene Oberst. Es dauerte nicht lange, und ihr Experte für Feind-Codes betrat den Raum. Er war mittelgroß, hatte ein blasses Gesicht, trug einen grauen Einreiher und war so durchschnittlich, daß man ihn leicht übersah, obwohl er als einer der tüchtigsten Entschlüsselungsfachleute galt.

Er wurde kurz eingeweiht, schaute sich die Ziffern an und meinte: »Eine Damenhandschrift.«

»Woran erkennen Sie das, Doktor?«

»Das sieht ein Graphologe sofort an der zierlichen Verspieltheit. Hier zum Beispiel, bei der Ziffer zwei, und dann das Häkchen unten an der Vier.«

»Nichts Neues!« Der Oberst drängte: »Bitte weiter!«

Der Doktor drehte sich um und schaute auf die Uhr. »In zwei Stunden ist Mitternacht«, stellte er fest, »und Neujahr, meine Herren.«

»Auch das ist nichts umwerfend Neues«, mäkelte Oberst Reimers an dieser Erkenntnis herum.

Der Doktor lächelte überheblich, wie viele Wissenschaftler Laien gegenüber. »In zwei Stunden beginnt das Jahr neunzehnhunderteinundvierzig. Die Endziffern vier und eins könnten das neue Jahr bezeichnen. Die Ziffern drei und eins nennen vielleicht das genaue Datum, nämlich den dritten Januar.«

»Und die Zwei, was sagt die Ihnen, Doktor?«

»Die Zwei am Anfang«, bemerkte der Experte. »Sie bezeichnet meiner Meinung nach den Ort, wo am dritten Januar des kommenden Jahres etwas stattfinden wird.«

Um die Zwei zu analysieren, dafür wurde der Doktor nicht bezahlt. Er war kein Abwehrtaktiker.

»Danke, Doktor.« Damit war er entlassen.

Wieder allein mit Lang, stand der kleine Oberst auf, trat an die Heizung und wärmte seinen Rücken.

»Besitzen wir irgendwelche Erkenntnisse in bezug auf einen Ort mit der Ziffer zwei?« fragte er wie nebenbei.

»Nichts Spezielles, Herr Oberst.«

Reimers dachte eine Weile nach, dann traf er seine Entscheidung. »Was immer Sie heute nacht noch vorhaben, Hauptmann Lang, es fällt aus. Bringen Sie die Tasche dieser Chansonneuse in ihre Garderobe zurück. Dann erfolgt

Verhaftung. Im Keller wird sie schon reden. Ich glaube, daß wir endlich etwas Handfestes haben.«

Der junge Abwehroffizier in Zivil – unter dem Mantel trug er einen Smoking – steckte sich, ehe er ging, eine R-6 an.

»Schnappen Sie sich ein paar Leute«, gab ihm der Chef von Referat III noch mit auf den Weg.

Im bläulichweißen Scheinwerferlicht stand eine schlanke Frau auf der Bühne des Nachtcabarets, in dem wohlhabende Pariser Kreise das Jahresende feierten. Die Pailletten am Goldlamé-Kleid glitzerten und warfen wie winzige Spiegel das Licht zurück.

Nicole Pinette bewegte langsam das Knie aus dem hohen Seitenschlitz. Mit eleganter Bewegung des rechten Beines streifte sie die Schleppe zurück. Dann schüttelte sie kopfzuckend eine Locke der kastanienbraunen Haarfülle aus der Stirn. Es war wenige Minuten vor Mitternacht. Als Abschluß dieses Jahres wollte sie noch einmal ihr erfolgreiches Chanson bringen.

Gehaucht, fast tonlos, setzte sie an: *»J'attendrai . . .«* Das Publikum applaudierte. Die Stimme der Pinette steigerte sich: *»J'attendrai le jour et la nuit, j'attendrai toujour . . .«*

Von hinten, wo für deutsche Wehrmachtsgäste immer Tische reserviert waren, konnte man die Pinette durch den Rauch der Zigaretten nur noch verschleiert erkennen. Ein Leutnant, der Hauptmann Lang begleitete, sagte: »Was für ein Weib!«

»Ja, eine echte Naturschönheit.«

»Sie könnte die Tochter der Piaf sein.«

»Dann wäre sie gewiß nicht so hübsch«, spottete der Hauptmann. »Ich fürchte nur, daß sie ihren Superschlager für eine Weile zum letzten Mal gesungen haben wird.«

»J'attendrai toujour . . .«, jubilierte sich die Pinette in die Höhe, *». . . mon amour.«*

Hauptmann Lang drückte die Zigarette aus. »Wenn Madame fertig ist, wenn die Korken aus dem Champagner krachen, den wir ihnen übriggelassen haben, erfolgt die Festnahme in ihrer Garderobe. So unauffällig wie möglich, bitte ich mir aus.«

Der Leutnant aus Langs Begleitung hatte eine Frage: »Was wirft man ihr vor?«

»Sie ist Agentin des Réseau Interallié.«

»Gibt es Beweise?«

»Wir beobachten sie schon seit Wochen. Den Hinweis lieferte ein Spitzel. Er sprach immer davon, daß eine Frau bei ihnen mitmacht, ein berühmter Revuestar mit besonderen Verbindungen nach England.«

»Gibt es Beweise?« bohrte der Leutnant, ein erstklassiger Verhörexperte, abermals.

»Die wird sie uns heute nacht liefern«, hoffte der Hauptmann.

»In all den Wochen hat man also nichts gefunden, weder Unterlagen, Funkverkehr mit England noch sonstwas«, staunte der Leutnant.

Hauptmann Lang weihte ihn tiefer ein: »Die Pinette ist mit einem Engländer verheiratet, der immer wieder heimlich herüberkommt. Mal nimmt er einen Kutter, mal ein Flugzeug. Plötzlich ist er da, und ebenso plötzlich verduftet er wieder. Diesen Mann will man haben. Vermutlich ist er ein wichtiges Tier beim Secret Service in London.«

»Wichtige Tiere nehmen selten am Pendelverkehr ins besetzte Frankreich teil.«

»Wegen so einer Frau möglicherweise schon«, meinte Lang.

»Von wem kommt der Befehl, Herr Hauptmann?«

»Was diesen Captain betrifft, meinen Sie, so erfolgte er direkt aus Berlin, unmittelbar vom Grand Chef, dem Admiral.«

»Dann steckt wohl mehr dahinter.«

Lang schloß dies nicht aus. »Ich hörte, es gehe um ein bestimmtes Wort, um eine Begriff, den man irgendwo aufschnappte und dessen Bedeutung man nicht erklären kann.«

»Kennen Sie dieses Wort, Herr Hauptmann?«

»Ja, ich kenne es. Aber es ist Gekados, geheime Kommandosache.«

Sie warteten den Applaus ab, mit dem man die Pinette überschüttete, das Klingen der Champagnergläser um Mitternacht, die allgemeine Küsserei, die Umarmungen, das »Prosit Neujahr« und »Vive la France!«. Unbemerkt verdrückten sich die Deutschen hinter die Bühne, wo sie den Star in Empfang nahmen.

Die schöne Nicole Pinette sah die beiden stehen und schien zu ahnen, worum es ging. Gefaßt hörte sie sich die Verhaftungsformel an. Ohne zu fragen, warum und weshalb, bat sie nur um eines: »Erlauben Sie, Messieurs, daß ich mich noch abschminke und umkleide.«

Im Verhörkeller der Abwehrzentrale im Hotel Lutetia nahm der Leutnant sich den Star vor. Als promovierter Psychologe machte er es äußerst subtil. Er stellte sich auf die Seelenlage der prominenten Künstlerin ein, die so gefühlvoll war, was ihre Interpretationen betraf, aber auch so stahlhart in ihrem Engagement für den Widerstand.

Wie üblich arbeitete der Leutnant erst mit Zuckerbrot und Versprechungen, dann mit der Peitsche, also mit Drohungen. Einmal mit Eis, dann wieder mit Glut. Dieses Wechselbad macht auf die Dauer jeden Häftling gefügig. Bis zum Morgen blieb das Verhör ohne Ergebnis. Mit kühler Intelligenz wich die Pinette allen Fallen aus.

In einer Pause drängte Oberst Reimers: »Wir haben wenig Zeit. Der dritte Januar ist schon übermorgen.«

»Wann übermorgen?«

»Keine Ahnung. Kurz nach Mitternacht, sehr früh, gegen Mittag oder abends«, sagte Reimers. »Von jetzt an bleiben uns bestenfalls dreißig Stunden. Außerdem brauchen wir mindestens einen halben Tag Vorlaufzeit, um gegenhalten zu können. Gegen was auch immer.«

Der Verhörfachmann leerte seine Tasse starken Mokka und machte sich wieder an die Arbeit, dieser so hartnäckig schweigenden Frau ihr Geheimnis zu entlocken.

Eine primäre Folter bestand darin, daß sie ihr genug zu trinken gaben, sie aber nicht auf die Toilette ließen. Das quälte sie von Stunde zu Stunde mehr, bis zur schieren Unerträglichkeit. Worte, Vorhaltungen und Drohungen bewirkten nichts bei ihr, aber gewiß die Reaktion ihrer inneren Organe.

In einer Pause sagte der Arzt zu dem Verhöroffizier: »Der Druck auf Blase und Darm erreicht irgendwann einen Punkt, der zwar von Körper zu Körper verschieden ist, aber an dem sie nichts mehr halten kann.«

Der Leutnant betrat wieder den Verhörraum, wo die Pinette jetzt schweißtriefend und völlig übermüdet auf dem Hocker saß. Alles begann wieder von vorne.

»Name?«

»*Mon dieu*, den kennen Sie doch längst.«

»Geboren?«

»*Naturelement*, klar bin ich geboren.«

»Verheiratet?«

»Was geht euch *boches* das an?«

»Mit einem Engländer«, stellte der Leutnant zum x-tenmal fest.

Am Abend kam dann die Minute, wo sie ihre Körperfunktionen nicht mehr beherrschen konnte. Alles ergoß sich aus ihren unteren Körperöffnungen. Sie sah wohl ein, daß man, selbst ohne sie zu berühren, mit ihr machen konnte, was man wollte, und daß sie das nicht überstehen würde. Sie bat um eine Zigarette und um ein Bad, sie bekam weder das eine noch das andere.

»Was bedeutet die Ziffer zwei in der Notiz auf dem Streichholzheftchen?« bohrte der Leutnant.

Mit geschlossenen Augen sagte sie: »Normandie.«

»Die reicht von Rouen bis Avranches, Madame. Wo dort bitte?«

»Bei Dieppe.«

»Das ist eine Hafenstadt. Genauer!«

»Eine Lichtung in einem Waldstück nahe der Straße nach Langueville.«

»Jede Ortsangabe besteht aus zwei Koordinaten, Madame.«

»Nördlich der Eisenbahngleise«, gab sie preis.

Jetzt, wo er sie hatte, ließ der Verhöroffizier nicht mehr locker. »Nennen Sie die Funklinie.«

In ihrer Not nannte sie auch die Frequenz und die Kontaktzeiten. Nur wer an Punkt zwei in der Normandie ankam, das vermochte sie nicht zu sagen.

»Ist Kevin Mortin Ihr Ehemann?« schrie der Leutnant ungeduldig.

Bevor sie antworten konnte, brach sie zusammen.

Ab 23 Uhr, in dunklen Nächten erfahrungsgemäß die Zeit für Fallschirmabsprünge britischer Agenten, sperrten Einheiten der Wehrmacht und der geheimen Feldpolizei alle Straßen, Brücken und Wege im Langueville-Distrikt. Sie hatten Befehl, sich getarnt abseits der Kontrollpunkte aufzuhalten und zunächst alle Personen und Fahrzeuge passieren zu lassen.

Gegen 23.30 Uhr erreichte den Einsatzleiter, Oberst Reimers, eine Funkdurchsage. »Eben passiert ein Wagen die Eisenbahnunterführung. Typ Pkw Peugeot mit Ladebrücke.«

»Wie viele Leute?«

»Zwei.«

»Das müssen sie sein. Durchlassen, aber hinter ihnen die Straße sperren. Wo sie reinfahren, versuchen sie auch wieder herauszukommen.«

Reimers nahm an, daß sie das Empfangskomitee der Widerständler in der Falle hatten. Der Funker am großen Gerät meldete: »Auf der Agentenfrequenz kommt eben ein Signal durch.«

»Text?«

»Verschlüsselt. Vermutlich englisch.«

Noch beim Versuch, das Signal zu entziffern, hörten sie ein Flugzeug von der Küste hereinbrummen. Es flog tief, etwa in vierhundert Meter Höhe. Zweihundert Meter waren das Absprungminimum für Fallschirmagenten. Aus dem Gebüsch heraus sahen sie, wie auf der Lichtung Lampen angingen. Sie richteten ihren Schein senkrecht nach oben. Die Zweimotorige flog darüber hinweg, beschrieb eine Kurve und steuerte, nun tiefer gehend, genau die Lichtung an. Kurz stellte sie die Motoren ab und schwebte lautlos.

»Das ist eine *Lysander*«, flüsterte Hauptmann Lang.

Für solche Einsätze benutzen sie immer die *Lysander*. Sie kann notfalls auf kurzer Strecke landen und wieder starten.

Ein Soldat hatte etwas im Glas erfaßt. »Ein Fallschirm!« meldete er. »Hat sich entfaltet.«

Wenig später kam der Schirm am westlichen Rand der Lichtung auf. Die Männer der Résistance eilten zu ihm hin. Sie halfen dem Agenten aus den Gurten und beim Bergen des Fallschirms. Sein Gepäck schleppten sie zu dem Peugeot im Unterholz. Im Nachtglas war alles deutlich zu verfolgen.

Die ortskundigen Männer der Résistance wählten für den Rückweg eine andere Straße. Doch an der Brücke über einen kleinen Fluß gerieten sie in die Sperre. Mit Vollgas brachen sie durch. Das MG zerschoß ihre Reifen und den Motor. Drei Gestalten sprangen aus dem Kleinlieferwagen und versuchten zu fliehen. Die Schäferhunde der Feldpolizei holten sie ein und stellten sie. Sogleich wurde der Engländer von den Franzosen getrennt. Oberst Reimers ließ sie nach Paris schaffen. Die Franzosen ins Gefängnis von Fresnes, den Engländer ins Hotel Lutetia.

Um vier Uhr morgens schlug die Stunde des Verhöroffiziers. Er ahnte, daß dieser Engländer ein steinharter Brokken war. Aber er war mehr als steinhart. Nicht einmal seinen Namen gab er preis.

»Sie sind Kevin Morton«, begann der Leutnant.

Keine Reaktion.

»Captain beim Secret Service der Royal Navy, Abteilung SOE, Special Organization Executive.«

Die Antwort war Schweigen.

»Morton, Sie müssen doch längst gemerkt haben, daß wir alles wissen. Verbessern Sie mich wenigstens, falls ich mich in einem Punkt irre.«

Morton reagierte nicht; kein Muskelzucken in seiner arroganten britischen Offiziersvisage.

»Im Zivilberuf sind Sie Schallplattenproduzent. Stimmt's?«

Morton lächelte nicht einmal.

»Ihre merkwürdigen Besuchsreisen von London nach Paris finden regelmäßig alle zwei Monate statt. Leider nicht aus touristischer Neugier. Der Grund ist das Training der französischen Résistance an neuen Waffen und technischem Sabotagegerät, insbesondere an den neuen Säurezündern, an Plastiksprengstoff und Minen. Dies zwecks Sabotage an Eisenbahnlinien, Viadukten sowie Strommasten.«

Gelangweilt blickte der Engländer zur Decke.

Dicht vor ihm stehend, zählte der Leutnant weiter auf. »Sie haben bei einer Widerstandsgruppe mitgeholfen, das E-Werk in Chaigny zu zerstören. Ebenso bei dem Anschlag auf Rüstungsbetriebe und die Bronzeria-Fabriken.«

Der Engländer stutzte, wirkte einen Moment verblüfft, überspielte es aber meisterlich. Daraufhin versetzte ihm der Verhöroffizier den ersten schmerzenden Treffer, indem er ruhig feststellte: »Nun hätten Sie wohl gerne erfahren, woher wir das alles so genau haben. Abgesehen davon, daß wir ohnehin alles wissen, erhielten wir weitere pikante Einzelheiten von einem buntgefiederten Vogel namens Nicole Pinette.«

Mühsam beherrscht hob der Engländer die Schultern und ließ sie wieder fallen.

»Ihrer geliebten Ehefrau, Mister Morton«, setzte der Leutnant noch eins drauf.

Der Engländer tat, als kenne er diese Dame nicht. Offenbar hielt er alles für Bluff.

Oberst Reimers, der sich im Schatten der grellen Verhörlampen aufgehalten hatte, nahm das Telefon ab und sagte nur vier Worte: »Bereitet sie jetzt vor!«

Sie legten Morton wieder Handschellen an und führten ihn in den Keller. Dort bauten sie ihn vor einer Zellentür auf. Nach einem Klopfen wurde von innen geöffnet. Die Tür knarrte. Im Licht einer 30-Watt-Birne sah Morton, was ihn endgültig weichmachen sollte. An den gefesselten Händen hing Nicole Pinette, seine Frau, von der Decke herunter. Sie war nackt. Ihre helle Haut war von Peitschenstriemen blaurot, aufgeplatzt und mit Blut besudelt. Ihr Kopf hing auf der Seite, die Augen hatte sie geschlossen.

»Kennen Sie diese Dame, Captain?«

»Nicole!« brach es aus Morton heraus. »Was haben sie mit dir gemacht, diese elenden Schweine!«

»Mon pauvre ami«, flüsterte die Gefangene erschöpft.

Wie ein Gong schlug die Tür zu. Wenig später war Captain Kevin Morton, als Preis dafür, daß sie ihm versicherten, seine Frau nicht zu Tode zu foltern, zur Aussage bereit. Dann dauerte es nicht mehr lange, und sie hatten ihn so weit, daß er sich umdrehen ließ, um für den BDS, den Befehlshaber der Sicherheitspolizei, zu arbeiten.

»Sie werden für uns in London tätig sein«, verlangte Oberst Reimers, »oder Ihre Frau muß qualvoll sterben.«

»Was soll ich tun?« fragte der Captain mühsam gefaßt.

»Finden Sie als erstes heraus«, erklärte Reimers, »was der Code ›Charta‹ bedeutet.«

»Ich habe nie davon gehört«, schwor Morton.

»Dann bemühen Sie sich jetzt darum«, forderte Reimers. »Charta steht in irgendeinem Zusammenhang mit Gesprächen zwischen Churchill und Roosevelt.«

Sie meldeten den Erfolg nach Berlin.

Am Abend des 5. Januar rief der Grand Chef persönlich an. Admiral Canaris ließ sich genau berichten.

»Wie geht es der Pinette?« wollte er wissen.

»So lala. Wir verwendeten bei der Gegenüberstellung Schminke und rote Farbe.«

»Ich werde selbst nach Paris kommen«, entschied der Admiral. »Was ich Ihnen jetzt sage, ist ein dienstlicher Befehl, Reimers. Lassen Sie diese Frau, diese Nicole Pinette, niemals in die Hände der Gestapo fallen. Die SS bringt sie um.«

»Verstanden, Herr Admiral«, bestätigte Oberst Reimers.

Abschließend fügte Canaris noch etwas hinzu: »Die Pinette ist eine begnadete Künstlerin.«

Dann hörte es sich an, als sauge er genußvoll an seiner Beute-Havanna.

8

Das deutsche Afrikakorps schlägt die britische Offensive zurück. Tobruk wird eingeschlossen. Auf dem Balkan dauern die italienisch-griechischen Kämpfe an.

7. Januar 1941
In langsamer Nachtfahrt, tagsüber in Küstennähe auf Grund liegend, hatte U 136 den Sankt-Georgs-Kanal passiert. Nun lief es auf die britischen Scilly-Inseln, eine als Schiffsfriedhof gefürchtete rauhe Ecke, zu.

»Aber es ist der direkte Weg zu den bretonischen Häfen«, sagte der Obersteuermann. »Noch mickrige zweihundert Seemeilen, Herr Kaleu.«

Kapitänleutnant Lützow flehte alle Götter des Meeres, von Neptun bis Poseidon, um schlechtes Wetter an. Und er bekam es. Es hielt sechsundzwanzig Stunden lang an, mit Windstärken um acht und Seegang sechs. In so rauher See konnten sie auch tagsüber aufgetaucht marschieren.

Dem Oberfunkmaat gelang es endlich, das Rätsel zu lösen, warum der BDU so beharrlich schwieg. »Unser Empfänger ist defekt. Der Sender ebenso. Sie können uns nicht hören. Zwar gehen unsere Funksprüche raus, aber wohl zu schwach. Es liegt an der Endverstärkung.«

»Und das merken Sie erst jetzt, Sie Pflaume?« rügte ihn Lützow. »Können Sie den Schaden beheben?«

»Nicht mit Bordmitteln, Herr Kaleu.«

»Und der Notsender?«

»Der ist beim Wasserbombenhagel ausgefallen. Wir haben alles versucht. Nichts zu machen. Es sind die Röhren.«

»Nur noch zweihundert Meilen Luftlinie bis zum Stützpunkt«, sagte Lützow, »versuchen Sie es wieder und noch einmal.«

Stets gaben sie nur kurze Morsegruppen durch: Bootsnummer, Position, Treibstoffendstand, und aus.

Je näher sie der französischen Küste kamen, desto sicherer fühlten sie sich. – Eine trügerische Sicherheit, das wußte Lützow nur zu gut. In letzter Zeit wurden immer häufiger ein- oder auslaufende Boote von der Royal Air Force versenkt.

Die bretonische Küste war schon wie ein feiner Strich im Dunst erkennbar. Sie peilten den Leuchtturm von Pointe de St-Mathieu querab, als der LI auf die Brücke kam.

»Noch eine Tonne Treibstoff.«

»Sagen wir zwei«, entgegnete Lützow, der den LI kannte.

Trotzdem sah es nicht gut aus. Laufend zogen sie eine dicke Ölspur. Der LI rauchte eine Zigarette und wollte schon wieder unter Deck verschwinden, da entdeckte er als erster den dunklen Punkt in Nordwest. Er kam aus der Sonne heraus, der beliebten Angriffsrichtung feindlicher Bomber.

»Alarm, tauchen!« schrie der II WO, der gerade Turmwache ging.

Doch Lützow fürchtete, daß es bereits zu spät war. »Tauchkommando belegt!« rief er durch das Sprachrohr nach unten. »Bofors klarmachen!«

Die Bedienungsmannschaft der 2-cm-Flak-Kanone enterte auf und sprang in den Wintergarten, wie der Kanonenstand achtern vom Turm genannt wurde. Sie schlugen die Magazine an, rissen den Spannhebel durch. Der Schütze I visierte den größer werdenden Punkt an.

»Feuer frei auf fünfzehnhundert!« befahl Lützow.

Vier Ferngläser richteten sich auf den Punkt. Das Flugzeug kam tief heran, zog jetzt aber ein wenig höher.

»Eine *Stirling*«, sagte Wessel.

»Ich halte es eher für eine *Lancaster*«, meinte der LI, »wegen der dicken Rumpfnase.«

»Die haben beide.«

»Feuer frei!«

Die Bofors hämmerte los. Leuchtspuren jagten dem anfliegenden Bomber entgegen. Die leeren Geschoßhülsen schepperten an Deck. Plötzlich schienen sich glitzernde Sterne aus dem Rumpf des Bombers zu lösen. Grüne und rote.

»Er schießt Erkennungssignal!«

Im selben Moment schrie ihr bester Ausguck, ihr Fachmann für Flugzeugsilhouetten: »Eine *Condor*, Herr Kaleu!«

Entsetzt über den Gedanken, eventuell ein eigenes Flugzeug abzuschießen, ließ Lützow sofort das Feuer einstellen. Es war wirklich eine *Focke-Wulf 200.*

Der *Condor*-Fernaufklärer zog eine Runde um das Boot. Dabei begann es aus seiner Kanzel zu blinken. Er setzte eine Nachricht ab. Zur Sicherheit gab er sie zweimal. Auf der Brücke von U 136 lasen sie die Morsezeichen mit: *Schlepper nimmt Sie auf Haken. Camaret.*

Jubel schallte durch das Boot. Die *Condor* drehte ab. Der Obersteuermann berechnete die Kursänderung.

»Hundertfünfzehn Grad bringen uns genau vor Camaret sur Mer«, meldete er.

Stunden später trafen sie auf den Hochseeschlepper. Er wartete pünktlich an der vorgesehenen Stelle. U 136 schoß eine Leine und holte die schwere Manila-Trosse über. Alles weitere lag nun in der Verantwortung des Schlepperkapitäns.

Für die achtzig Seemeilen bis Lorient kalkulierten sie zehn Stunden ein. Der I WO, Rahn, schrieb schon die Urlaubspapiere für die Besatzung aus. Der LI tippte auf der Schreibmaschine die Schadensliste für die Werft.

In der Morgendämmerung kam die Küste schmutziggelb in Sicht. Ein Sperrbrecher dampfte vor ihnen her. Das war nötig, denn beinah jede Nacht warfen die Engländer Magnetminen. Als sie in die Bucht hineinfuhren, wurde das Wasser ruhiger, Vorpostenboote rauschten ihnen entgegen. Die Männer an Deck waren tief vermummt. In der kalten Winterluft wirkten die Hafenanlagen vor Lorient noch düsterer als sonst.

Lützow nahm Sprechfunk mit dem Schlepperkapitän auf. »Danke für die Hilfe. Durch die Schleuse kommen wir mit eigener Kraft. Wir werfen jetzt Trosse los.«

Die Trosse klatschte ins Wasser. Der Diesel sprang ein letztes Mal an. Langsam fuhren sie in die Schleuse ein, die den inneren Hafen gegen den Tidenhub schützt. Niemand war an der Pier zu sehen. Keine Blaskapelle, kein Mädchen mit Blumen, nicht ein einziger dieser hohen Uniformträger in Blau mit etwas Gold.

Um 09.45 Uhr machte U 136 vor dem Bunker fest.

Die Besatzung schleppte ihre Seesäcke mit den Klamotten zur Kaserne. Die weiße Kommandantenmütze tief in die Stirn gezogen, marschierte Lützow, das Kriegstagesbuch unter dem Arm, zum Hotel. Im Beau Séjour hatte er ein Zimmer. Ein ziemlich berühmtes sogar. Vor ihm hatten es schon die U-Boot-Asse Prien, Kretschmer und Endraß bewohnt. – Vorbei an den trostlosen Häusern, an den bunten Reklametafeln, von denen die Farbe abblätterte, wo man aber noch »Pastis« oder »Dubonnet« lesen konnte, erreichte Lützow den Marktplatz.

Droben in seinem Zimmer fiel er erschöpft aufs Bett. Er war zu kaputt, um etwas zu essen, zu trinken, sich zu baden, sich zu rasieren. Selbst zum Schlafen war er zu müde.

Dann war er doch eingeschlummert, denn jemand rüttelte ihn an der Schulter wach.

»Kommen Sie hoch, Seemann!« rief ein Offizier mit den Ärmelringen eines Fregattenkapitäns. »Der BDU verlangt nach Ihnen . . . äußerst sehnsuchtsvoll.« Es war Kapitän Carlsen, der Stabschef von Dönitz. Unten wartete sein Wagen.

»So wie ich aussehe und stinke?« entgegnete Lützow.

»Der BDU schätzt Frontgeruch«, erklärte Carlsen lakonisch.

Sie fuhren hinaus nach Kernevel zu dem Landschlößchen. Dönitz hatte es bezogen, um näher bei seinen Flottillen zu sein, als er es in Paris oder Kiel war.

»Was macht mein Boot?« fragte Lützow als erstes.

»Es wurde in die Werft bugsiert.«

»Und meine Männer?«

»Die Hälfte davon sitzt schon im BDU-Zug via Heimat.«

Lützows Kopf sackte nach vorn. Besorgt fragte Carlsen:

»Mal ehrlich, wie fühlen Sie sich?«

»Belämmert.«

»Dann nehmen Sie Pervitin.«

Der Stabschef reichte ihm eine von den aufputschenden Lutschtabletten. Nach wenigen Kilometern Fahrt bog der Horch in den Schloßpark ein. Dicht am Wasser liegend, war er von einer hohen Mauer umgeben. In den ehemaligen Stallgebäuden hinter dem Tennisplatz hatten sie jetzt die Funkstation untergebracht.

Gerade als der Horch im feinen Kies bremste, trat eine elegante Gestalt aus dem Eingang des Chalets, ein blonder Jung Roland in Marineoffiziersuniform. Lützow kannte ihn. Es war Brandenburg, ein Streber und Radfahrer, aber Dönitz' erklärter Liebling.

»Brandenburg kam gestern mit seinem Boot herein«, flüsterte Carlsen.

»Picobello in Schale«, stellte Lützow fest.

»Wie immer.«

»Ein astreiner Hitlerjunge«, höhnte Lützow. »Nur das Ritterkreuz hat er noch nicht.«

»Aber mächtig Halsschmerzen«, meinte Kapitän Carlsen. »Noch eine Feindfahrt, und er bekommt es.«

Zackig grüßte Brandenburg zu ihnen hin, flankte in seinen Kübelwagen und rauschte ab.

Dönitz empfing Lützow im großen Kartenraum im ersten Stock. Es gab Zigaretten und Getränke. Dönitz, ein Mann, der von außen so unfreundlich war wie von innen, starrte zum Fenster hinaus.

»Nun mal allen Ernstes«, begann er schnarrend, »war es wirklich so schlimm, Lützow?«

In Lützow stieg der Zorn hoch. Vielleicht lag es auch am Pervitin. »Noch etwas schlimmer, Herr Admiral.«

»Handelt es sich wirklich nicht um Fehlschüsse Ihrerseits?«

»Nein. Ausschließlich um fehlerhafte Torpedos«, entgegnete Lützow, auf das Kriegstagesbuch deutend, das jede Einzelheit enthielt.

Andere Stabsoffiziere kamen hinzu. Lützow mußte über jeden Tag der Feindfahrt Bericht erstatten und über seine Maßnahmen Rechenschaft ablegen. Ab und zu warf er dabei einen Blick in die Aufzeichnungen. Als Lützow seinen Vortrag beendet hatte, beschlich ihn instinktiv die Furcht, daß man seinen Angaben mißtraute.

Einer der Stabsoffiziere nahm ein Fähnchen, das die Bezeichnung U 136 trug, aus der Schachtel und steckte es zurück auf die Karte. »Wieder unter den Lebenden«, bemerkte er spöttisch.

»Wir brauchen Tatsachen!« forderte Dönitz. »Was die Torpedoversager betrifft. Das Herstellerwerk und die TVA wünschen präzise Angaben.«

»Vielleicht waren die Aale in Ordnung, bevor man sie auf dem Transport sabotierte«, suchte Lützow eine Erklärung. »Unter diesen Umständen laufe ich jedenfalls nicht mehr aus.«

Dies hatte eine scharfe Reaktion zur Folge. Der BDU hielt einen seiner berühmten Durchhaltevorträge. »Andere Boote stehen auch draußen und kämpfen mit denselben Problemen«, endete er.

Da konnte es Lützow nicht mehr aushalten. Voller Wut äußerte er sich über die Torpedoversager. »Das ist Mord, Herr Admiral. Ein Verbrechen an der kämpfenden Truppe. Meine Besatzung ist total entmutig und fertig. Die Männer halten wochenlang den Kopf hin, und im entscheidenden Augenblick versagen Waffen, die schon im Ersten

Weltkrieg, vor fünfundzwanzig Jahren, einwandfrei funktionierten.«

Lützow warf der Marineleitung mangelhafte Kontrollen vor. Auch die Anti-Radar-Ausstattung, dieser lächerliche Antennenbesen, den man auf der U-Boot-Brücke erst einstecken mußte, um Feindechos aufzufangen, arbeitete völlig unzureichend.

Ganz gegen seine Natur verlor er die Beherrschung. »Was, bitte, tut eigentlich die Führung, Herr Admiral? Halten sie nur Schloßdiners bei Kaminfeuer und Kerzenbeleuchtung ab?«

Das war zuviel. Dönitz verbat sich derart inkompetente wie unsachliche Äußerungen.

»Ihre Kameraden erfüllen auch ihre Pflicht, Lützow.«

»Und saufen alle ab«, erwiderte Lützow verbittert.

Eine Mauer der Ablehnung und des Schweigens stand ihm gegenüber. Lützow blickte von einem zum anderen, doch von keinem der gepflegten Stabsoffiziere war Hilfe zu erwarten.

»Tut mir leid«, äußerte er abschließend, »aber mit so elenden Torpedos gehe ich nicht mehr in See.«

»Ein Offizier hat schweigend seine Pflicht zu erfüllen«, rügte ihn der Befehlshaber der U-Boote. »Verschwinden Sie jetzt, Lützow.«

Damit war der Kapitänleutnant entlassen. Draußen fing ihn der Stabschef ab.

»Das war drei zu null gegen Sie, Lützow«, fürchtete Carlsen. »Sie haben da einen Haufen Mist verzapft. Was Sie äußerten, kann nicht die reine Wahrheit gewesen sein.«

Da brach es erneut aus Lützow heraus. »Wahrscheinlich bin ich ein Lügner. Wer lügt, der stiehlt, der vergewaltigt Kinder und ist auch ein Vaterlandsverräter.«

Der Stabschef legte seinen Arm um Lützows Schulter und sagte: »Der BDU trägt es Ihnen nicht nach, läßt er ausrichten. Aber er konnte nicht anders reagieren. Die Disziplin. Sie verstehen.«

»Das einzige, was ich jetzt verstehe, ist eine Flasche Cognac«, erklärte Lützow.

»Und Urlaub«, ergänzte der Stabschef. »Der BDU wünscht, daß Sie erst einmal zur Erholung fahren.«

Vom Hotel aus meldete Lützow ein Gespräch nach Salzburg an, bekam aber keine Verbindung. Er war schon gewohnt, daß nichts mehr klappte.

Der Himmel, dachte er, wäre ohne Hölle auch nur die Hölle.

9

Die Briten erobern Italienisch Somaliland. Zwischen Thailand und Indonesien bricht Krieg aus. Camus gründet »Le Combat«, die Zeitung des französischen Widerstandes.

15. Januar 1941
Wegen der Schneeschmelze in den Bergen führte die Salzach Hochwasser.

Kapitänleutnant Lützow stand mitten auf dem Mozartsteg und schaute hinüber zu der Telefonzelle am Giselakai. Sie war noch immer besetzt. Von München aus hatte er anzurufen versucht. Auch ein Telegramm hatte er ihr geschickt. Doch als er ihre Wohnung am Rudolfsplatz aufsuchte, war sie nicht da. Die Hausmeisterin konnte nicht sagen, wann Ditta zurückkam. Angeblich war sie schon seit Tagen nicht mehr gesehen worden. Endlich wurde die Telefonzelle frei. Lützow eilte gegen den warmen Föhn hinüber und warf die zwei Groschen ein. Er hörte das Freizeichen, doch niemand hob ab.

Er war besorgt und entschlossen, etwas zu unternehmen, auch wenn Ditta gebeten hatte, es nicht zu tun. Niemals sollte er sie an ihrem Arbeitsplatz aufsuchen. Sie wollte alles vermeiden, was ihn mit ihr in Zusammenhang brachte. Zumindest offiziell.

Seine Nerven lagen von der letzten Feindfahrt noch blank.

Tu etwas! befahl er sich, spring in den Fluß den Fellen nach, ehe sie davonschwimmen.

Von einem Fußgänger ließ er sich den Weg zum Landeskrankenhaus beschreiben. Eine gute halbe Stunde zu Fuß. Aber nach drei Monaten auf seinem Boot und dem Tag und der Nacht im Fronturlauberzug brauchte er Bewegung.

Als er hinkam, ging es auf Mittag.

Beim Empfang starrte die weißgestärkte und gebügelte Schwester den Marineoffizier mit dem Ritterkreuz an, unsicher, ob er nicht doch nur Portier eines Hotels sei.

»Zu Doktor Ditta Rothild«, sagte er.

»Wen darf ich melden?«

»Toni Lützow.«

»Lützow und?«

»Was und?«

»Sind Sie Eisenbahnbeamter oder arbeiten Sie . . .«

». . . in einem Zirkus. Nein, ich arbeite bei der Marine. Melden Sie Kapitänleutnant Lützow.«

»Grund des Besuches?«

»Herzrhythmusstörungen.«

»Sie sind also krank.«

Ehe er ungehalten wurde, sagte er: »Sehr.«

Endlich schaute die Empfangsschwester in ihrer Anwesenheitsliste nach. Langsam nahm sie die Brille ab. »Frau Doktor Rothild weilt nicht im Hause.«

»Wann kommt sie?«

»Eigentlich hatte sie Nachtdienst, aber sie ist krank gemeldet.«

Er dankte mit einem Kopfnicken und ging.

Ditta war also krank gemeldet. Aber warum war sie dann nicht in ihrer Wohnung? Wo zum Teufel steckte sie? Da fiel ihm ein, daß sie vom Landsitz eines Verwandten gesprochen hatte, eines Onkels, glaubte er sich zu erinnern, draußen in Anif.

Lützow schaute im Telefonbuch nach. Unter Rothild fand er in Anif keine Eintragung. Aber die Familie hieß ja Rotschild. Da gab es auch eine Nummer.

Er wählte sie an, bekam jedoch weder Frei- noch Besetztzeichen. Die Leitung war tot, wie abgeschnitten. Trotzdem fuhr er mit dem Bus hinaus zu dem Vorort im Süden der Stadt auf Berchtesgaden zu, wo die Habsburger irgendein Sommerschloß besaßen.

Als er den Park durch das kunstvoll geschmiedete Gittertor betrat, ging es auf 16 Uhr. Bäume, Hecken und Rondelle lagen noch voll Schnee. An manchen Stellen aperte er aus und bildete Eis. Im verspielten Stil der Jahrhundertwende erbaut, lag die Villa im hinteren Teil des Parks. Unten Natursteingemäuer, oben Giebel und Balkone in Holz und weiß gestrichen. Über eine Freitreppe erreichte man sowohl die Eingangstür als auch die Terrasse. Lützow drückte auf den Messingknopf. Offenbar funktionierte die Glocke nicht. Aber er fand die Tür offen.

Im Erdgeschoß schaute er sich um. Die elegante Sommervilla wirkte halb ausgeräumt. Wo einst Bilder hingen, zeigte die Tapete helle Rechtecke. Doch es mußte jemand im Hause sein, denn der Schornstein rauchte. Lützow stieg in den ersten Stock. Die Flügeltür links führte in die Bibliothek. Ein breiter Gang zog sich zu den Zimmern auf der Waldseite. Eines davon war abgedunkelt. Nur wenig Licht drang durch die Sprossen der Fensterläden, aber der Kachelofen strömte Wärme aus.

»Wer ist da?« vernahm Lützow eine kleine Stimme. »Wollen Sie mich holen? Ich ziehe nur rasch etwas an.«

»Ditta!« Er drückte die Jalousieflügel auf. Jetzt sah er sie. Sie war es, und sie war es auch wieder nicht. Sie kniete im Bett, eine Daunendecke um ihre überschlanke Figur gewickelt. Das rabenschwarze Haar, das er so sehr an ihr liebte, hatte die Farbe von Eierschalenblond.

»Toni, mein Gott!« Sie sprang aus dem Bett und umarmte ihn stumm. Ihr Herz schlug drauflos. »Und ich dachte schon . . .«, stammelte sie unter Küssen, ». . . ich sah die Uniform und dachte, es ist die Polizei und sie holen mich.«

Lützow merkte, daß sie fast nichts anhatte. Er bestand darauf, daß sie ins Bett schlüfte, nahm Mantel, Mütze und Dolch ab.

»Daß du da bist«, flüsterte sie, »ist des Guten beinah zuviel.«

»Des Guten kann nie zuviel sein, Liebling.«
»Wie geht es dir?« fragte sie, immer noch zittrig vor Erregung.
»Du hast Angst«, stellte er fest. »Wovor?«
»Furcht«, gestand sie, »denn Furcht ist ein Dauerzustand.«
»Du bist gar nicht krank, Ditta.«
»Eine Grippe kann man immer vorschützen.«
Er kannte sie als disziplinierte Ärztin, die sich ohne schwerwiegende Gründe niemals erlaubt hätte, dem Dienst fernzubleiben. Erst recht nicht in einem Krankenhaus voller Verwundeter. Da sie offenbar nicht darüber sprechen wollte, baute er die wenigen Geschenke vor ihr auf. Sie öffnete die Päckchen.
»Schokolade!« rief sie entzückt. »Parfüm, mein Gott, und sogar Olivenöl-Seife. Die beste, die es gibt.«
Deutlich merkte er, daß sie mit übertriebener Freude etwas vertuschte. »Sag mir, was los ist«, drängte er. »Das Schlimme am besten immer gleich zu Anfang.«
»Wie lange hast du Urlaub?« wich sie aus.
»Zwei Wochen.«
»Leg dich zu mir«, bat sie ihn, »und wärme mich. Ich muß deine Nähe fühlen.«
Er zog ihren schmalen Körper dicht an den seinen. Es war, als halte man ein verängstigtes Rehkitz im Arm. Zögernd begann sie zu erzählen. Im Grunde ging es darum, daß man etwas von ihr verlangte, das sie nicht beibringen konnte. Seit Wochen quälte sie der Spitaldirektor damit.
»Vorsichtshalber kam ich schon blondiert hier an«, erzählte sie, »aber daß mein Vater das ›SC‹ aus dem Namen tilgen ließ, um im Ersten Weltkrieg Offizier werden zu können, das nützt mir heute wenig. Auch nicht, daß in meinen Papieren statt Judith als Vorname Ditta steht. Ich bin Jüdin. Man sieht es uns eben an.«
»Und weil ihr so verdammt tüchtig seid«, ergänzte Lützow. »Aber jetzt bin ich ja da.«

Sie sprach von dem halben Jahr seit seinem letzten Urlaub, von ihrem Wegzug aus Berlin, von der neuen Stelle in Salzburg. Lützow berichtete von seiner Feindfahrt. Er sagte nicht alles, weil er wußte, daß auch sie manches verschwieg.

Es wurde Abend. Die Dunkelheit kam. Selbst seine Bemerkung »Oben golden wie die Sonne, unten schwarz wie Ruß«, heiterte sie nicht sonderlich auf. Es wurde eine eher traurige Liebesnacht.

Nach zwei Tagen erst gingen sie zum Abendessen in den Peterskeller.

»Ich möchte lieber nicht gesehen werden«, hatte Ditta erklärt. »Sie klatschen ohnehin über mich. Warum ich nicht verheiratet bin, keine Familie habe, keinen Freund. Ich sei mit einem Soldaten verlobt, log ich.«

»Danke, falls ich damit gemeint sein sollte«, hatte Lützow stolz bemerkt.

Letzten Endes aber war Ditta mit seinem Plan einverstanden gewesen.

»Dieser Mann, der dir so zusetzt, ist er Arzt?« wollte er wissen.

»Nein, nur Verwaltungsdirektor, kein Mediziner.«

»Aber gewiß ein großer Nazi.«

»Sonst hätte eine so fiese Figur den Posten nicht bekommen. Außerdem ist er Simulant. Einer unserer Professoren, sein Freund, hat ihm attestiert, daß er kriegsuntauglich sei. Nun ist er hinter allen Röcken her. Die Hälfte der Krankenschwestern hat er schon durch.«

»Jetzt bist du dran«, fürchtete Lützow.

»Da hat er Pech«, sagte die Ärztin. »Und weil er nicht landen kann, arbeitet er neuerdings psychologisch. Er behauptet, in den Papieren fehle mein Arier-Nachweis. Er sei wohl verschlampt worden, flunkerte ich. Nun besteht er auf einer Zweitschrift. Ich halte ihn hin, doch beinah jeden Tag erinnert er mich daran und setzt mir einen Termin nach dem andern. Ich rede mich darauf hinaus, daß das dauern könne, weil in Berlin die Behörden ausgelagert worden seien. Oder auf sonst etwas Dämliches.«

»Natürlich kannst du den Arier-Nachweis nicht erbringen«, stellte Lützow klar.

»Unmöglich bei Volljuden.« Sie lächelte. »Ich weise meine Abstammung bis zu Moses, Abraham und König David nach, aber nicht zu Hermann dem Cherusker.«

Der Wein im Peterskeller war gut. Noch schenkten sie ihren berühmten Prälaten aus. Eier lieferten offenbar die Klostergüter, denn selbst die Salzburger Nockerln schmeckten wie einst. Nur der Mann, auf den sie warteten, bei dem sich Lützow an Dittas Seite zeigen wollte, speiste an diesem Tag anderswo.

»Es gibt da noch eine Bar an der Salzach«, fiel ihr ein. »Nahe einer Brücke, ich glaube beim Makartsteg.«

»Wir gehen hin«, entschied Lützow.

Wieder ergriff sie Angst. »Glaubst du, daß das gut ist, wenn ich dich als meinen Verlobten vorstelle? Wie wird er reagieren?«

»Wie jedermann bei einem Helden der Nation«, spottete Lützow.

»Aber die Wahrheit läßt sich nicht auf Dauer vertuschen.«

»Was ist schon Wahrheit«, sagte er, als sie durch die Gassen und über den weiten Domplatz streiften. »Wahrheit ist immer nur eine Ansicht, abhängig von Zeit, Ort und den jeweiligen Interessen. Hundert Jahre später schon sieht die Wahrheit ganz anders aus.«

»Toni, warum bist du kein Philosoph?« Sie hakte sich eng ein.

»Weil«, erwiderte er zynisch, wie so oft, »ein Mann auf die Welt kommt, um mit Zwanzig in irgendeinem beschissenen Bonzen- oder Politikerkrieg zu krepieren. Wer will schon glücklich im Bett sterben, wenn er uralt ist.«

»Wie lange«, fragte sie fröstelnd, »wirst du da mitmachen?«

Er legte seine Hand fest auf die ihre. »Solange meine Blödheit groß genug ist«, antwortete er.

In der niedrigen verräucherten Bar fanden sie ihn dann. Er hing am Tresen. Ein mickriges Mannsbild mit wäßrigen Augen, dünnen Haarsträhnen, über die Glatze gekämmt, Parteiabzeichen am Revers. Er trank viel und schnell.

Sie nahmen ihn in die Mitte. Lützow saß links, Ditta rechts. Direktor Großmann erkannte die Ärztin und lachte schleimig. »Hallo, Doktor! Wieder auf den Beinen?«

Sie deutete zu Lützow hinüber. »Mein Verlobter«, stellte sie vor, »Kapitänleutnant Lützow – Direktor Großmann.«

Großmann sah Lützows Uniform, die goldenen Kolbenringe am Ärmel, die Orden, die ganze blecherne Pracht von E. K. II, E. K. I, Deutschem Kreuz in Gold, Verwundetenabzeichen, U-Boot-Abzeichen und Ritterkreuz, das über dem Krawattenknoten baumelte.

Fürs erste schien Großmann sprachlos. Erst deutete er auf Lützow, dann auf die Ärztin. »Ihr gehört wirklich zusammen?«

»Warum nicht.«

»Wie lange kennt ihr euch schon?«

»Seit dem Sandkasten«, scherzte Lützow.

»Und den Doktorspielchen«, ergänzte Ditta frech.

Sie pflaumten herum und begannen den Spitaldirektor unter den Tisch zu trinken. Großmann überzeugte sie mit wuchtigen Worten davon, daß es auch an der Heimatfront immer schwieriger werde.

»Dagegen ist es bei uns im Atlantik noch ausgesprochen gemütlich«, meinte Lützow höhnisch.

»Wann fahren Sie wieder gegen Engeland?« wollte der tapfere Etappenkämpfer wissen.

»Das ist geheim«, sagte Lützow. »Aber, bitte, tun Sie mir einen Gefallen, mein Freund – passen Sie in der Zeit, in der ich fort bin, gut auf mein Mädchen auf. Ich vertraue sie Ihnen an.«

»Es ist mir eine Ehre«, versicherte Großmann, »ich werde beide Augen auf sie haben.«

»Eines genügt«, schränkte Lützow ein. »Und vor allem, ohne die Hände.«

Lützow hoffte erreicht zu haben, was er wollte. Kurz vor der Verbrüderung sackte Großmann zusammen. Sie bugsierten ihn in einen Sessel, wo er prompt einschlief. Noch einmal öffnete er die Augen und sagte zu Ditta: »Den Arier-Nachweis nicht vergessen, Doktor.«

Daraufhin mußte Ditta erst einmal auf die Toilette. Nach zehn Minuten kam sie noch immer nicht zurück. Lützow schaute nach ihr, fand sie aber nicht in der Damenabteilung. Er rief nach ihr und hörte sie jammern.

»Hilf mir da raus, Toni!«

Er versuchte es, aber die Tür war versperrt. »Öffne den Riegel!«

»Ich kann nicht«, tönte es von innen.

Mit der Schulter rammte er die Tür ein. Sie stand da, doch vor ihr saß eine fette Kanalratte. Mit einem Fußtritt verjagte er sie. Die Ratte verschwand quietschend irgendwohin.

»Das war gar nicht lustig«, sagte Ditta erleichtert. »Wenn Ratten hungrig sind, greifen sie sogar Menschen an.«

»Ich weiß. Sie verbreiten auch die schwarze Pest.«

Sie verließen die Bar. Draußen bat Ditta, noch immer von der Ratte schockiert: »Erzähl mir etwas Komisches.«

Auf Befehl fiel ihm nichts ein. Aber in den engen Gassen entdeckte er einen zweirädrigen Gemüsekarren. Er setzte Ditta darauf und schob sie durch die Altstadt. Dabei rief er immerzu, als gelte es Kartoffeln zu verkaufen: »Jedermann! Achtung, hier kommt Jedermann!«

Toni Lützow und Ditta Rothild hatten nie zusammen in einem Sandkasten gespielt. Vor drei Jahren hatten sie sich in Flensburg kennengelernt. Als junger Leutnant, eben von der Handelsmarine übernommen, absolvierte Lützow gerade den U-Boot-Lehrgang auf der Marinekriegsschule Flensburg-Mürwik. Eines Samstagnachmittags begegnete er im akademischen Jachtclub einer Frau mit merkwürdig starker Ausstrahlung. Sie war von der Art, die jeder angafft, auch wenn sie sich unter einem Dutzend anderer auf der Tanzfläche bewegt. Ihr klassisch schönes, zartbraunes Semitengesicht mit den dunklen Brauen und der sanft gebogenen Nase faszinierte ihn mehr als ihre sportlich straffe Figur. Ein Crew-Kamerad machte sie mit ihm bekannt.

»Das ist meine Freundin Doktor Rothild.«

Sie hatte gerade promoviert und ihren Doktor in Medizin gemacht. Dafür hatte der Vater ihr den Traum erfüllt, nämlich einen Kurs im Hochseesegeln. Am Sonntag törnten sie die Förde hinaus bis zur Sonderburger Bucht. Sie tranken Wein, den sie im Kielwasser kühlten. Am Mittwoch gingen sie tanzen und am Donnerstag ins Kino. Schon nach den ersten Blicken stand fest, daß sie zueinandergehörten und daß es für sie niemals einen anderen Partner geben würde. Lützows Kamerad tröstete sich mit einer blonden Hamburger Reederstochter. Von da ab blieben Lützow und Ditta Rothild zusammen. Das war im Herbst 1938 gewesen.

Und heute war der 20. Januar 1941.

»Weißt du noch?« fragte Ditta, als könne sie seine Gedanken lesen.

Lützow dachte weiter an Flensburg, an das glückliche Jahr, ehe der Krieg begann, und goß von seinem französischen Cognac ein.

»Statt Blumen«, sagte er.

Zwischendurch holte er Holzscheite aus dem Stapel im Pferdestall, damit der Ofen nicht ausging. Es war wieder kalt geworden. Später legten sie sich hin und hielten sich bei den Händen.

»Warum ist diese Villa nicht vom Wohnungsamt beschlagnahmt worden?« kehrte Lützow in die Gegenwart zurück.

»Weil die Nazis mit der Rotschild-Bank in Paris ihre Geschäfte machen«, vermutete sie. »Man wird sich hüten, den Sommersitz meines Onkels anzutasten.«

Zwangsläufig begannen sie auch über die Zukunft zu sprechen. Sie machten Pläne.

»Meine Zukunft besteht nur aus heute und morgen«, gestand Lützow. »Da draußen im Atlantik hat sie längst aufgehört, die feine englische Art. Doch jetzt geht es um dich, mein Schatz.«

»Und um meinen arischen Nachweis«, ergänzte sie sarkastisch.

»Diese verdammten Nürnberger Gesetze«, fluchte er.

»Keine Beschäftigung für Juden«, zählte sie auf. »Jeder Umgang mit Ariern gilt als Blutschande. Dann diese Wannseekonferenz, wonach alle Juden eliminiert werden sollen. Es gibt schon Gerüchte von Massentransporten in den Osten, in KZ und Arbeitslager.« Tiefe Bitterkeit klang aus ihren Worten.

Lützow, der fühlte, daß das ihre Beziehung belastete, bemerkte leichthin: »Mit der Hochzeit werden wir noch eine Weile warten müssen, bis der Krieg zu Ende ist.«

»Wann wird das sein?«

Er seufzte schwer. »Zwischen den Alliierten und uns besteht ein Unterschied wie zwischen einem Elefanten von guter Gesundheit und zwölf kranken Ameisen.«

»Eine Ameise im Elefantenrüssel kann höchst unangenehm sein«, erwiderte sie, auf seinen Tonfall eingehend.

»Der Elefant bläst die Ameise einfach raus. Aber warte nur ab, bald steht eine ganze Welt gegen uns. Drei, vier Jahre halten wir vielleicht noch durch.«

»Und danach schließen sie einen für Hitler ehrenvollen Frieden«, befürchtete sie.

»Oder sie hängen ihn auf.« Lützow hoffte es, er glaubte

daran, war sogar überzeugt. Er hätte sich umbringen lassen dafür.

»Und dann?«

»Was mir Sorgen macht«, sagte er, »das ist, was bis dahin aus dir werden soll. Dieser Direktor Großmaul ist doch ein geiler Hundesohn. Kannst du nicht ins Ausland gehen?«

»Wohin?«

»Zu deinem Onkel, dem Bankier.«

»Der hat selbst genug zu tun, um seinen Kopf zu behalten«, mutmaßte Ditta. Tiefe Traurigkeit überkam sie. Was Lützow deprimierte, war seine Hilflosigkeit Dittas Lage gegenüber.

»Mir fällt schon was ein«, versprach er. »Irgend etwas werde ich versuchen.«

Einmal flüsterte sie glücklich: »Jetzt hast du mir glatt meine schlechte Laune verdorben.« Unter diesem fernen Hoffnungsstern liebten sie sich. Immer so, als wäre es das letzte Mal.

Doch zum Glück hatten sie keine Ahnung von dem, was kommen würde.

In die gedämpft sentimentale Urlaubsstimmung mit verzweifelten Liebesnächten und wolkenverhangenen grauen Wintertagen platzte eine Nachricht.

Befehlsgemäß hatte Lützow seine Salzburger Adresse an die Flottille durchgegeben. Auf Umwegen und mit Verzögerung erreichte ihn am 26. Januar ein dienstliches Telegramm: *urlaub beenden – sofortige rückkehr stützpunkt erforderlich – gez. toms, flottillenchef.*

Dieser Aufforderung war unbedingt Folge zu leisten, so schwer es Lützow auch fiel.

Beim Abschiednehmen am Salzburger Bahnhof war es, als sei es für immer.

10

Die Briten erobern Bengasi. Werner Egk komponiert die oratorische Oper »Columbus«. In Carville wird zum ersten Mal erfolgreich die Lepra bekämpft.

2. Februar 1941
Unter der sechs Meter dicken bombensicheren Stahlbetondecke des U-Boot-Bunkers von Lorient lagen die Kampfboote vom Typ VII-C. Ganz hinten im letzten Becken, das auch als Trockendock benutzt werden konnte, hing U 136 an den Trossen.

In dem fußballfeldgroßen Bunker herrschte infernalischer Lärm. Die Boote wurden überholt, repariert, ausfahrfertig gemacht. Schweißgeräte zischten mit bläulichen Flammen, Krane ratterten, Niethämmer tobten, Metallsägen schrillten, Pumpen summten, Dutzende von Scheinwerfern erleuchteten alles taghell. Über die Boote liefen Kabel, Schläuche und Leitungen. Die meisten verschwanden in offenen Luken.

In dem Gestank aus Bilgenwasser, Farbe, Batteriesäure und Öl federte Kapitänleutnant Lützow über die Stellung zu seinem Boot.

Der LI stand mit dem alten Werftwerkmeister Huber an Deck. Sie diskutierten heftig. Als Lützow erschien, ging Huber weg.

Nach kurzem militärischem Gruß sagte Behrens: »Deutsche Wertarbeit! – Alles Pfusch!«

»Wie weit sind wir?«

»So gut wie fertig, aber alles nur Murks. Ein gebrochenes Bein wächst auch nicht in zwei Wochen wieder zusammen. Den Diesel haben sie mit hydraulischen Pressen ins Fundament gewuchtet und festgeschraubt. Nicht mal die Kupplung wurde erneuert. Der MAN-Ingenieur behauptet, die Kurbelwelle sei in Ordnung.«

»Und die durchgebrannte E-Maschine?« fragte Lützow, Schlimmes ahnend.

»Um sie komplett auszutauschen, hätte man den Druckkörper aufschneiden müssen. Das hätte einen Monat gedauert. Also haben sie nur die Primärwicklung erneuert. Der Riß am Ju-Verdichter wurde geschweißt, die Hauptlenzpumpe ausgetauscht. Die Sehrohroptik auch.«

»Mit den Batterien, dem Leck im Ölbunker, dem kaputten Frischwasserbereiter, wie steht es damit?«

»Alles nur grob zusammengenagelt«, sagte der LI kopfschüttelnd. »Am Funk basteln sie noch.«

»Warum«, wollte Lützow wissen, »ist der Werkmeister abgehauen?«

Der LI warf seine Zigarettenkippe ins schwarzölige Bunkerwasser. »Weil er sich schämt. Sie haben getan, was sie konnten, aber es gab Druck von oben, und sie mußten zuviel basteln. Deshalb schämt er sich. Mit so einem Boot auszulaufen ist Selbstmord.«

»Ich werde morgen mit dem BDU reden«, versprach Lützow. Er folgte dem LI durch das Boot, wo noch mindestens ein Dutzend Facharbeiter werkelten. Als er ging, fragte er: »Und die Torpedos?«

»Auf dem Prüfstand liefen sie einwandfrei.«

Am Nachmittag versuchte Lützow einen Termin in Kernevel, das sie nur »Sardinenschlößchen« nannten, weil es einem französischen Fabrikanten für Fischkonserven gehörte, zu bekommen.

Der BDU weile in Paris, hieß es.

Am Abend saß Lützow bei Madame Madeleine und aß Austern, ehe er nach hinten ging, wo die anderen Kommandanten sich vollaufen ließen. Wenn sie tranken, kam es immer zu Exzessen. Sie grölten, schrien herum und rissen Witze über Adolf, über Jupp Goebbels und den feisten

Hermann. Sie zogen die Mädchen über die Tische und dann aus. Sie feuerten ihre Pistolen zur Decke ab oder kotzten sich in der Toilette die Mägen leer. Alles war die Reaktion von blankliegenden Nerven. Nur einer hatte stets die Ausnahme gemacht. Brandenburg, der sauber geschniegelte Hitlerjunge Sigurd Brandenburg.

»Brandenburg hat gestern sieben Frachter versenkt«, sagte der bärtige Kommandant von U 156.

»Ein Grund, es zu begießen«, lallte Lützow, »und nicht zu knappig.«

Bevor es soweit war, kam I WO, Rahn, an den Tisch, wo Lützow mit einem Eichenlaubträger saß, der aussah, als leide er an galoppierender Schwindsucht.

»Die Besatzung ist vom Urlaub zurück, Herr Kaleu.«

»Vollzählig?«

»Bis auf Rinzler. Der Obermaschinist hängt noch stockbesoffen irgendwo im Elsaß fest, will aber zur Probefahrt pünktlich zur Stelle sein.«

»In welcher Verfassung sind die Leute?« erkundigte Lützow sich.

Oberleutnant Rahn zuckte mit den Schultern. »Wenn auf der Straße ein Fahrrad klingelt, dann rennen sie los und schreien: »Alarm! Alarm!«

»Na, fabelhaft!« Mit so einem Boot und einem Haufen Bescheuerter mußte er also wieder hinaus. Am Morgen meldete sich Lützow mit schwerem Kopf in Chalet Kernevel und trug dem Stabschef seine Bedenken vor. Korvettenkapitän Carlsen zog ihn vor die Atlantik-Lagekarte. In seiner väterlichen Art erklärte er: »Derzeit haben wir gerade mal vierzehn Boote direkt am Feind. Die Hälfte befindet sich im Anmarsch oder auf Rückmarsch. Und ein Viertel liegt in den Werften in Brest, St-Nazaire, hier oder in Norwegen. Was sagen Sie jetzt?«

»Nichts mehr, Herr Kapitän.«

»Wir brauchen jedes Torpedorohr draußen an den Geleitzügen.«

Dazu kamen die Verluste. Von jedem Rudel soffen stets drei oder vier Boote ab. Meist Ausfälle durch Wasserbomben, Rammstöße oder Defekte. »In diesem Monat sind es schon sechs, und der Februar hat erst angefangen«, erwähnte Carlsen noch.

Bedrückt fuhr Lützow nach Lorient zurück. Am Nachmittag machten sie die Werftprobefahrt in der Bucht. Alles schien einigermaßen zu funktionieren.

»Aber wie sieht es unter Kampfbelastung aus«, meldete der LI seine Bedenken an.

»Belastungsmäßig«, versuchte Lützow es abzutun.

»Wenn es gutgeht«, ließ der LI seine alte Leier ab, »dann geht es gut, aber wenn es schlecht geht, geht es meistens sehr schlecht.«

Zurück im Bunker, wurde das Boot endausgerüstet. Treibstoff- und Wassertanks wurden randvoll gepumpt, 2-cm- und 3,7-cm-Munition wurde ergänzt, Konserven und Frischproviant wurden verstaut. Am nächsten Abend gingen sie bei Dunkelheit durch die Schleuse. Ein Sperrbrecher nahm sie im Fahrwasser auf. Bis zur Ansteuerungstonne kolcherte er vor ihnen her. Wenn so ein dicker Dampfer eine Grundmine auslöste, war das nicht besonders schlimm. Auf seiner Ladung aus leeren Fässern schwamm er weiter. Südlich von Port Louis, halbwegs auf die Insel Croix zu, verabschiedete sich der Sperrbrecher mit Blinkzeichen und wünschte gute Rückkehr.

Um Mitternacht wurde auf der Brücke der Schrei eines Vogel gehört. Die Wache schrak zusammen. So etwas galt bei erfahrenen Seeleuten als Vorzeichen des nahen Todes.

U 136 nahm Kurs auf die Irische See. Agenten in Plymouth hatten einen auslaufenden Geleitzug gemeldet. Das Boot erreichte seine Position am Eingang zum St.-Georgs-Kanal am 8. Februar.

Im ersten Frühlicht meldete der Ausguck: »Dampfer an

Steuerbord auf vier Uhr!« Im Glas war seine Silhouette etwa daumennagelbreit erkennbar.

»Wir müssen näher heran«, entschied Lützow. »Beide Maschinen große Fahrt!«

Der Dampfer kam auf. Es war mindestens ein Zehntausendtonner, ein ziemlich schneller, denn er fuhr allein. Die schnellen Einzelfahrer hatte immer die besten Chancen durchzukommen.

Aus der Kimm tauchte die Sonne, als stecke sie in einer Kugel aus Milchglas. Kabbelige See gab U 136 ausreichend Deckung. Nach einer Stunde Höchstfahrt hatte Lützow sich auf vorliche Schußposition gesetzt. Nun lief das tausendmal geübte Ritual des Todes ab.

»Rohr eins, zwei, vier, klarmachen zum Überwasserschuß.«

»Ziel eingepeilt.«

Die letzten Worte liefen an den Vorhalterechner.

»Lage links, Entfernung dreitausend. Gegnerfahrt zwölf Knoten. Torpedo auf fünf Meter einstellen.«

Das Fadenkreuz im Glas der UZO wurde nachgeführt.

»Lage laufend.«

Lützow wollte noch näher heran. So einen Frachter zu versenken war eine hochkomplizierte Angelegenheit.

»Maschinen äußerste Kraft!« befahl Lützow. Und nach zwei Minuten gischtender Fahrt: »Achtung . . . Feuer!«

Der I WO betätigte den Abschußhebel. Schäumend jagten die Aale hinaus. Auf der Brücke kaute einer nervös seine Schokakola.

»Brückenwache einsteigen!« befahl Lützow. »Tauchen!«

Kaum war das Boot auf zwanzig Meter Tiefe, durchgependelt und die Tanks mit Diesel ausgeblasen, machte es in der Ferne Wumm-wumm, dazu ein Wirbel von Paukenschlägen. Schockwellen ließen das Boot erzittern. Sie hatten ihn versenkt. Aber niemand jubelte. Alles lauschte gespannt. Wenn Schiffe untergingen, hörte man Spanten krachen und das Wasser der Strudel gurgeln.

Nach dem Todeskampf des Frachters lief U 136 nach Süden ab. Fünfzig Minuten später ließ Lützow auf Sehrohrtiefe, vierzehn Meter, gehen.

Der Horizont war ringsum frei, bis auf eine Regenbö, die jedoch abzutreiben schien. Sie tauchten auf. – Und dann war es fast zu spät. In der Regenbö hatte eine U-Boot-Jagdkorvette gelauert. Sie raste los.

Tauchen ging nicht mehr. Es dauerte zu lange. – Was jetzt? Die Korvette war stärker bewaffnet als sie und mindestens so schnell. Die weiße Bugwelle des Jägers verschärfte sich. Offenbar wollte er das U-Boot rammen.

Lützow suchte sein Heil in der Flucht.

»Dreimal äußerste Kraft«, forderte er an, »E-Maschinen zuschalten!« Dabei drehte er das Boot, um den Verfolger mit dem Hecktorpedo zu erwischen. Der Fangschuß zischte hinaus.

Auf der Korvette erkannten sie seine Laufbahn und gaben Hartruder. Durch dieses Manöver vergrößerte sich die Distanz auf etwa eintausendachthundert Meter. Doch nun fing die Ballerei an.

U 136 antwortete mit der 3,7.

»Die wollen es genau wissen«, sagte Lützow beherrscht.

Im Turmluk erschien das Jammergesicht des LI. »Wir laufen schon vierzehn Minuten AK«, erinnerte er.

»Mann, Behrens!« schrie ihn der Kommandant an. »Holen Sie aus den Maschinen raus, was drin ist! Dreimal wahnsinnige!«

Der LI verschwand, als hätte er einen Schlag auf den Kopf erhalten.

Die Treffer von U 136 lagen besser als die der Korvette, denn sie feuerten vom flachen Achterdeck. Der Gegner hingegen stampfte schwer und antwortete mit der hohen Bugkanone. Als die Korvette sich eingeschossen hatte, geschah ein Wunder. Sie fiel zurück und geriet außer Sicht.

Noch fünf Minuten Braßfahrt, dachte Lützow, dann tauchen wir. Wenig später entstand achtern im Boot ein völlig unbekanntes Geräusch. Es klang wie berstendes Krachen, als würden Knochen aus Stahl gespalten. Aus dem Unterwasserauspuff quoll eine fette tiefschwarze Wolke von verbranntem Öl. – Sofort verlor das Boot an Geschwindigkeit.

»Schadensmeldung!« forderte der Kommandant.

»Steuerborddiesel ausgefallen«, hieß es, »vermutlich Kurbelwellenbruch.«

Sie tauchten erst einmal. Aber ein kaputter MAN, das war noch lange nicht alles an diesem Tag. Der nur geschweißte Preßluftverdichter fiel aus, die Außenbordklappe an Torpedoausstoßrohr Nr. 2 ließ sich nicht schließen, und die E-Maschine stank schon wieder verdächtig nach schmorender Isolierung.

Im fahlen Licht der vergitterten schattenlosen U-Boot-Lampen wirkten die Gesichter wie die von Geistern. Zu seiner Schadensmeldung fügte der LI noch hinzu: »Da kann man nur aufgeben, Herr Kaleu.«

Lützow herrschte ihn an: »Das will ich nicht gehört haben, Behrens. Außerdem können wir gar nicht aufgeben. Wir können sterben, aber nicht aufgeben. Versuchen Sie die Schäden, so gut es geht, zu beheben.«

Es dauerte nicht lange, da erschien in der Zentrale eine Abordnung der Besatzung, angeführt vom Obermaschinisten Rinzler. Ihre Gesichter und ihre aufgeregte Entschlossenheit mißfiel Lützow.

»Geht es um Schnaps«, fragte er locker, »hat einer Geburtstag?«

Der Obermaschinist, ihr Wortführer, stieß es mit Überwindung heraus: »Wir haben beschlossen, sie aufzufordern, Herr Kaleu . . . die Feindfahrt sofort abzubrechen.«

Mit irgend etwas in dieser Richtung hatte Lützow gerechnet. Doch er versuchte es nicht ernst zu nehmen. »Wer ist wir?« Etwas Passenderes fiel ihm nicht ein.

»Mannschaft und Unteroffiziere, Herr Kaleu.«

Lützow fixierte einen nach dem anderen. Das roch verdammt nach Meuterei. Kein Zweifel. Doch wie man dagegen vorzugehen hatte, insbesondere auf einem engen, technisch angeschlagenen U-Boot, darüber stand nichts im Kommandantenhandbuch.

»Abbrechen?« staunte er. »Umkehren nach Hause zu Muttern? Und wenn ich es nicht tue?«

»Dann . . .«, setzte der hagere Obermaschinist an, ». . . so leid es uns tut, Herr Kaleu, dann müßten wir Sie zwingen.«

Langsam stand Lützow von der Seekartenkiste auf, beugte sich so weit vor, daß sie sein Flüstern noch hören konnten, und sagte: »Noch ein einziges Wort, und ich muß euch festnehmen lassen. – An die Stationen jetzt!«

Aber sie blieben mit geballten Fäusten stehen.

Lützow wollte Zeit gewinnen und sich in der Kombüse eine Tasse Kaffee holen. Doch sie ließen ihn nicht durch. Hinter ihnen stand eine weitere Mauer von Besatzungsmitgliedern.

Mit Ausnahme der Maschinen- und Zentralwache ließ Lützow alles im Bugraum versammeln. Deutlich spürte er die aufgeladene Stimmung. Er wartete, bis Stille eingekehrt war, und hielt eine kurze Ansprache.

»Herhören!« begann er. »Noch ist das Boot einsatzfähig. Noch haben wir sechs Torpedos in den Rohren. Wenn an Bord dieses U-Bootes etwas entschieden wird, dann von zwei Instanzen.« Dazu hob er Zeige- und Mittelfinger der rechten Hand. »Von Gottvater und von mir. Oder wollt ihr, daß sie uns wegen Feigheit vor dem Feind aufhängen? – Also, noch ein einziges Wort, und ich trete jedem von euch persönlich in den Hintern. Aber mit dem spitzen Stiefel.«

Diesen Ton verstanden die Männer. Da sie ihren Kommandanten nicht nur verehrten, sondern geradezu liebten, schlichen sie, wenn auch palavernd, wieder auf ihre Stationen.

Später sagte Lützow zum LI: »Das hätten wir mal wieder. Großhirnrinde schlägt Bizeps. – Und kein Wort darüber!«

Doch da hatte der stramme Rahn schon den Eintrag im

Kriegstagebuch vorgenommen. Die Notiz beschrieb in kurzen Worten den Tatbestand der Meuterei. Sie führte die Namen der Rädelsführer sowie Uhrzeit und Position auf.

In der Nacht riß Lützow, entgegen allen Vorschriften, die Seite aus dem Kriegstagebuch heraus und pumpte sie durch das WC.

Aber bald wurde vom Schicksal alles anders entschieden.

Die Freiwache saß gerade beim Mittagessen, als sie einen merkwürdig stechenden Geruch verspürten. Ihre Augen tränten, alle husteten und spuckten. Schon kam achtern vom LI durch: »Gasalarm!«

»Tauchretter anlegen!« befahl Lützow. »Boot durchlüften!«

Kein Zweifel, aus irgendeinem Grund hatte sich Batteriesäure mit Bilgenwasser vermischt und zu Knallgas reagiert. Dabei entwickelte es auch giftige Anteile von Chlorgas.

Obermaschinist Rinzler kletterte durch eine Öffnung in den Flurplatten zu den Batterien hinunter. Aus schlechtem Gewissen hatte er sich freiwillig dazu gemeldet. Nach zwanzig Minuten zogen sie ihn an der Sicherungsleine halbtot wieder herauf.

»Die neuen Batteriekästen«, keuchte er speichelnd, »das Hartbuna-Zeug, alles geplatzt. Materialschaden.«

Der LI erörterte die Lage mit dem Kommandanten.

»Wir können den Dreck außerbords pumpen«, schlug Behrens vor, »und die intakten Zellen überbrücken. Aber mehr als . . .«

»Welche Kapazität bleibt uns?«

»Dreißig Prozent höchstens.«

Das reichte knapp für Alarmtauchen und eine kurze Unterwasserfahrt. Ohne Strom waren sie so gut wie tot. Kapitänleutnant Lützow entschloß sich zum Rückmarsch nach Lorient. Er setzte einen entsprechenden Funkspruch ab.

Vierzig Stunden später, wenige Meilen vor dem Treffpunkt

mit den Vorpostenbooten, ihrem Geleitschutz gegen Flugzeugangriffe, erschütterte eine Explosion das Boot. Es war, als stoße eine Granitfaust von unten gegen den Rumpf. Unmittelbar im Kielwasser spritzten zwei Fontänen hoch. – Sie hatten eine Magnetmiene ausgelöst.

»Wassereinbruch!« kam es von achtern. »Schraubenwelle und Tiefenruderlager.«

Der noch arbeitende Diesel war stehengeblieben und sprang auch nicht wieder an. Lützow hastete nach achtern. Dort standen sie schon bis zu den Knöcheln im Wasser. Der LI keuchte eine kurze Meldung heraus: »Minentreffer!«

»Das habe ich bemerkt. Es dürften sogar zwei gewesen sein.«

»Backbordtiefenruder beschädigt. Schraube vermutlich weggerissen. Wassereinbruch durch Wellenlager und Abgasdurchführungen. Boot kann aber gehalten werden.«

Lützow legte dem LI die Hand auf die Schulter. »Das packen wir auch noch, Behrens. Notfalls setze ich den Kahn an der Küste auf Grund.«

»Falls der Diesel anspringt.«

Der MAN tat es mit den letzten Atü in den Preßluftflaschen. Durch den Minentreffer kam es zu mehreren Stunden Verzögerung. Am Treffpunkt war keines von den Vorpostenbooten zu sehen. Also liefen sie allein durch das verseuchte Fahrwasser bis zur Kriegsansteuerungstonne und durch die Bucht nach Lorient hinauf.

An Land war alles streng verdunkelt. Mühsam tasteten sie sich bis zur Schleuse. Da gerade Hochwasser herrschte, war das äußere Schleusentor geöffnet. U 136 glitt hinein.

Das Tor schloß sich, wie von Geisterhand betätigt. Die Schleusenpumpen liefen an. Das Wasser in der Schleusenkammer wurde bis zum Niveau des Bunkervorbeckens abgesenkt. Das innere Schleusentor schwang auf, als betätige es ein Unsichtbarer. Niemand war zu sehen. U 136 verholte an die Pier. Keiner stand da, um ihre Leinen zu übernehmen. Ein Seelord enterte die Steigeisen hinauf und warf die Trossen über die Poller.

»An LI! Boot hat festgemacht. Maschinenwache kann wegtreten.«

Lützow und die Offiziere standen ratlos auf dem Turm.

»Was läuft da?« fragte Lützow leise.

Wie auf Kommando gingen plötzlich Scheinwerfer an. An der Pier standen Matrosen der Marineinfanterie mit angeschlagenem Gewehr. Sie bildeten einen halbkreisförmigen Sperriegel um das Boot. Der Kommandant ergriff das Megaphon.

»Was ist los da drüben? Seid ihr verrückt geworden?«

Lützow verlangte den Offizier der Abteilung zu sprechen. Es war ein Major der Feldpolizei. Sein Befehl scholl herüber: »Keiner verläßt das Boot. Niemand geht an Land!«

»Denen hat einer ins Hirn geschissen«, maulte II WO Wessel.

»Wenn ich noch mal auf die Welt komme, dann werde ich Säulenheiliger.«

»Darauf können Sie sich nicht mit Sicherheit verlassen«, resignierte Lützow und versuchte Funkverkehr mit dem BDU aufzunehmen. Vergebens.

Es wurde Morgen, ohne daß sie Antwort erhielten. Der Hafen belebte sich. Französische Werftgrandis gingen zur Arbeit. Aus dem Bunker scholl die übliche Geräuschkakophonie. Nur um U 136 kümmerte sich niemand.

Sie saßen in der O-Messe und stellten die irrwitzigsten Vermutungen an. Endlich, am frühen Nachmittag, wurde vom Deckposten Besuch gemeldet. Technische Offiziere und Ingenieure in Zivil kletterten ins Boot und suchten es von achtern bis vorne ab. Sie nahmen jeden Schaden, jede kaputte Schraube auf. Als sie nach Stunden fertig waren, wandte sich einer an Lützow: »Die Steuerbord-Maschinenkomponente wurde durch zu lange Fahrt mit äußersten Umdrehungen mutwillig zerstört.«

»Es war nicht zu umgehen, sonst wären wir nicht mehr am Leben«, erklärte Lützow, »das steht alles im KB.«

Sie wollten das Kriegstagebuch einsehen und beschlagnahmen.

Doch Lützow gab es nicht heraus. »Das ist geheim. Nur der Stabschef hat das Recht . . .«

Der Major von der Marine-Feldpolizei schnitt ihm das Wort ab: »Kapitänleutnant Lützow, Sie sind hiermit festgenommen«, erklärte er. »Sie haben fortan Stubenarrest.«

Lützow bekam Handfesseln angelegt und wurde unter den Augen seiner Besatzung von Bord geführt. An der Pier zog das Sicherungskommando ab. Die Besatzung von U 136 durfte an Land und in die Quartiere.

Dort betranken sich alle. Das war U-Boot-Tradition nach Rückkehr von See.

In der Nacht rückte die Feldpolizei wieder an. Gezielt nahm sie Verhaftungen vor. Offensichtlich war etwas von der Meuterei nach außen gedrungen.

Ein Kriegsgerichtsrat verhörte Pinzler, den Torpedogefreiten Haller und den Funker Gräbner. Ein anderer Kriegsgerichtsrat nahm sich den Rest der Besatzung vor. Die Mannschaft von U 136 hielt eisern zusammen. Es gab keinen Judas unter ihnen. Aber einige verrieten sich durch Dummheit. Sie waren dem raffinierten Kreuzverhör der Juristen nicht gewachsen. Bald gab es über die Vorgänge, die sich an Bord von U 136 in der Irischen See zugetragen hatten, keine Geheimnisse mehr.

Beim Einzelverhör von Rinzler, Haller und Gräbner fand man heraus, daß der Obermaschinist es gewesen war, der erklärt hatte, jetzt reiche es ihm, und mit Pistole und Handgranate in der Tasche zum Kommandanten marschiert war. Die zwei anderen, der Funker und der Torpedomixer, hatten ihn nicht allein lassen wollen. Aber Rinzler war ihr Anführer.

»Alles Mist«, sagte der Obermaschinist, »ich hab's satt. Die wissen alles. Sie kriegen alles raus. Ich gebe auf.«

Von dem Marine-Juristen in die Enge getrieben, leugnete Rinzler nicht mehr. Er nahm die Geschichte auf seine Kappe, denn er ahnte, wie es enden würde. Außerdem wollte er als Unverheirateter die Kameraden entlasten. Der Kriegsgerichtsrat nahm seine Aussage zu Protokoll. Um drei Uhr morgens unterzeichnete Rinzler das Geständnis.

Noch zur selben Stunde trat das Standgericht zusammen. In einer Verhandlung, die kaum fünfzehn Minuten dauerte, wurden die drei Rädelsführer wegen Feigheit vor dem Feind, Anstiftung zu Befehlsverweigerung und Meuterei zum Tode verurteilt.

Das Urteil wurde bei Morgengrauen im Hof der Kaserne vollstreckt. Dies mehr aus militärischer Notwendigkeit als nach der Gesetzeslage. Es ging um ein warnendes Beispiel zwecks Aufrechterhaltung der Disziplin.

Der Kommandant von U 136, Kapitänleutnant Lützow, konnte nichts dagegen unternehmen. Seit sechsundzwanzig Stunden saß er im »Sardinenschlößchen« und wartete auf sein Verhör. Zwar erfuhr er, daß der BDU aus Paris zurückgekommen sei, doch sie ließen sich Zeit.

Endlich holte man ihn. Sie forderten von ihm weder den Einsatzbericht noch eine Erklärung. Es wurde ein Tribunal. Sie hatten sein Kriegstagebuch studiert. Mit finsteren Gesichtern steckten sie die Köpfe zusammen.

Nach kurzer Beratung erhob sich einer der Korvettenkapitäne am grünbezogenen Tisch und ließ seine Suada ab: »Der Anklagepunkt betreffs mutwilliger Beschädigung des Bootes wird hiermit fallengelassen«, erklärte er sachlich.

»Was wirft man mir also vor?« begehrte Lützow auf.

»Sie haben gefälligst den Mund zu halten!« fuhr ihn einer aus der Runde an. »Sie haben die Meuterei verschwiegen.«

»Ich habe sie unterdrückt«, fiel ihm Lützow ins Wort.

»Sie erwähnen sie mit keinem Wort und entfernten die Eintragung im Kriegstagebuch eigenhändig. Das ist ein ernstes Vergehen. Im übrigen, das wissen wir ja, bevorzugen Sie stets den Weg des Protestes, wo eigentlich zu handeln für Volk und Vaterland Ihre Pflicht gewesen wäre.«

Sie spielten ihm noch eine Ogephon-Platte vor. Auf der rosa Wachsscheibe war sein Vortrag anläßlich des letzten Besuchs in Kernevel aufgezeichnet worden. Unter anderem auch seine Bemerkung, daß er mit diesen elenden Torpedos nicht mehr auszulaufen gedenke. Das legten sie jetzt als eine Geisteshaltung aus, die zwangsläufig zur Meuterei führen mußte. Sie ließen ihm weder Zeit, sich zu rechtfertigen, noch, sich zu verteidigen.

Der BDU, der stumm zugehört hatte, trat vor Lützow und riß ihm seine Orden, einen nach dem anderen, vom Jackett.

»Hiermit, Kapitänleutnant Lützow«, erklärte Dönitz, »sind Ihnen alle Auszeichnungen aberkannt. Gleichzeitig degradiere ich Sie zum einfachen Matrosen.«

Soldaten der Wache kamen herein. Sie packten Lützow und führten ihn in eine Einzelzelle. Das Licht ließen sie brennen. Er warf sich auf die Pritsche, fand aber keinen Schlaf. Die Sorge um seine Besatzung – was sie jetzt mit seinen Männern machten, wie sie mit ihnen umsprangen – das peinigte ihn. Gegen Morgen betrat der Stabschef die Zelle.

»Lützow, Junge«, sagte Carlsen in väterlichem Ton, »Sie waren unser fähigster Kommandant. Finden Sie Ihr Verhalten etwa gut?«

»Es stört mich nicht, Herr Kapitän«, antwortete Lützow. »Was geschieht mit meinen Männern?«

»Es ist eine Schande«, gestand Carlsen, »so hochgradige Spezialisten, deren Ausbildung Millionen Mark gekostet hat, einfach wegzuwerfen. Eigenlich kann sich die U-Boot-Waffe so etwas gar nicht leisten. Sie kommen alle zu einem Strafkommando in den Osten.«

»Minenräumen, Partisanenbekämpfung«, vermutete Lützow.

»Man wird sie wohl irgendwo in den polnischen Sümpfen verheizen . . .«

Es hörte sich an, als würden sie einer verflucht ungewissen Zukunft entgegengehen. Doch wenn Lützow ehrlich war, dann sah die Zukunft gar nicht so ungewiß aus.

Sie würden mehr oder weniger schnell bei diesem Todeskommando krepieren.

11

Ruhe herrscht an den Winterfronten. Nur im Atlantik versenken deutsche U-Boote 30 Schiffe aus britischen Geleitzügen. Petain und Franco treffen sich in Montpellier. Thema: Pyrenäengrenze.

11. Februar 1941
Besonders keß tanzte eine Blondine mit Zöpfen. Beim Foxtrott schob sie ihren Unterleib gegen seinen Bauch. Aber in der ersten Münchner Tanzschule, den Valenzis hinter der Staatsoper, wurde ohnehin mehr Klassisches geübt. Walzer, Polka, Tango und vor allem Benehmen.

Die jungen Männer, alles Schüler des Wittelsbacher Gymnasiums, trugen dunkle Anzüge, Krawatte und weiße Handschuhe. Die Mädchen aus dem Luisen-Lyzeum hatten Rüschenkleider, Seidenstrümpfe und Pumps an. So ging das jeden Donnerstagabend von acht bis halb zehn.

Wieder einmal beim Foxtrott auf Tuchfühlung, fragte die naive Blonde den Primaner Jakob Baureis, wo er wohne.

»In Giesing«, sagte er.

»Fein. Da wohne ich ja ganz in deiner Nähe. Bringst du mich nach Hause?«

Sie war zweifellos die Hübscheste von allen. So tat er es eben. Die erste Enttäuschung bestand darin, daß sie kaum lachte und noch weniger redete. Da hielt sie es mit Moltke, dem großen Schweiger. Die ganze Unterhaltung mußte er allein bestreiten. Er kam sich verlassen vor, wie ein Schauspieler auf einer Bühne vor Publikum, von dem kein Applaus kam. Sein komplettes Repertoir an Witzeleien und Geschichten spulte er ab. Es half wenig. Sie war einfach doof.

Einmal fragte sie: »Und dein Steckenpferd?«

Obwohl er sicher war, daß sie keine Ahnung hatte, zählte

er auf: »Ägytologie, Kryptologie, Hiroglyphen und Bilderschrift.«

»Was ist das?« wollte sie wissen. »Erzähl mir davon. Du erzählst so schön.«

So schoben sie von der Staßenbahnhaltestelle weiter durch die Dunkelheit. – Die zweite Enttäuschung ergab sich aus der Tatsache, daß sie draußen in Grünwald wohnte. Aber die letzte Tram war weg. Also marschierten sie die vier Kilometer nach Süden. Der Mund schmerzte ihm vom Reden und die Füße vom Laufen.

»Erzähl mir noch mehr«, sagte sie immer wieder.

Endlich vor ihrem Haus angelangt, sagte er: »Ein Rätsel.«

»Wenn es leicht ist«, gestattete sie ihm.

»Kinderleicht. – Also, es hängt an der Wand, macht ticktack, und wenn es runterfällt, ist die Uhr kaputt. Was ist das?«

Sie dachte nach und schüttelte den Kopf, daß die Zöpfe flogen. »Keine Ahnung. Du willst mich auf die Probe stellen.«

Da war Baureis klar, daß er die Dame wechseln mußte.

Um drei Uhr kam er nach Hause und sank ins Bett. Am Vormittag hatten sie Physikschularbeit. Er wollte unbedingt eine Zwei schreiben. Es blieben nur noch wenige Monate bis zum Abitur.

Die Partnerin, die Baureis sich anläßlich der nächsten Tanzstunde aussuchte, war ein Mädchen, das oft lachte. Das gefiel ihm. Außerdem gefielen ihm noch ihr haselnußbrauner Bubikopf, die Sommersprossen und die Grübchen. Daß sie etwas hatte, wovon sein Onkel immer behauptete, ein Frau von Format besitze es – nämlich O-Beine –, störte ihn weniger. Außerdem war Onkel Heinrich nicht ernst zu nehmen. Er wohnte in Miesbach und war Uraltkommunist. An jedem Ersten Mai, dem Tag der Arbeit, hißte er auf dem höchsten Baum von Miesbach die rote Fahne. Die mußten sie dann mit der Feuerwehrdrehleiter herunterholen. – Von Beruf war Onkel Heinrich Schreiner. Er lebte von der Hoffnung, daß eines Tages die Tür seiner Werkstatt aufging und Josef Stalin ihm persönlich einen Besuch abstattete.

Die kleine Haselnußbraune war zwar erst sechzehn, schien aber von Baureis, der, groß und rothaarig, wie ein normannischer Ritter wirkte, sehr angetan. Vermutlich gefiel er ihr so, wie sie ihm gefiel. Außerdem hatte sie einen wunderschönen romantischen Namen. Sie hieß Lorenzo, Auguste Lorenzo. Die Mädchen in ihrer Klasse sagten Augi zu ihr. Leider wohnte sie in entgegengesetzter Richtung, ziemlich weit draußen auf der anderen Seite der Isar, in Nymphenburg. In einem feinen Viertel also.

Auf dem Heimweg alberten sie herum, daß die Wegstunde rasch verging. Am Nymphenburger Kanal gelangten sie zu einer pompösen Villa, die in einem Park hinter Bäumen lag.

»Hier wohne ich«, sagte Augi.

»Und ich in Giesing.«

»Was macht dein Vater?«

»Er ist Bierführer beim Augustinerbräu. Und wo arbeitet dein alter Herr?«

Ihre Antwort erfolgte mit leichter Verzögerung: »Als Hausmeister.«

»Deshalb wohnt Ihr in diesem Barockschloß?«

»In der Souterrainwohnung«, sagte sie.

Einmal gingen sie zusammen ins Kino. Es gab einen Film mit viel Tanz und Musik, mit Johannes Heesters und Dora Komar. Auch hier lagen sie auf einer Linie. Sie liebten Jazz und Swing. Beim Spaziergang durch den Englischen Garten, oben am Monopteros, küßte er sie. Sie benutzte keinen Lippenstift, das war vornehmer, nur eine Creme, die nach Kakaobutter schmeckte. Bald spürten sie, daß sie ineinander verliebt waren. Für den Samstag lud sie ihn nach Hause zum Essen ein.

Jakob Baureis kam mit bescheidenen Blümchen an.

Doch nun stellte sich heraus, daß die Lorenzos nicht im Keller hausten, sondern oben in der Villa. Augis Vater war Fabrikbesitzer. Er stellte Werkzeugmaschinen, Tiefziehpressen und Drehbänke her. Betreten übergab Baureis seine Krokusse der eleganten Dame des Hauses. Dann ging man zu Tisch.

Es gab alles, wie im Frieden. Man speiste von Damast mit silbernen Bestecken und im Licht von Kristallüstern, aber die Tischsitten waren frei und die Unterhaltung locker. Im wesentlichen redeten nur die Männer, Augis Vater und der alte Kommerzienrat Lorenzo, der mit dem weißen Oberlippenbart. Dabei drehte es sich stets um Geschäfte: Gewinne, Aktien, Devisen, um Banken in Zürich und Genf. Der alte Kommerzienrat sagte: »Die Umsätze sind ja enorm gestiegen.«

»Was nützt uns das, Vater. Wenn die braunen Bonzen sich erst einmal zu Tode gesiegt haben, geht alles kaputt. Und was dann?«

»Man muß eben verlagern.«

»Wohin? Ins Ausland?«

Staunend hörte Jakob Baureis zu. Hier bekam er in fünf Minuten eine bessere Lektion fürs Leben als in der Schule in einem Monat. Doch soviel war klar: Jakobs Vater, ein alter Sozi, hatte durch das Dritte Reich Dauerbeschäftigung erhalten und war aus Dankbarkeit in die Partei eingetreten. Die Lorenzos hingegen, eine alteingesessene Familie, fürchteten, daß die Nazis Deutschland in eine Art Götterdämmerung und Weltuntergang führten.

Einmal wandte sich der Kommerzienrat an den Gast: »Was macht Ihr Vater, Jakob?«

»Er fährt Bier in Fässern und Flaschen von den Brauereien zu den Wirtschaften.«

»Stimmt ja nicht!« rief Augi dazwischen. »Er ist Braumeister.« Heimlich zischte sie Jack zu: »Warum lügst du?«

»Weil es heißt, daß Braumeistersöhne im Suff gezeugt und als Idioten geboren werden.«

»Kesselschmiedskinder sind taub«, ergänzte sie spöttisch. »Und Bergarbeiterkinder sind blind wie Katzen.«

»Und Millionärstöchter verwöhnt und arrogant«, fügte Baureis hinzu.

Sie neckten sich oft, ein Zeichen, wie verliebt sie waren. Nur eines lag Baureis schwer am Herzen und bereitete ihm Sorgen. Es war der Klassenunterschied. So was ging nicht lange gut. Er liebte Augis Charme und ihren Witz, sie sein Wissen und seine intellektuelle Überlegenheit. Aber auf Dauer lief das wohl nicht allzu prima.

Die Lorenzos hatten am Tegernsee ein Gut mit Milchwirtschaft und Pferden. Augi fragte ihn, ob er mit hinausfahren wolle. Sie holten ihn sogar ab. Der alte Kommerzienrat hielt mit seiner riesigen Maybach-Zeppelin-Limousine direkt vor der Mietskaserne in Giesing. Augi saß vorn neben ihrem Großvater, Jack hinten neben einem Schiffskoffer. Sie fuhren die alte Tegernseer Landstraße entlang und erreichten am Nachmittag das Gut. Es lag an der Westseite des Sees bei St. Quirin.

Augi zeigte Jack alles, das Herrenhaus, die Nebengebäude, die Stallungen. Sie brachte Jack sogar dazu, daß er sich auf eines der Pferdeungeheuer schwang. Später gab es Kaffee und Gugelhupf. Danach unternahmen sie einen weiten Spaziergang über die Weiden und die verschneiten Felder.

Der alte Kommerzienrat blieb die ganze Zeit unsichtbar. Gegen Abend, als es schon dämmerte, kam er mit einem Mercedes-V 170 in Tarngrau angerollt und winkte ihnen.

»Wo hat er seinen Maybach gelassen?« fragte Baureis verwundert.

Augi gab das Geheimnis preis. »Er hat ihn versteckt, in irgendeiner Scheune hinter Heu und Stroh, damit ihn die Nazis nicht beschlagnahmen«, flüsterte sie. »Und auch den Koffer. Aber den hat er wohl vergraben. Opa behauptet immer, der Inhalt sei so wertvoll, daß er damit halb München kaufen könne, Schloß Nymphenburg und vielleicht noch ein Stück von Neuschwanstein.«

Jack Baureis lachte nicht darüber. Das fiel ihr auf. »Was hast du heute? Den ganzen Tag schon wirkst du traurig. Deine Küsse waren so ... so teilnahmslos.«

»Morgen werde ich gemustert«, sagte er. »Das Abitur fällt wohl flach. Statt dessen stempeln sie uns einen Reifevermerk ins letzte Zeugnis.«

»Kommst du zu den feschen Jagdfliegern?« fragte sie.

»Eher zu den schmutzigen Panzern«, fürchtete er.

Doch er kam zur Marine, vermutlich zu den Funkern, weil er Kryptologie als Steckenpferd angegeben hatte.«

Die Frontberichte klangen weiter günstig, aber die Lorenzos meckerten ständig.

Die Eltern von Jakob Baureis nahmen Verdunklung, Kleiderkarten, Lebensmittelrationierung und die ersten britischen Bombenabwürfe eben so ergeben hin wie die Masse des Volkes. Schließlich gab es noch Bier, Schnaps, Musik aus dem Radio und Tanz, auch wenn der Mangel spürbar größer wurde.

Die Lorenzos hingegen besaßen alles und schimpften auch über alles. Sie hatten Lebensmittel im Überfluß, Schokolade, echten Cognac, Champagner, Havannas und Seidenstrümpfe. Doch das zählte offenbar nicht. Die Gefallenenanzeigen in den Zeitungen deuteten sie als schlimmes Vorzeichen. Ebenso aber auch, daß es nicht genug Benzin für ihre Autos gab.

»Dieser wahnsinnige Dekorationsmaler aus Braunau, dieser Hitler, was hat er als nächstes vor?« äußerten sie und legten auch in Gegenwart von Jakob Baureis ungeniert ihre Aussichten dar. Entweder hatten sie grenzenloses Vertrauen, daß er sie nicht anzeigte, oder sie hielten sich für unangreifbar oder ihn für maßlos dumm. – Oder sie waren es selbst.

»Du wolltest mich gestern anrufen«, sagte Augi, »ich habe zwei Theaterkarten. Staatsoper. Rigoletto.«

»Am Samstag spricht Oberst Mölders im Deutschen Museum. Da müssen wir hin«, wich Jack aus.

»Wer ist Mölders?« fragte sie, obwohl sie es gewiß wußte.

»So ein Jagdflieger-As. Einer der Erfolgreichsten.«

»Und worüber spricht er?«

»Wie man *Spitfires* abschießt.«

»Das finde ich genauso blöd wie Toreschießen beim Fußball«, entgegnete sie arrogant bissig.

»Oder Tennis.«

»Tennis ist auch absolut saublöd«, sagte sie.

»Und deine Pferde sind dümmer als Ratten«, gab er seinen neuesten Wissensstand über Rösser preis.

Weil er seinen Gestellungsbefehl schon in der Tasche hatte, hörten sie auf mit der Streiterei. Augi wünschte ihn noch einmal wiederzusehen. Ganz allein und für sich wollte sie ihn haben.

»Wann fährst du?«

»Donnerstag.«

»Am Dienstag sind meine Eltern und Großvater bei irgendeiner Wehrwirtschaftssitzung in Frankfurt. Ich bin allein im Haus.«

»Und die Köchin und der Diener?«

»Die schicke ich fort.«

»Was machen wir? Ziehn wir uns aus und spielen mit den Kleidern?« witzelte er.

»Pflaumenpfannkuchen machen wir«, sagte sie, »die du so gerne magst.«

»Die kannst du wirklich backen?«

»Ich habe es geübt«, erwiderte sie, »sogar mit Rückwärtssalto über der Pfanne.«

Nervös fieberte er dem Abschiedsmahl entgegen. Eine halbe Stunde zu früh kam er in der Villa in Nymphenburg an. Offenbar hatte Augi ihm aufgelauert. Er hatte noch nicht geläutet, da öffnete sie die Tür und legte den Finger an den Mund.

»Mein Vater ist zurückgekommen. Er fährt aber wieder weg.«

Sie schlichen in Augis Zimmer. Oben war der kleine Tisch an der Balkontür gedeckt. In einer Meißener Kasserolle über Kerzenflammen dampften die fertigen Pfannkuchen. Aus einer Schale duftete das Pflaumenmus mit zartem Vanillegeschmack.

»Die Köchin hat es vorbereitet«, gestand Augi, »aber den Tisch habe ich wirklich selbst gedeckt.«

Die Pfannkuchen waren warm, aber schon ein wenig lappig. Sie legten sie auf die Teller, füllten das Mus darauf, rollten sie zusammen und bestäubten sie mit Puderzucker.

Jakob Baureis war beim zweiten, als er plötzlich Stimmen von Männern hörte. Sie sprachen so deutlich, als seien sie im Zimmer nebenan. »Wo kommt das her?« wollte er wissen.

Augi deutete auf zwei messingvergitterte Öffnungen, die eine am Boden, die andere an der Decke. »Durch den Warmluftkanal. Das ist wie ein Haustelefon, wenn man vergißt, die Klappen zu schließen.«

Der eine Mann war eindeutig Augis Vater. Der andere sprach Schweizer Dialekt. So waren sie nicht zu verwechseln. Um alles mitzuhören, bedurfte es keiner langen Ohren.

»Glauben Sie mir, Doktor Lorenzo«, sagte der mit der hellen Stimme, »die Aufmarschpläne für die deutschen Armeen sind fix und fertig. Spätestens im Juni, wenn Straßen und Wege in der Ukraine trocken sind, wird Hitler gegen Rußland losschlagen. Nur der Tag und die Stunde stehen noch nicht fest.«

»Woher wissen Sie das, Zwingli?« zweifelte Lorenzo.

Der andere lachte verhalten kehlig. »Die Geheimdienste unserer Banken arbeiten besser als die jeder Armee.« Der Schweizer fuhr fort: »Wir ließen Analysen von Fachleuten erstellen. Anfangs wird Hitler Erfolg haben, bestenfalls zwei Jahre lang, denn die Russen trifft es völlig unvorbereitet. Doch dann fangen sie sich. Sie schlagen mit ihren sibirischen Massenheeren zurück und treiben die Deutschen bis an den Rhein.«

»Dagegen kann man verdammt nichts tun«, schien Lorenzo zu resignieren. »Falls es wahr ist.«

»Also, nichts wie weg, Lorenzo«, riet der Schweizer. »Sie haben doch einiges Kapital bei uns liegen.«

»Aber nicht genug«, fürchtete Dr. Lorenzo, »um für längere Zeit durchzuhalten.«

Der Schweizer hatte dafür schon einen Ausweg parat. »Wie viele Drehbänke liefern Sie in diesem Jahr noch an Sulzer und SWF?«

»Von der kurvengesteuerten L-9 noch etwa vierzig.«

»Und was kostet so ein Drehautomat?«

»Fünfunddreißigtausend Reichsmark.«

Der Schweizer schien zu rechnen. »Na schön, dann fakturieren Sie nur zwei Drittel des Exportpreises, sagen wir fünfundzwanzigtausend Mark pro Stück. Die Differenz schreiben wir Ihrem Konto auf der Züricher Kantonalbank gut. In Franken oder Dollar, wie Sie es wünschen.«

»Warum tun Sie das für uns, Zwingli?« wollte Dr. Lorenzo wissen.

»Weil wir Freunde sind und im Frieden auch wieder große Geschäfte mit ihnen machen wollen.«

Nach einigem Zögern schien Augis Vater einverstanden zu sein.

»Und für mich, wie immer, zehn Prozent«, schob der Schweizer nach.

Sie waren sich offenbar einig, denn wenig später verließen sie die Villa. Der dickliche Schweizer im Winterpelz stieg in eine Chrysler-Limousine mit Züricher Kennzeichen und CC-Schild.

Betroffen hatte Baureis Messer und Gabel weggelegt. Er kaute langsam weiter, so daß Augi fragte: »Schmeckt es Ihnen nicht, mein Herr?«

»Danke, alles hervorragend, Gnädigste.«

»Hat dich etwa das Gespräch ... irritiert?« erkundigte sie sich.

»Ich verstehe zu wenig davon«, erwiderte er.

Wohl um ihn abzulenken, verschwand sie im Bad. Nach wenigen Minuten erschien sie in dem dünnen geblümten Chiffonkleid wieder, das er schon kannte. Es bestand aus einem sehr feinen französischen Gewebe, war fast nur ein Hauch. Man sah durch und durch. Gewöhnlich trug sie dazu ein Unterkleid, Büstenhalter, Höschen, Strapsgürtel und Strümpfe. Doch heute war es anders. Sie hatte viel weniger darunter an. Eigentlich gar nichts. Man sah ihre niedlichen Brüste mit den rosa Spitzen und das haselnußbraune Haargelock zwischen ihren Schenkeln. Sie hob den Rock und setzte sich auf seinen Schoß. Dann küßte sie ihn ungestüm, nahm seine linke Hand und führte sie an ihre Brüste.

Er spürte, wie die Knospen sich aufrichteten und fest wurden. Ihm wurde schwindlig.

Obwohl er dieses Mädchen liebte und begehrte wie sonst nichts auf der Welt, nahm er sie in dieser Stunde nicht. Irgendwie gelang es ihm, das traumhafte Angebot, sie zu entjungfern, abzulehnen. In Augis Augen standen Tränen, doch Jack küßte sie weg und sagte: »Ich könnte es nicht verantworten, Liebling.«

Er stammelte es immer wieder.

Jakob Baureis ließ nicht zu, daß ihn Auguste Lorenzo zum Schnellzug nach Amsterdam brachte. Sie durfte nur bis zum Stachus mitgehen, dem belebtesten Platz Münchens, wenige hundert Meter vom Bahnhof entfernt.

»Wie ist deine Adresse?« fragte sie, weil ihr vor Traurigkeit nichts Besseres einfiel.

»Vierzehnte Schiffsstammabteilung in Bergen op Zoom, Holland. Matrose Baureis. Ich schreibe dir sofort die Feldpostnummer.«

»Hauptsache, du schreibst überhaupt.«

»Warum sollte ich nicht?«

Da umarmte ihn Augi vor allen Leuten und flüsterte: »Ich hätte so sehr gern mit dir geschlafen, damit du mich nie vergißt.«

Er streichelte ihr Bubikopfhaar. »Nie werde ich dich vergessen«, schwor er. Rasch machte er sich los, packte seinen Koffer und eilte über die Straße.

12

Deutsche Divisionen formieren sich zum Einmarsch in Bulgarien, britische Verbände zur Landung in Griechenland. Rommel trifft in Tripolis ein.

18. Februar 1941
Der Chef der 10. U-Boot-Flottille, Korvettenkapitän Toms, stand am Fenster seines Büros und blickte die Schienen der Werftanschlußgleise entlang hinüber zum Bunker. Es war ein trister Wintertag, grau, mit Resten rußigen Schnees hie und da. Hinter Toms knarrte die Tür. Sein Adjutant meldete Besuch.

»Der Stabschef des BDU.«

Mit schnellem Schritt, ohne jedoch eilig zu wirken, schob Carlsen seine massige Figur in das Flottillenbüro, das früher einer Kohlenreederei gehört hatte. Toms entdeckte den vierten Goldstreifen an den Ärmeln Carlsens und trat auf ihn zu.

»Gratuliere zur Beförderung.«

Carlsen war jetzt Kapitän zur See, die letzte Stufe vor dem Admiral. Er setzte sich und nahm gern Cognac und Zigarre.

»Was sagen Sie dazu, Toms«, begann er ohne Einleitung.

»Meinen Sie die neuen Verlustzahlen?«

»Das Ergebnis der Werftkommission meine ich.«

»Ach das«, begriff Toms. »Einer der Ingenieure hat, nachdem sie Lützows Boot im Dock untersucht hatten, zu mir gesagt, das müßten Genies gewesen sein, sowohl die Besatzung als auch der Kommandant, daß sie mit einem solchen Schrotthaufen zweimal nach Hause kamen.«

»U 136 ist schwer beschädigt, in der Tat.«

»Ob man es noch generalüberholt?« gab Toms zu bedenken.

»Der Kostenvoranschlag beläuft sich auf fünfhunderttausend Reichsmark. Dafür kriegt man das Filetstück von einem neuen.«

»Nur kommen die Werften in Hamburg und Kiel mit den Neubauten nicht nach«, gab Toms zu bedenken. »Durch die steigenden Verluste besteht ein eklatanter Mangel an einsatzklaren Kampfbooten.«

»Der Flottilleningenieur schlug vor, U 136 zum Ausschlachten zu verwenden«, erwiderte Carlsen. »Dies wegen des mangelhaften Nachschubs an Ersatzteilen.«

Immer öfter schaute Toms auf seine Marineuhr mit dem schwarzen Zifferblatt und den grünen Leuchtzeigern.

»Erwarten Sie noch Besuch?« fragte der Stabschef höflich.

»Nein, leider etwas anderes, etwas, das mir mehr Sorgen bereitet als das Wrack von U 136. Auf der einen Seite wissen wir nicht, was wir mit den siebenhundertfünfzig Tonnen verbeultem Stahl anstellen sollen, auf der anderen Seite entscheiden wir mit nahezu perverser Genauigkeit, was wir mit den siebenundvierzig Männern von U 136, den besten, über die wir derzeit verfügen, machen. Wir schikken sie ohne Rücksicht und Nachsicht in den Tod. Was das betrifft, wasche ich meine Hände in Unschuld.«

Der Chef der 10. U-Boot-Flottille winkte dem Stabschef. Sie traten ans Fenster. Toms deutete auf eines der Gleise. Ziemlich weit rechts, schon nahe bei den Kasernen, stand ein D-Zug-Wagen. Er sah aus wie alle anderen deutschen D-Zug-Wagen auf Drehgestellen. Nur seine Fenster waren vergittert.

Toms schaute erneut auf die Uhr. Vom Bahnhof Lorient her näherte sich eine Rangierlok. Sie dampfte an ihnen vorbei bis zur Weiche am Kai und dann auf dem rechten Gleis wieder bis zu dem vergitterten Waggon.

»Auf Ersatzteile müssen wir oft wochenlang warten«, bemerkte Toms, »bei Gefangenentransporten sind sie auf die Minute pünktlich.«

Kaum hatte man die Lok angehängt, öffnete sich eines der Tore in der Kasernenmauer. Männer traten heraus. Im Gänsemarsch setzte sich die Kolonne in Bewegung. Obwohl es keine Rangabzeichen mehr gab, waren die Offiziere und Feldwebel zu erkennen. Sie trugen Jacketts, während der Rest der Besatzung weite blaue Schlaghosen und Kulanis anhatte. Die siebenundvierzig Mann wurden von einem Dutzend Marineinfanteristen unter Stahlhelm und Gewehr bewacht.

Während die U-Boot-Leute in den Transportwaggon kletterten, stand Lützow außen an der Tür und nickte jedem einzelnen aufmunternd zu. Als letzter stieg er ein. Vorne und hinten fuhren je zwei Soldaten der Wachmannschaft mit. Sie hauten die Türen zu. Die Lok pfiff und setzte sich fauchend in Bewegung.

»Wohin verfrachtet man sie?« fragte Toms in die beklemmende Stille.

»Nach Brest.«

»In die Festung?«

»Nein. Der Transportwaggon wird an den BDU-Zug angehängt.«

»Geht der heute?«

»Ja, wie immer jeden Mittwoch und Samstag.«

Der BDU-Zug brachte Marineurlauber ins Reich und auf dem Rückweg Material an die Küste. Es war ein Zug, der speziell für die U-Boot-Waffe eingesetzt wurde. Jeder, der von der Bretagne über Paris in die Heimat fuhr, hatte ihn schon einmal benutzt.

»Und wie geht es weiter?« fragte Toms mit rauher Stimme.

»Von Berlin aus nach Osten«, vermutete Carlsen. »Polen ist groß.«

Verstohlen grüßte er hinter dem abfahrenden Waggon her. Dann trennten sie sich ohne viele Worte.

»Funkmaat Reiber bittet Sie sprechen zu dürfen, Herr Kaleu.« Obwohl nach der Degradierung alle nur noch den Rang eines Matrosen innehatten, behielten sie im Umgang miteinander die Dienstgrade bei. Niemand hatte das angeordnet. Sie machten es einfach so.

»Was gibt's, Reiber?« fragte Lützow.

Sie standen im Gang vor den Abteilen. Der BDU-Zug hatte Paris längst verlassen und ratterte Richtung Belgien.

Mißtrauisch beäugt von den Wachen an beiden Enden des Waggons, fragte der Funkmaat: »Wissen Sie zufällig, welche Strecke der Zug fährt, Herr Kaleu?«

Lützow konnte es nicht genau sagen, aber der Mittwochzug nahm stets die Nordroute.

»Brüssel«, vermutete er, »Arnheim, Bremen, Hamburg.«

»Und weiter, Herr Kaleu?«

»Die Rückwärtskurve führt ihn meist über Berlin, Hannover und das Ruhrgebiet, wo es eben Rüstungsindustrie gibt. Dort hängen sie die Güterwagen mit U-Boot-Ersatzteilen, mit Waffen, Munition, Proviant, Treibstoff et cetera an.«

Reibers rundem Bauerngesicht war anzusehen, daß ihn die Auskunft wenig befriedigte. »Es heißt, daß wir in den Osten kommen.«

Lützow nickte.

»Nach Polen?«

»So ist es.«

»Was werden sie dort mit uns anstellen, Herr Kaleu?«

Lützow hielt es immer gern mit der Wahrheit. »Partisanenbekämpfung, Minenräumen, Leichenbergung.«

»Das sind Todeskommandos, Herr Kaleu.«

Lützow sah es nüchtern. »Die ganz normale Arbeit von Strafkompanien.«

»Und unsere Überlebenschancen, Herr Kaleu?«

»Ich kenne die Statistik nicht. Aber mehr als zehn Prozent, die den Kopf durchbringen, dürften wohl nicht übrigbleiben.«

»Na, Mahlzeit, Herr Kaleu.«

Reiber überlegte seine nächste Frage.

»Wie, Herr Kaleu, glauben Sie, läuft unser Waggon von Berlin aus weiter? Direkt nach Warschau oder an der Küste entlang?«

»Das wäre ein ziemlicher Umweg.«

»Keine Chance also, Herr Kaleu.«

»Wofür, Reiber?«

»Ich meine für die Küstenlinie.«

»Da müßten sie uns schon in Hamburg abkoppeln und an einen Fronturlauberzug hängen, der Richtung Danzig geht.«

»Liegen in Danzig auch U-Boote, Herr Kaleu?«

»In Pillau«, erinnerte Lützow sich, »ist eine Schulflottille.«

Der Funkmaat bedankte sich und wollte verschwinden. Lützow hielt ihn am Ärmel zurück.

»Was wäre für Sie an der Ostseeküste so wichtig, Reiber?«

»Nichts Besonderes, Herr Kaleu«, wich der Funkmaat aus.

Lützow war zu sehr Menschenkenner, um nicht etwas zu riechen. »Was habt ihr vor?« bohrte er.

Reiber hob nur die Schultern. »Besser, Sie wissen nichts davon, Herr Kaleu«, sagte er und verschwand in einem der Abteile, wo acht Mann herumdösten, Karten spielten oder zum Fenster hinausstarrten.

Die Landschaft wurde belgisch. Alles war reichlich ungepflegt. Schmutziggraue Häuser, Fabriken, Kohlenhalden, und eine Luft, die oft nach Pissoir stank.

I WO, Rahn, trat aus dem Offiziersabteil und drehte sich eine Zigarette. Charmant wie eine Klobürste sagte er: »Ich habe soeben eine Blume gesehen, Herr Kaleu.«

»Ich leider nicht.«

»Man muß aufpassen und Blumen lieben, dann sieht man sie auch.« Es klang vorwurfsvoll.

»Ich kenne nur drei Arten davon«, gestand Lützow. »Gänseblümchen, Butterblumen und den Weihnachtsbaum.«

An größeren Stationen gab es Verpflegung. In Brüssel bekamen sie Tee, irgendwo in Holland Eintopf, grüne Bohnen mit Fleischeinlage, Drahtverhau genannt. Dazu gab es pappiges, schlecht durchgebackenes Kommißbrot.

In der Nacht schalteten die Wachen im Wagen das Licht aus. Sie wollten wohl nicht, daß man hineinsehen konnte. Jetzt, wo sie bald ins Reich kamen.

Der I WO, immer auf Bildung bedacht, las in einem Reclam-Heft, einer schmalen Tornisterausgabe, »Faust I«.

»Goethe und Schiller« – hetzte Wessel, »Mann, diese alten Säcke vom Fußballclub Weimar e.V., die kannst du doch vergessen.«

»Du bist und bleibst ein Banause«, entgegnete Rahn.

»Stimmt. Aber das speziell erst seit meiner Degradierung in Lorient. Jetzt interessiert mich, außer meinem Bauch, alles andere nur noch einen Scheißdreck.«

Lützow hatte mitgehört. Um keinen Streit aufkommen zu lassen, schlichtete er. »Krieg ist immer eine Herausforderung des Todes. So oder so.«

»Tot ist tot«, äußerte LI Behrens wortkarg.

»Tot im Krieg ist aber nicht wie Tod im Frieden«, erklärte Rahn, der stets moralische Ansprüche stellte.

»Im Frieden flennen sie sogar einer sterbenden Katze hinterher«, meinte Wessel.

In der Morgendämmerung bemerkten sie, daß sie nicht Richtung Berlin fuhren. Man hatte den Gefangenentransport offenbar an einen Zug angehängt, der nach Dänemark lief.

»In Kopenhagen fließen noch Butter und Honig«, schwärmte Wessel, »die Hintern der Mädchen sind kugelrund und der Rest auch.«

Sie freuten sich zu früh. In Lübeck wurde erneut rangiert.

Diesmal kam der Gefangenenwagen gleich hinter die Lok. So ging es weiter. Achtunddreißig Stunden waren sie jetzt unterwegs.

Wieder sieben Stunden später, als der lange Fronturlauberzug nahe der pommerschen Küste entlangdampfte, kam der Oberstleutnant ins Offiziersabteil. Der schwerblütige, grobgesichtige Fischer setzte sich neben Lützow. Offenbar hatte er etwas zu beichten. So leise es seine Reibeisenstimme zuließ, sagte er: »Wir hauen ab, Herr Kaleu.«

»Wer?«

»Sechzehn Mann. Alle, die aus der Gegend stammen. Aus Mecklenburg, Vorpommern und Ostpreußen.«

»Wie stellt ihr euch das vor?«

»In unserem Abteil hängt eine Eisenbahnkarte. Es gibt einen Punkt, da führt die Strecke dicht an die Danziger Bucht. Ich kenne die Ostsee, bin da aufgewachsen und habe Freunde bei den Kutterkapitänen. Es wird schon hinhauen.«

»Wie bringt ihr den Zug zum stehen?« wollte Lützow wissen.

»Per Notbremse. Oder wir legen die Posten um, klettern nach vorn zur Lok und lassen sie anhalten. Hauptsache und ganz wichtig ist, daß der Zug gleich weiterfährt, wenn wir weg sind. Das ist die Bedingung. Sonst kriegen sie uns.«

»Also Richtung Schweden«, verstand ihn Lützow.

Der Obersteuermann nickte. »Kommen Sie mit uns, Herr Kaleu? Was wir brauchen, ist ein Mann, der das Unternehmen führt.«

Lützow winkte ab. »Wenn hier unbedingt einer vorzeitig draufgehen will, dann bitte ein anderer und nicht ich.«

»Sie geben uns also wenig Aussichten.«

»Die hat man immer«, äußerte Lützow, »wenn einen das Glück nicht ganz und gar verläßt.«

Sie reichten sich die Hand, wünschten sich Mast- und

Schotbruch. LI Behrens, der gelauscht hatte, sagte später: »Man kommt sich lebendiger vor, wenn man das Leben riskiert.«

»Ein schönes Gefühl«, meinte Lützow, »doch meist ist es von kurzer Dauer.« Dabei dachte er an Ditta Rothild und die Tage in Salzburg.

Die Fenster zu öffnen war ihnen verboten. Trotzdem drang ein Geruch von Küste, Meer und salzigem Wind in die vermieften Abteile. Am Morgen war der Himmel blau gewesen, jetzt zog er sich zu. Bei Gdingen, schon an der Danziger Bucht, begann es aus tiefhängenden Wolken zu regnen. Für einen Fluchtversuch war das bedeutend günstiger als ein heller Tag mit Sonnenschein.

»Und wir?« fragte der LI seinen Exkommandanten.

»Wir halten weiter Kurs«, sagte Lützow, »jetzt, wo wir ganz weit hinten liegen, erst recht.«

»Ist das schon der berühmte Arsch der Welt?«

»Die Kimme hat noch nicht angefangen«, meinte der junge Wessel.

Draußen im Gang schlichen Männer vorbei. Wie es schien, die Bulligsten der Besatzung. Wenig später hörte man Gepolter, Tumult und Geräusche, als knallten Gewehre und Stahlhelme zu Boden. Lützow eilte seinen Männern zu Hilfe. Bei den Waggontüren lagen die Wachtposten. Diesmal waren es SS-Leute. Die in den Abteilen hatte man gefesselt und geknebelt.

Alles war ruckzuck gegangen. Vorne standen schon die Waggontüren offen. Eiskalter Fahrtwind blies herein. Drei Mann, mit den Pistolen der Wachen bewaffnet, kletterten über die Puffer, auf den Lok-Tender und von dort zum Führerstand.

Lützow folgte ihnen und wurde Zeuge des Handgemenges. Ein Torpedomixer drückte dem Lokführer höflich die Null-acht ins Genick. Der Heizer wehrte sich. Als Quittung bekam er einen Schuß ins Bein.

Schon war Lützow zur Stelle, um Schlimmeres zu verhindern.

»Und jetzt langsam bremsen!« schrie ein Exobergefreiter dem Lokführer ins Ohr. »Aber behutsam!«

»Bei Radfahrertempo springen wir ab«, erklärte der Obersteuermann, »und verduften querfeldein.«

Links draußen, vielleicht einen Kilometer entfernt, lag bleigrau das Meer. Der Lokführer betätigte den Drucklufthebel. Die eisernen Bremsklötze packten an. Der Zug verlor an Geschwindigkeit.

»Alles runter jetzt!« befahl der Obersteuermann. Zu Lützow sagte er: »Bitte, sorgen Sie dafür, daß er gleich weiterfährt.«

Kaum waren seine Männer vom Zug gesprungen und am Bahndamm ohne Ausfälle angekommen, wandte Lützow sich an den Lokführer. »Und jetzt, Meister, ein bißchen Volldampf voraus, wenn ich bitten darf.«

Der Lokführer zog den Regler nach rechts. Die Lok ruckte stampfend an.

Der Zug war gerade mal zwei Kilometer weit gefahren, als Lützow einen betäubenden Schlag gegen den Hinterkopf erhielt. Er kam von dem verwundeten Heizer, mit dem Lützow nicht mehr gerechnet hatte. Doch der Heizer war auf die Beine gekommen und ließ nun seine Wut an ihm aus. Noch einmal schlug er mit der Kohlenschaufel zu. Wieder wurde der Zug abgebremst. Diesmal scharf. Kaum stand er, eilte der Zugkommandant, ein älterer SS-Major, nach vorn. Sofort begriff er, was los war, und ließ mindestens fünfhundert Soldaten nach den Flüchtigen ausschwärmen. Über ein Funkgerät, das sich im Zug befand, forderte er Unterstützung aus Danzig und Gdingen an. Am Abend hatten sie alle Gefangenen bis auf den Funkmaat wieder. Reiber hatten sie wegen verzweifelter Gegenwehr erschossen.

Da man Lützow für den Initiator der Massenflucht hielt, wurde er in Fesseln gelegt. Als Exkommandant trage er die Verantwortung, hieß es.

In Danzig kam es zu einer Untersuchung. Bis sie abgeschlossen war, rangierten sie den Gefangenenwaggon hinter den Lokschuppen in Deckung der Kohlenhalden.

Der Wagen wurde von SS-Posten bewacht. Sie führten scharfe Dobermann-Hunde mit.

Es war schon nach Mitternacht, als ein Kübelwagen durch den Schnee über die Gleise hoppelte und neben dem Waggon hielt. Ein SS-Sturmführer sprang heraus. Mit einer Mappe unter dem Arm betrat er den Waggon durch die hintere Tür. Der Innenposten salutierte.

»Wo ist der . . . hm . . . Delinquent?« fragte der Offizier.

»Zweites Abteil links«, lautete die Auskunft.

Das Abteil war versperrt. Der SS-Sturmführer ließ es öffnen.

»Und Licht, bitte.«

Da die Batterien des Waggons leer waren, seine Lichtmaschine aber nur während der Fahrt Strom lieferte, stellten sie eine Karbidlampe auf. In der Fensterecke, in seiner schäbigen zweiten Garnitur blau, lehnte Lützow und stellte sich schlafend. Der SS-Offizier entnahm seiner Mappe ein Dokument und überflog es zunächst noch einmal.

»Lützow!« rief er.

Der ehemalige Kommandant von U 136 öffnete blinzelnd die Augen.

»Stehen Sie auf!« schnarrte der junge SS-Offizier, der zwar den Totenkopf an der Mütze, aber sonst keinerlei Auszeichnungen trug. Er senkte das Blatt Papier so, daß der Schein der Lampe darauffiel und er den Text ablesen konnte. »Urteil des Standgerichts Königsberg vom 24. Februar 1941.«

Lützow unterbrach ihn. Was zum Teufel konnte für ihn schon noch schiefgehn. »Dachte, Standgerichte wurden schon 1918 abgeschafft.«

Mit diesem Einwand hatte der junge SS-Offizier offenbar gerechnet. »Und im vergangenen Jahr, als abgekürztes Kriegsgerichtliches Verfahren zur Ausübung der Strafgewalt im Felde unter anderem gegen Deserteure, wieder in das Militärgesetzbuch aufgenommen«, erklärte er.

»Das ist mir neu.«

»Keine Diskussion, Lützow!« Der SS-Sturmführer las weiter: »Das Standgericht des Militärbefehlshabers im Wehrbezirk Danzig gelangte, in vorgeschriebener Zusammensetzung, zu folgendem Urteil: Matrose Anton Lützow wird wegen Beihilfe zur Gefangenenflucht in verbotener Ausübung seiner ehemaligen Befehlsgewalt als Kommandant von U 136 zum Tode durch Erschießen verurteilt. Das Urteil ist binnen zwölf Stunden zu vollstrecken. Gezeichnet: von Forchheim, Generaloberst.«

Der SS-Offizier schob das Dokument wieder in die Dienstmappe. »Die Exekution«, erwähnte er noch, »findet um sechs Uhr am fünfundzwanzigsten Februar neunzehnhunderteinundvierzig statt.«

Lützow schaute auf seine Marineuhr. »Das wäre in viereinhalb Stunden.«

Der Überbringer des Todesurteils salutierte kurz und ging.

Lützow rief hinter ihm her. »Eine Frage noch, Hauptmann!« Er benutzte den geläufigen Armeedienstgrad für den SS-Offizier.

»Keine Frage!« zischte der junge Schnösel.

Lützow stellte sie aber doch. »Warum«, fragte er, »wird man eigentlich immer am frühen Morgen erschossen und nicht am frühen Abend? Treffen morgens Ihre Henkersknechte besser?«

Der SS-Offizier drehte den Kopf halb herum und sagte schief: »Wir warten noch auf die fernschriftliche Bestätigung aus Berlin.« Damit ging er.

Lützow war müde und hätte sich durchaus in der Lage gesehn zu schlafen. Sein Ende war unabwendbar. Warum also sich aufregen. Andererseits wollte er die verbleibenden zweihundert Minuten seines Lebens genießen. Er versuchte an angenehme Dinge zu denken. Nur gab es davon nicht allzu viele. Er dachte an Ditta. Das wiederum machte ihm mehr Sorgen als sein baldiger Tod. Lützow rauchte seine letzten aktiven Zigaretten. Irgendwoher zauberten seine Männer eine halbe Flasche Cognac. Er genoß den weichen Remy Martin in kleinen Schlucken. Dann verabschiedete er sich von Mannschaft und Offizieren.

Pünktlich um 5.45 Uhr kamen sie dann. Vom Schnee gedämpft, hörte man die Schritte des Pelotons.

Es werden sechs Soldaten sein, dachte Lützow. Die Mindestzahl für ein Erschießungskommando waren in der Regel sechs.

Zwei Waffen-SS-Posten nahmen ihn in die Mitte. So marschierten sie noch etwa hundert Meter.

»Abteilung – halt!« befahl der Offizier bei den Kohlenhaufen. Sie stellten Lützow dicht an einen Berg von etwa drei Meter Höhe, der an der Ostseite mit Schnee bedeckt war.

Vielleicht dreißig Schritte entfernt, bei einem Lokwassertank, stand ein Auto. Obwohl es erst dämmerte, erkannte Lützow an der langen Motorhaube, an der eleganten Linienführung sowie an der gedrungenen Breite, daß es sich um einen Horch handelte. Ein Cabrio, wie Generäle es bevorzugten. Die Scheiben des Horch waren beschlagen. Drinnen brannte gelbliches Soffittenlicht. Neben dem Fahrer saß ein ziemlich großer Mann. Zweifellos ein höherer Offizier. Der Schlag auf der rechten Seite stand halb offen. Ein Bein im glänzend schwarzen Reitstiefel hatte der Offizier herausgestreckt. Er rauchte eine Zigarette. Ab und zu leuchtete die Glut stärker auf.

Das Exekutionskommando verriet wenig Übung in der Durchführung von Erschießungen. Reichlich ungeordnet nahm es in zehn Meter Entfernung von Lützow Schützenlinie ein. Die Soldaten warteten, unter Stahlhelm, die Karabiner bei Fuß, auf das Kommando.

Erst trat noch ein Mann mit einem wollenen Lappen in der Hand vor Lützow. »Die Augenbinde.«

»Ich verzichte.«

Der Offizier des Erschießungskommandos, ein SS- Untersturmführer, ging von einem Soldaten zum andern, griff in die Tasche und übergab jedem eine einzige scharfe Patrone. Wenige Schritte zurücktretend, befahl er: »Laden und sichern!«

Nun ließ er die Reihe stillstehen, sich ausrichten und achtete auf die nötigen Abstände. Danach ließ er die Männer rühren.

»Entsichern!«

Die Metallhebel knackten zur Seite.

»Anlegen!«

Die sechs nahmen die Gewehre hoch. Die Läufe richteten sich auf Lützow.

»Ziel auffassen! – Achtung!«

Noch zwei Sekunden, dachte Lützow, ein kurzer Schmerz, und es ist aus ...

Doch irgend etwas kam dazwischen und verzögerte die Prozedur.

»Kommando zurück!« rief jemand von weitem.

Den Generals-Horch verließ ein Mann in der Uniform eines hohen SS-Offiziers. Schlank und lang richtete er sich auf, warf die Zigarette weg und stapfte mit weit ausholenden Schritten durch den knirschenden Schnee. Leise sprach er mit dem Führer des Exekutionskommandos, wobei er auf irgendein Dokument zeigte. Dann tippte er lässig einen militärischen Gruß an den Mützenschirm, drehte sich um und ging zurück zu seinem Horch.

Lützow achtete nicht mehr auf das Exekutionskommando. Er blickte dem unverhofften Retter nach, beobachtete, wie er einstieg und wie der Horch mit leise summendem Achtzylindermotor davonrollte. Lützow starrte hinter ihm her, bis die Rücklichter durch die Schlitze der Verdunklungskappen nicht mehr zu sehen waren.

Inzwischen hatte der Offizier des Pelotons die scharfe Munition wieder eingesammelt und in seiner Manteltasche verschwinden lassen. Ein kurzes Kommando. Das Peloton machte rechtsum und rückte im Gleichschritt ab.

Lützow wurde in den Waggon zurückgeführt, wo man ihn wortlos, aber freudig empfing. Besorgt fragte er sich, ob sie das Theater nur aufgeführt hatten, um ihn später mit Genickschuß unauffällig zu beseitigen.

Während der Weiterfahrt nach Polen, in eine ungewisse Zukunft, ließen sie Lützow noch am Leben. Einen Tag, zwei Tage. Er rätselte daran herum, was passiert sein mochte, doch es gab zu viele Möglichkeiten.

Nur eines ließ ihn nicht los, nämlich der Eindruck, den der hohe SS-Offizier aus dem Horch in ihm hinterlassen hatte. Seine Haltung, seinen Gang, woher kannte er die? Er mußte diesem Mann schon einmal begegnet sein. Aber wann und wo? Warum hatte er die Liquidation ausgesetzt? Welche Gründe mochte es geben, ihn, Lützow, einen degradierten U-Boot-Kommandanten, zu verschonen oder gar zu begnadigen?

Lange Zeit fand Lützow keine Erklärung dafür.

13

Einmarsch deutscher Truppen in Bulgarien. Die Briten landen in Griechenland. Hans Hass betreibt – »Unter Korallen und Haien« – neuartige Unterwasserforschung mit Kamera und Schwimmflossen.

3. März 1941
Eine mattgrau gespritzte Opel-Admiral-Limousine fuhr von der Motorenfabrik her über den Flugplatz der Junkers-Werke in Dessau. Es war ein frischer, klarer Morgen. Der Frühling kündigte sich an.

Der Opel hielt an der Ecke des großen Hangars, in dem die Endmontagen durchgeführt wurden. Zwei Männer – ein langer, beleibter und ein kleiner, magerer, beide in Ledermänteln mit Fellkragen – stiegen aus und atmeten erst einmal tief durch.

»Was für eine Sektluft.«

»Wenn wir ein Stück weiter wären«, sagte der Kleinere, »dann würde ich glatt singen: *Alles neu macht der Mai.*«

»Gratuliere trotzdem, Professor. Dank Ihres unermüdlichen Einsatzes konnten wir die Bauzeit um vier Wochen verkürzen.«

»Hoffentlich hat es sich gelohnt«, meinte der Flugzeugkonstrukteur.

»Nun, die Probeflüge erbrachten phänomenale Ergebnisse.«

»Erst mal hören, was die Luftwaffenerprobungsstelle in Rechlin dazu sagt«, schränkte der Professor ein.

Auf die Minute pünktlich rollten die zwölf Meter hohen Schiebetore des Hangars auf. Drinnen zischten Kohlenstiftscheinwerfer an. Ein Traktor kurvte herum. Die eiserne Schleppstange wurde eingehängt. Auf ein Zeichen des Professors hin setzte sich der Traktor mit dem, was er am Haken hatte, in Bewegung. Behutsam, im ersten Gang, zog er das größte Landflugzeug, das je gebaut worden war, ins Freie. Die Maschine war so lang, daß sie schier kein Ende nahm. Ihre Spannweite betrug fünfzig Meter. An jeder Tragfläche hingen drei Motoren, insgesamt sechs. Beinah 49 Tonnen wog der Supervogel, und vom Boden bis zur Kanzel maß er 9,80 Meter.

Der geheime Fernbomber der großdeutschen Luftwaffe trug schon kriegsmäßige Bemalung. Oben hatte er Tarnanstrich in Braun, Grün und Gelb. Unten war er hellblau bemalt, um von feindlicher Flak gegen den Himmel schwerer erkennbar zu sein.

Plötzlich wimmelte es auf dem betonierten Vorfeld nur so von Ingenieuren, Flugzeugmechanikern und Bodenpersonal. Ein Tanklaster pumpte Flugsprit um. Sie fuhren das Startgerät heran, nahmen noch Außenkontrollen vor. Nach einem letzten Probeflug sollte die Ju 390, Deckname »Uralbomber«, zur Endabnahme nach Rechlin überführt werden.

Kaum zu glauben, aber es war erst sieben Monate her, daß sich der Professor und der Direktor im Luftfahrtministerium zu Berlin mit wichtigen Persönlichkeiten getroffen hatten. Mit General Wever, auf dessen Bombentheorie das Projekt beruhte, mit Generalfeldmarschall Milch, der es vorantrieb, und mit Udet, der für die technische Realisierung verantwortlich zeichnete.

Es hatte heiße Debatten gegeben. General Wever, der große Bomber-Stratege, versuchte zu schlichten. Jeder der Anwesenden sollte seine Meinung in kurzen Sätzen zusammenfassen. Er selbst begann als erster.

»Bei Bombenflugzeugen gibt es zwei Theorien. Man baut entweder einen mittelschweren Bomber, der schneller fliegt als jeder Jäger, oder man baut Großbomber, wahre fliegende Festungen, die schwer bewaffnet sind. Nach unseren Erfahrungen mit den Mittelschweren, also mit der Ju 88 bis hin zur Do 17 und He 111, stellten wir fest, daß sie nur

Nachteile haben. Sie sind insgesamt bedeutend langsamer als Jäger, sind unzureichend bewaffnet, können zu wenig Bomben tragen und diese vor allem nicht weit genug. Was uns also fehlt, ist der schwere, mindestens viermotorige strategische Bomber.«

Nun stellte Generalfeldmarschall Milch seine Forderungen.

»Einsetzbar für außergewöhnliche Operationen. Er muß mindestens fünf Tonnen Bomben tragen können, tauglich sein für Fernstaufklärung und soll möglichst ohne Zwischenlandung bis New York oder Tokio und zurück fliegen können, also extreme Reichweiten haben und dies bei einer Geschwindigkeit von über 500 km/h.«

Udet ergänzte: »Das erste flugfähige Exemplar muß binnen neun Monaten, also nach Dauer einer normalen Schwangerschaft, verfügbar sein und darf nicht mehr als fünfzigtausend Mannstunden an Bauaufwand erfordern.«

General Wever lieferte noch eine Ergänzung: »Im Fall eines Krieges mit Moskau würden die Russen sich samt allem, was ihr Überleben wichtig macht, hinter ihre natürliche Festung, den Ural, zurückziehen. Dies mit Fabriken, Waffen, Armeen und Millionen von Menschen. Um sie dort zu bekämpfen, braucht man dieses Flugzeug. Unter Umständen könnte es auch einmal nötig sein, jene Rüstungswerke zu bombardieren, welche die Engländer beliefern und sich bis heute unangreifbar dünken, nämlich die amerikanischen.«

Alles wartete nun auf die Stellungnahme des Generaldirektors der Junkers-Werke. Koppenberg konnte das Projekt nicht rundweg ablehnen, denn Junkers war bereits Staatsbetrieb. Rasch skizzierte sein Chefkonstrukteur etwas auf Millimeterpapier und erläuterte es.

»Das geht nur baukastenmäßig, meine Herren. Wir nehmen den Rumpf unseres Verkehrsflugzeugs Ju 90. Der Rumpf wird verlängert, die Zelle durch zusätzliche Spanten verstärkt. In die Flügel der Ju 90 setzen wir je zwei Zwischenstücke zur Aufnahme eines fünften und sechsten Motors. Außerdem konstruieren wir ein Einziehfahrwerk.«

»Versehen Sie das Ganze mit einer druckfesten Kanzel«, schlug Udet vor, »denn vor feindlichen Jägern, *Spitfires* und *Lightnings,* sind sie nur in Höhen über sechzehntausend Meter sicher.«

Der Junkers-Direktor musterte die Generalsrunde, als zweifle er an ihrem Sachverstand.

»Und das alles in neun Monaten? Schier unmöglich.«

»Das Problem sind die nötigen Motoren«, meinte der Professor, »und daß die Zelle den Einbauten von Waffen und der hohen Zuladung bei operativen Einsätzen standhalten muß.«

Es gab Kaffee und noch echte Havanna-Zigarren. Die Generäle lehnten sich zurück.

»Sie schaffen das schon«, äußerte Generalfeldmarschall Milch. »Wenn ein Werk das schafft, dann Ihres, meine Herren.«

Das war im Spätsommer des vergangenen Jahres gewesen.

Generaldirektor Koppenberg flog die Enderprobung in Rechlin persönlich mit. Dort hatten sie für das Projekt einen ihrer härtesten und erfahrensten Versuchspiloten abgestellt, nämlich Major Ing. Fellner. Seit Wochen schon hatte Fellner sich theoretisch mit dem sechsmotorigen Bomber befaßt. Jetzt sah er ihn zum ersten Mal in natura.

Er wanderte um die wohnblockgroße Ju 390 herum und meinte trocken: »Unter den Flächen paßt ein Elefant mit erhobenem Rüssel durch. Jesus, ist das ein Mordsmöbel!«

Mit aller Vorsicht, dennoch mit Genuß, ging Fellner diese fliegende Delikatesse an. »Kommen Sie, Direktor!« rief er nach der üblichen Augenkontrolle von unten, »besteigen wir das kostbare Schiff.«

Sie kletterten durch den Rumpfeinstieg in die hochgelegene sphärisch verglaste Kanzel. Nachdem er sich an den

Dutzenden von Hebeln und Schaltern orientiert hatte, sagte Fellner: »Letzte Woche habe ich eine Me 323 nachgeflogen. Aber das hier ist doch ein richtiges Flugzeug.«

Die Triebwerke wurden angelassen. Major Fellner begnügte sich nicht damit, die Motoren abzubremsen. Im Lauf der Jahre wurde er immer vorsichtiger. Erst als er alles in Ordnung fand – Drehzahlen, Luftschraubenautomatik, Temperaturen, Ladedruck, Öl- und Hydraulikdrücke, die elektrische Anlage, Generatoren, Kompaß, Navigationsgeräte, Treibstoffvorrat sowie das Umpumpsystem –, rollte der Versuchspilot eine Bodenrunde. Dann startete er. Für ihre Größe fand er die Ju 390 angenehm zu fliegen – immerhin hatte sie ein Startgewicht von fünfundsiebzig Tonnen. Nur bei leichten Bewegungen des Höhensteuers war ein Schwingen der Flügelenden nicht zu übersehen.

Die Ju 390 hatte jedoch so gut wie keine Unarten. Sie konnte 560 km/h schnell, aber auch extrem langsam geflogen werden. Druckkabine und Höhenmotoren gestatteten eine Steigleistung bis auf 15800 Meter. Im Tiefflug ging Fellner so weit herunter, daß die Propeller beinah die Wasserfläche des Rechliner Sees peitschten.

Nach mehreren Flügen, noch ehe er sein erstes Protokoll erstellte, sagte Fellner zu Generaldirektor Koppenberg: »Gratuliere! Da haben Sie uns einen wunderfeinen großen Dampfer hingestellt.«

»Aber?« fragte der Junkers-Direktor, der einen Vorbehalt herauszuhören glaubte.

»Aber«, meinte Major Fellner, »die Motoren. Es gibt bessere. Also, wenn Sie mich fragen, dann würde ich die neuen BMW 801, die Doppelsternmotoren, einbauen. Sie bringen zweitausend PS.«

Daraufhin wirkte Koppenberg leicht verschnupft.

»Leider wird man Sie danach fragen«, stellte er fest. »Aber solange diese Maschine ein Flugzeug von Junkers ist, wird es auch von Junkers-Flugzeugmotoren angetrieben werden.«

»Das ist nicht meine Entscheidung«, entgegnete Fellner, beide Hände hebend.

In diesen Tagen befahl das Oberkommando der Luftwaffe in Berlin die Aufstellung eines Sondergeschwaders für Spezialeinsätze. Es bekam die Nummer KG 200. Mit den Piloten des KG 200 flogen die ersten Sechsmotorigen ihre Einsätze. Sie starteten von Horsten an der Küste zu Fernpatrouillen und zur Fotoaufklärung bis weit in den Atlantik hinaus. Andere Operationen führten die Ju 390 bis Grönland, ins Eismeer und einmal sogar bis in die USA. Bei Nacht setzte man nahe Boston Agenten an Fallschirmen ab. Sie sollten ausspionieren, welche Fortschritte der Aufbau der amerikanischen Rüstungsindustrie machte.

Als man die Ju 390 mit immer höheren Bombenladungen belastete, kam es zu einem schweren Zwischenfall. Eine Sechsmotorige ging auf dem Flug nach Schottland verloren. Man wußte nicht, ob durch Zellenbruch oder Motorschaden. Jedenfalls endete der Absturz mit Aufschlagbrand und nachfolgender Explosion. Das Flugzeug fiel also nicht in die Hände des Feindes. Von der siebenköpfigen Besatzung überlebte allerdings keiner.

Wenige Wochen später lief bei der Luftwaffenerprobungsstelle in Rechlin ein Fernschreiben ein. Es trug den Gekados-Vermerk, war also geheime Kommandosache. Gleichzeitig rollten auf drei offenen Güterwagen sechs schwere Kisten von München nach Rechlin. Sie enthielten nagelneue BMW-Doppelsternmotoren vom Typ 801 S-1, mit vierzehn Zylindern und je 2200 PS Leistung. Heimlich, ohne Wissen der Junkers-Werke, wurden sie in die Ju 390 eingebaut. Ferner bekam die Maschine zwei Einzelschußkanonen 104, Typ »Münchhausen«, und 2-cm-Schnellfeuerkanonen. Darüber hinaus spickte man sie mit schweren Maschinengewehren. Im Rumpf wurde die Aufhängung für eine Tausendkilobombe und weitere Zusatztanks montiert.

»Damit haben Sie eine Reichweite von achtzehntausend Kilometern«, erklärte Major Fellner als Projektleiter der Spezialbesatzung.

»Aber wie kriegen wir die überladene Kiste vom Boden hoch, Herr Major?«

Fellner führte sie in den hermetisch verschlossenen Hangar und deutete auf die Flügelunterseite der Ju 390. Dort hingen links und rechts je drei zigarrenförmige Behälter, so lang wie Torpedos.

»Zusatzraketen«, erklärte Fellner, »Starthilfen.«

Nach einer Reihe nächtlicher Probeflüge wurde die Ju 390 munitioniert und mit einunddreißigtausend Litern Flugbenzin aufgefüllt.

Nur ein paar hohe Offiziere in Berlin, Major Fellner sowie die Besatzung kannten das Ziel.

Es war ein trüber Spätnachmittag im Vorfrühling, als die Piloten, der Navigator, der Bordmechaniker, der Funker und die Bordschützen einstiegen. Nach beinah endlosem Startanlauf hob der Fernbomber ab und ging auf Nordkurs.

Von dieser Stunde an wurde die Ju 390 aus der Vorserie nie mehr auf irgendeinem mitteleuropäischen Fliegerhorst gesichtet. Sie war und blieb spurlos verschwunden.

Wo sie heimlich landete, herrschten das ganze Jahr über winterliche Verhältnisse. Die Ju 390 versteckte sich auf einem Stützpunkt in Norwegen, nördlich des Polarkreises.

Der Flugplatz gehörte zum Kommandobereich des strafversetzten Generals Harald Nordstein. Dort warteten Flugzeug und Besatzung auf den endgültigen Einsatzbefehl.

II. TEIL

Der Beweis

14

General Rommel schlägt die Briten in Nordafrika. Die USA beginnen England mit kriegswichtigen Gütern zu beliefern (Pacht-Leih-System). Der japanische Außenminister Matsuoka besucht Berlin.

19. März 1941
Am Schreibtisch von Admiral Canaris, Chef der Abwehr in Berlin, ging eines der Telefone. Die Nummer dieses Apparats war nur wenigen Personen aus der oberen Führung bekannt. Der Admiral hob stets selbst ab.

»Canaris!« meldete er sich.

»Dönitz«, schnarrte es feldwebelhaft aus der Muschel. »Bin gerade im OKM am Tirpitzufer. Wie geht es Ihnen, Admiral?«

»Schlecht, und Ihnen, Admiral?« antwortete der weltläufige Grand-Chef dem strammen, eher kleingestrickten Befehlshaber der U-Boote.

»Muß zum Vortrag beim Führer«, sagte Dönitz und setzte sofort hinzu: »Sie sind mir noch ein Abendessen schuldig.«

Canaris war sich dessen zwar nicht bewußt, vermutete aber, daß Dönitz ihn gerne gesprochen hätte und es nicht offen aussprechen wollte. Immerhin war zu befürchten, daß selbst diese Leitung von Heydrichs Gestapo abgehört wurde. Canaris stieg sofort darauf ein. »Wie wär's mit morgen abend?«

»Da bin ich schon wieder an der Front«, erklärte Dönitz, der es immer eilig hatte.

Canaris ging seinen Kalender durch. »Dann heute abend. Ich streiche dafür einen anderen Termin. Wo sehen wir uns? Bei Horcher oder bei mir zu Hause?«

Dönitz schien zu zögern, aber wohl nur der Form halber.

»Wenn es nicht zu viele Umstände macht, dann bei Ihnen im Grunewald.«

»Sie wissen ja, wo ich wohne«, sagte Canaris. »Um zwanzig Uhr.«

»Gerne, dann hören wir uns noch gemeinsam den Wehrmachtsbericht im Radio an.«

Dieser alte Rückversicherer, dachte Canaris und erwähnte ein besonderes Problem. »Was essen Sie gern, Dönitz?«

»Sie kennen mich. Ich speise eher bescheiden. Reine Nahrungsaufnahme. – Aber gegen eine mittlere Marinestandardmahlzeit habe ich nichts einzuwenden.«

Pünktlich auf die Minute hielt vor der Villa ein Dienstwagen des OKM. Dönitz stand in der Tür mit Cognac und Zigarren. Vor dem Essen gab es noch einen Brandy. Kommentarlos hörten sie sich den Wehrmachtsbericht des Deutschlandsenders an. Danach schritt man zur Tafel.

Die Haushälterin von Canaris hatte nach Wunsch gekocht. Der nicht gerade als Feinschmecker berühmte Dönitz bevorzugte Handfestes. In diesem Fall das Marineeinheitsessen für kleine Festivitäten. Es gab Rinderschmorbraten mit Röstkartoffeln und einem Spiegelei darauf.

»Einen Mosel oder einen trockenen Bocksbeutel dazu?« fragte der Gastgeber.

»Ein Bier«, bat Dönitz. Noch beim Essen, an den Wehrmachtsbericht anknüpfend, meinte er: »Sieht ja gut aus an allen Fronten. Nur im Atlantik hakt es. Hohe U-Boot-Verluste, kaum Versenkungen. – Der Führer ist enttäuscht.«

»Und der Grund dafür?« erkundigte Canaris sich.

»Radar! Dieses verdammte Radar! Eine deutsche Erfindung, deren Weiterentwicklung wir leider versäumten. Die Engländer nahmen sie auf. Durch Nacht und Nebel finden sie damit jedes unserer Boote. Aber wir werden dagegenhalten. Mit völlig neuen Typen. Das sind dann keine Tauchboote mehr, sondern reine Unterwasserfahrzeuge.« Dönitz geriet ins Schwärmen.

»Wann?« fragte Canaris nur.

Dönitz' Züge verfinsterten sich schlagartig. »Ja, wann. In zwei, drei Jahren.«

Gegen den Uhrzeigersinn gingen sie alle Bereiche durch, wo deutsche Soldaten standen. In Norwegen fingen sie an, dann kamen Frankreich, Nordafrika, der Balkan und Polen an die Reihe.

»Jetzt mal von Admiral zu Admiral«, meinte der alte Spötter Canaris. »Es beginnt zu knistern.«

Dönitz verstand ihn nicht recht. »Knistern etwa im Sinne von kriseln?«

»Bewahre«, entgegnete der stets geschmeidige Canaris, »ich will nur sagen, daß wir vor großen Ereignissen stehen.«

Dönitz kaute noch eine knusprige Zwiebel durch. »Los, erzählen Sie, Canaris! Was weiß schon ein U-Boot-Befehlshaber, der das ganze Jahr über in der französischen Provinz herumsitzt.«

Für ganz so unwissend hielt Canaris ihn nicht, und er blieb weiterhin auf der Hut, denn Dönitz galt als Hundertzehnprozentiger. »Hitler wird Rußland angreifen.«

»Steht das fest?« staunte Dönitz.

»Alles deutet darauf hin. Die Pläne sind fertig. Deckname der Operation: Fall Barbarossa. Oberstleutnant Gehlens Dienst ›Fremde Heere Ost‹ arbeitet schon monatelang an Analysen über die Stärke der Roten Armee.«

»Ich nehme doch an, daß die Russen uns eins zu zehn unterlegen sind«, schätzte Dönitz. »Ich meine technisch und strategisch.«

»Das wird Hitlers Plan gewiß berücksichtigen.«

»Unser geliebter Führer wird schon wissen, was er tut«, erklärte Dönitz voll Gottvertrauen.

»Nur«, schränkte Canaris ein, »sehe ich für das alles eigentlich weder militärische noch politische Notwendigkeit.«

»Das Genie des Führers denkt eben weit voraus in die Zukunft. Er hat uns bisher von Sieg zu Sieg geführt. Ein großes Volk wie das unsere braucht Kolonien, braucht Lebensraum.«

Canaris hielt sich auch hier wohlweislich zurück. »Bisher«, schränkte er ein, »bisher.« Das Wort Wahnsinn vermied er. Immerhin kannte er Dönitz als Bewunderer des Führers, als einen von den vorbehaltlosen Nibelungentreuen.

Vorsichtshalber wechselte Canaris das Thema. Locker und witzig erzählte er Berliner Klatsch, wo er sich ebenfalls gut unterrichtet zeigte. Er sprach über Theater, Film, Musik und Mode.

Dönitz unterbrach ihn: »Stimmt es, daß Gustav Fröhlich den Reichsminister Goebbels geohrfeigt hat?«

»Fröhlich war mit dieser tschechischen Filmschauspielerin Lida Barowa liiert. Der Minister hat sie ihm ausgespannt.«

»Wie kam Goebbels bloß gegen so einen Sonnyboy an?« staunte Dönitz.

»Nun«, meinte Canaris, »Fröhlich sieht gut aus, ist aber doch nur ein dummer Schauspieler, der vor der Kamera seinen Text aufsagt. Goebbels hingegen, wir kennen ihn ja, ist zwar ein Teufel, aber ein geistreicher, charmanter, hochintelligenter Satan. Macht, so behauptet man, ziehe gewisse Frauen an. Außerdem soll er besonders gut im Bett sein.«

»Goebbels hat Fröhlich also seine wunderschöne Geliebte weggeschnappt«, kommentierte Dönitz.

»Sie haben ein ziemlich heißes Verhältnis. Es soll die riesengroße, wahre, einmalige Liebe sein. Es ging so weit, daß Goebbels sich sogar von Magda scheiden lassen wollte.«

»Was heißt wollte? Was Goebbels will, setzt er immer durch«, wandte Dönitz ein.

Canaris nahm einen Schluck Mosel. »Leider kam Hitler die Affäre zu Ohren. Daraufhin muß es ein fürchterliches Donnerwetter gegeben haben. Schließlich war Hitler bei Goebbels Trauzeuge und ist Pate seiner Kinder. Hitler, offenbar noch geschädigt durch den Röhm-Skandal, verbat sich solche Sauereien in der Parteispitze. Daraufhin bot Goebbels seinen Rücktritt an. Doch Hitler erklärte, er brauche ihn, und ließ möglicherweise durchblicken, daß er, für den Fall seines Todes, Goebbels zu seinem Nachfolger auserwählt habe. Und und und ... Da wurde der kleine Jupp eben weich.«

Dönitz wunderte sich. »Und Gustav Fröhlich dreht bei der UFA neue Filme?«

»Weil Goebbels nicht nachtragend, sondern eher tolerant ist. Er läßt ja auch Gustaf Gründgens weiterwursteln, ernannte ihn sogar zum Staatsrat, obwohl in Berlin jedermann weiß, daß er so schwul ist, daß in seinen Händen schon die Telefongroschen schmelzen.«

»Dachte immer, Gründgens sei verheiratet«, erwähnte Dönitz.

»Eine reine Alibi-Ehe«.

So hechelten sie alle möglichen Berliner Prominenten durch. Plötzlich fiel Dönitz ein Name ein.

»Nordstein, wie geht es unserm alten Kameraden, General Nordstein?«

Obwohl niemand mithörte, wurde die Stimme von Admiral Canaris leiser. »Nach dem dummen Abhörzwischenfall kam Nordstein noch einigermaßen glimpflich weg. Freunden von ihm gelang es zu arrangieren, daß er nur strafversetzt wurde. Er befehligt weit oben im Eismeer einen Armeekreis.«

»Waren es nicht drei Personen damals im Dezember in der Kaiserhofbar?«

Canaris nickte. »Der zweite, Baron von Zelitsch, ein Diplomat, entkam nach Schweden.«

»Nach Schweden?« Dönitz wunderte sich. »Wie das denn angesichts unserer scharfen Grenzkontrollen?«

Canaris wußte es, gab es aber nicht preis. »Keine Ahnung. – Nur den dritten aus der Runde, Professor Kant, hat es schlimm erwischt. Er sitzt im KZ Oranienburg, weil Atomphysiker derzeit in der Rüstung nicht gebraucht werden. Man versuchte ihn herauszuholen. Aber vergebens.«

Dönitz plagte weiterhin die Neugier. »Wer versucht das?«

»Die Neutralen.«

Dönitz wußte immer etwas mehr, als er zugab. Manchmal verriet er sich auch. »Hat da wieder einmal dieser rothaarige Filmstar mit der dunklen Stimme die Hand im Spiel?«

»Möglich.«

»Ich meine Zarah Leander«, betonte Dönitz.

»Ich weiß, wen Sie meinen«, sagte Canaris und log: »Aber ich kann es nicht bestätigen.«

Mit seinem halbvollen Bierglas brachte Dönitz einen Toast aus. »Viktoria! Deutschland siegt an allen Fronten, und es möge weiterhin so bleiben. – Ach, übrigens, Canaris, was läuft in Richtung ›Charta‹?« Dönitz buchstabierte es noch einmal: »C-h-a-r-t-a!«

Um Zeit zu gewinnen, bat Canaris zum Kaffee in sein Arbeitszimmer. Er rauchte eine Havanna, Dönitz hingegen behauptete, er sei Nichtraucher, was jedoch nicht unbedingt stimmte.

Zwischen Kamin und Bücherwand in den Clubsessel geflezt, fragte Canaris mit dem traurigen Blick eines Hundes, der zu Unrecht getreten worden ist: »Was wissen Sie von ›Charta‹, Dönitz?«

»Ich hörte in einem Offizierscasino in Paris davon.«

Canaris war besorgt darüber, daß nicht zuständige Generalskreise offenbar über »Charta« diskutierten. Gab es da schon wieder eine undichte Stelle? »›Charta‹ ist eines unserer geheimsten Spionageobjekte«, deutete er an.

»Und die Quellen?«

»Es gibt mehrere. Sowohl in London wie in Washington.« Canaris wich aus, aber Dönitz blieb hartnäckig.

»Und was steckt dahinter?«

Weitausholend versuchte Canaris etwas darzulegen,

ohne Genaueres zu sagen. »Wir arbeiten mit Hochdruck daran. Es sieht aus, als wollten Briten und Amerikaner einen kolossalen – wie nennt man es im Englischen? – Deal durchziehen.«

»Etwa der Kriegseintritt der USA?« tippte Dönitz.

Canaris winkte ab. »Die werden sich hüten. Um auch nur den kleinsten Tropfen Blut eines ihrer feinen amerikanischen Boys in Europa zu opfern, dafür erhält Roosevelt keine Mehrheit im Kongreß. Nein, es geht um verstärkte materielle Hilfe.«

»Die leisten sie doch schon«, erwiderte Dönitz. »Sie verabschiedeten das Pacht-Leih-Gesetz.«

Als sei ihm seine Uniformjacke plötzlich zu eng geworden, rollte Canaris die Schultern. »Seitdem sie fürchten müssen, daß Hitler Rußland angreift, sehen sie an der Wand das Menetekel einer deutschen Weltherrschaft. Dagegen wollen sie wohl etwas mehr unternehmen als nur Lieferungen von Waffen, Benzin, Dosenschinken und Kaugummi.«

Genaueres über den Stand der Ermittlungen in Richtung »Charta« war von Canaris nicht zu erfahren, denn die Türglocke schrillte. Wie es aussah, kam noch ein später Besucher.

Er war nicht angemeldet, schien aber vom gemeinsamen Abendessen der Admirale gewußt zu haben. In imponierender Größe – blond, drahtig, nordisch, langer Schädel, blasse Haut – stand er im Durchgang zur Halle. Ein Mann mit stechenden Augen in der schwarzen Uniform eines SS-Obergruppenführers.

Es war Reinhard Heydrich, Chef der Gestapo-Zentrale in der Prinz-Albrecht-Straße. Seine Nervigkeit ließ vermuten, daß er etwas ungeheuer Wichtiges mitzuteilen hatte.

Noch schwieg er, doch er galt als hervorragender Inszenator, sowohl was seine Ränkespiele als auch was seine Karriere betraf. Er ging über Leichen. Mord war sein Alltagsgeschäft. Stöhnend ließ er sich in den freien Clubsessel fallen.

»Erst einmal brauche ich etwas Trinkbares.«

»Bier, Wein, Kaffee?« bot Canaris an.

»Etwas Hartes, bitte.«

Er bekam temperierten Cognac in einem dickbauchigen Glas. Dann gab er seine Information preis, natürlich mit der nötigen Ouvertüre.

»Es kam eben erst herein«, setzte er an. – Pause. – »Der Anschlag auf Josef Stalin ist leider schiefgegangen.«

Canaris und Dönitz wechselten verstohlene Blicke.

»Ich wußte gar nicht, daß so etwas vorgesehen war«, äußerte Canaris verblüfft.

»Das ganze Sondereinsatzkommando ist aufgeflogen. Es kam bis Moskau. Dort ging alles schief. Keiner hat es überlebt.«

»Es war wohl unprofessionell geplant«, wagte Canaris einzuwenden.

»Bleiben Sie mir vom Hals mit solchen Sprüchen, Admiral!« brauste Heydrich auf. »Ihr Amt hätte das aus sogenannten moralischen Gründen gar nicht erst in die Hand genommen. Und zwar deshalb, weil die meisten noch nicht kapiert haben, daß im Krieg alle Mittel erlaubt sind.«

»Wir haben Frieden mit Rußland«, bemerkte Dönitz, korrekt wie immer, »und gültige Verträge. Wer also hat den Anschlag verübt? Die britische CIC, ein OSS-Kommando?«

Heydrich lachte kopfschüttelnd in sich hinein. »Sind Sie so naiv, Herr BDU, oder tun Sie nur so?« Dann schwieg er bedeutungsvoll. Es schien, als sammle er die Gedanken. Sei es für eine Schilderung der Ereignisse oder um die Konsequenzen aus dem Vorfall darzulegen.

»Es waren acht unserer besten Männer. Vermutlich war Verrat im Spiel. In Moskau kamen sie ohne Hilfe nicht aus. Irgendwelche subversiven Elemente braucht man für derartige Operationen immer. Offenbar arbeiteten sie als Doppelagenten und waren von der GPU gekaufte Verbrecher.«

Heydrich goß eigenhändig Cognac nach. Er trank und fuhr mit schon festerer Stimme fort: »Auf dringenden Wunsch der obersten Führung steht nun ein anderer hoher Herr auf der Abschußliste.«

»Wer?« Canaris frotzelte: »Etwa Haile Selassie, der Kaiser von Äthiopien?«

Diese Bemerkung löste bei Heydrich nur Verachtung aus. »Das neue Projekt hat allerhöchste Priorität. Auch ein Zyniker wie Sie, Admiral, wird die Notwendigkeit bald begreifen.«

»Und wer führt es durch?« begehrte Dönitz zu wissen.

Heydrich sprang auf und marschierte in seinen hochglanzpolierten Reitstiefeln mit den eleganten Nappalederschäften auf und ab, immer um den Teppich herum. Ruckartig blieb er stehen und giftete: »Um wen es sich als Zielobjekt handelt, das interessiert die Herren Admirale wohl gar nicht.«

»Wir brennen darauf, es zu erfahren«, erwiderte Canaris grinsend.

Endlich ließ Heydrich die Überraschung heraus. »Churchill«, preßte er zwischen den Zähnen hervor. »Winston Churchill, der britische Premier, rückt nun nach ganz oben auf der Todesliste. Immerhin hat dieser Bluthund uns den Krieg erklärt und nicht wir ihm. Das wird, wie mir scheint, stets vergessen.«

Canaris konnte sein Lästermaul nicht halten. »Warum nicht gleich Präsident Roosevelt?«

Mit arroganter Nachsicht tat Heydrich diesen Einwand ab. »Roosevelt ist ein kranker Mann und durch die Folgen einer späten Kinderlähmung an den Rollstuhl gefesselt. Er verhält sich friedlich und neutral. Wer ihn allerdings umstimmen könnte, ist dieser infame Hundesohn Churchill. Deshalb lautet die Losung: Ein Ritterkreuz für Churchills Kopf.«

»Und wer, bitte, soll es sich verdienen?« wandte Dönitz ein.

»Vorschläge, meine Herrn!« forderte Obergruppenführer Heydrich. »Vorschläge!«

Canaris bemerkte ironisch: »Für Churchills Kopf ist also das Ritterkreuz ausgelobt. Haben Sie nichts Besseres anzubieten, Heydrich? Das Ritterkreuz hat doch beinah schon jeder.«

»Aber nicht«, entgegnete Heydrich wütend, »das große Ritterkreuz in Gold.«

Bei der Erwähnung von Orden schien Dönitz aufzuwachen. »Ritterkreuz in Gold – gibt es das denn?«

»Vielleicht bald«, deutete Heydrich an.

Canaris murmelte etwas Lästerliches vor sich hin. »Bieten Sie lieber kein Ritterkreuz, sondern ein Rittergut. Aber möglichst in Oberbayern und nicht in Oberschlesien.«

»Warum nicht dort?«

Canaris verschwieg, daß es unsicher sei, ob es nach dem geplanten Rußlandfeldzug ostdeutsches Land in der jetzigen Front noch geben würde.

Heydrich achtete nicht weiter auf die Antwort, denn an der Wand war ihm etwas aufgefallen. Zwischen dem Kamin und der Barockvitrine hing eine alte Geige aus dunklem Holz, dazu ein Bogen. Heydrich, allgemein als hervorragender Geiger bekannt, schien entzückt.

»Darf man?«

»Nur eine Schülergeige«, sagte Canaris. »Sie stammt von meinem Vater. Er hat sie irgendwo in Böhmen erworben.«

Vorsichtig, beinahe zärtlich, nahm Heydrich das Instrument mit seinen langen Fingern von der Wand, hielt es gegen das Licht und schaute durch das Resonanzloch hinein. Seine Miene hellte sich auf. Er schien etwas entdeckt zu haben. »Das ist ja eine Steiner-Geige. Hier steht es. *Steiner fecit.*«

»In Böhmen gab es an jeder Ecke eine Geigenbauerfamilie mit dem Namen Steiner«, bedauerte Canaris. »Es ist nur eine billige Zigeunerfidel. Einen Mercedes kriegen Sie nicht dafür.«

Mit dem Daumen zupfte Heydrich die Saiten an. Er stimmte die Geige, was ihm mit Hilfe seines perfekten Gehörs, ohne daß jemand den Kammerton – a – vorgab, gelang. Dann spannte er den Bogen und strich einige Male über die Saiten.

»Wunderbar dieser Klang. Ist es erlaubt?« fragte der Mann, der gewohnt war, nur auf Stradivaris oder Amatis zu spielen.

Ohne die Zustimmung abzuwarten, baute er sich mitten im Salon auf. Breitbeinig stellte er sich hin, setzte die Geige unters Kinn, legte den Bogen an. – Gewöhnlich spielte er nur Klassisches von Brahms, Schumann oder Mozart. Doch heute intonierte er ein britisches Volkslied. Äußerst gefühlvoll ließ er die einfache Melodie von: »It's a long way to Tipperary« erklingen. Und danach die Melodie jenes Songs, den die Deutschen umgedichtet hatten, von: »We will hang our washing on the Siegfried Line« zu »In Dünkirchen traten wir euch in den Arsch hinein«. Heydrich spielte hingegeben, fast andachtsvoll mit geschlossenen Augen. Er spielte so versunken, als genieße er noch einmal die Musik, als ahne er, daß er nicht mehr lange lebte.

Ein Jahr später sollte er in Prag durch ein Bombenattentat ums Leben kommen.

15

Das deutsche Afrikakorps nimmt Agédabia und Bengasi. – Bertolt Brechts »Mutter Courage« wird in Zürich uraufgeführt.

3. April 1941

Der frischbeförderte Kapitänleutnant Sigurd Brandenburg war nicht nur Liebling von Konteradmiral Dönitz, sondern auch ein Liebling der Götter. Immer bekam er, was er wollte. Und das nicht irgendwann, wenn die Wünsche schon eine Nummer zu klein waren, sondern sofort.

Zurück von der letzten erfolgreichen Feindfahrt, hatte er sich für sein ausgedientes Boot ein neues erbeten. Nun lag es im Ausrüstungsbecken des Bunkers vor Lorient. Es war so nagelneu, daß es noch nach »Deutsche Werft Hamburg«, nach Farbe, Leder, Metall und Holz roch. Alles im Boot war frisch lackiert. Nicht mehr in eintönigem Grau, sondern in zartem Grün. Die Armaturen, die Handräder, die Ventile, die Schalter, alles blitzte. Die Flurplatten glänzten wie poliert, ebenso das Holz der Innenverschalung, das Polsterleder in der O-Messe, die Töpfe in der wenige Quadratmeter kleinen U-Boot-Kombüse, die Geräte im Funk- und im Hochraum.

Brandenburgs I WO, ein Bursche wie aus einer nordischen Esche geschnitzt, meldete das Boot klar: »Treibstoff, Proviant, Wasser, Munition übernommen. Besatzung vollzählig. Wir wären bereit zum Auslaufen, Herr Kaleu.«

»Was heißt wären?« stutzte Brandenburg. »Sind wir es, oder sind wir es nicht?«

Brandenburg konnte man nachreden, was man wollte, aber mit fünf Feindfahrten als WO und drei als Kommandant war er nicht unerfahren. Aus der eingeschränkten

Klarmeldung seines WO hörte er heraus, daß etwas fehlte. »Und die Torpedos?« forschte er nach.

»Die waren an Bord, zehn C 7, Herr Kaleu.«

»Wieso waren?«

»Man hat sie heute morgen wieder abgeholt, Herr Kaleu.«

Davon wußte Brandenburg nichts, denn er hatte mit einer Gruppe gleichgesinnter junger Kommandanten bis zur Dämmerung gefeiert. »Das kann nicht wahr sein!«

»Alle zehn Torpedos, Herr Kaleu«, bestätigte der I WO.

»Was ist da los? Ich rufe sofort an.« Brandenburg wollte ins Büro des Werftleiters eilen, um mit der Flottille zu telefonieren, als oben an der Pier ein Melder erschien. Er hatte eine Nachricht für U-Brandenburg.

Nur für Kommandanten stand außen auf dem versiegelten Umschlag. Brandenburg quittierte den Empfang. Noch auf dem Turm riß er den Umschlag auf. Was er vorfand, war lediglich eine Befehlsänderung:

Auslauftermin um vierundzwanzig Stunden verschoben.

gez. Carlsen

Brandenburg hatte dafür nur eine Erklärung. Es mußte mit den Torpedos zusammenhängen. Sollte es etwa doch Sabotagen gegeben haben? Traf möglicherweise zu, was man bei Lützow als Feigheit vor dem Feind ausgelegt hatte, nämlich die reihenweisen Torpedoversager? – Bei ihm waren diese Mängel bis jetzt nicht aufgetreten. Aber er war ja auch ein Glückskind.

Brandenburg ließ den LI auf die Brücke rufen.

»Kommando zurück!« befahl er. »Neuer Auslauftermin X plus vierundzwanzig Stunden.«

»Bleiben wir in Seeklar-Bereitschaft, Herr Kaleu?«

»Nein, das Maschinenpersonal, natürlich auch die seemännische Besatzung bis auf die Wache, kann an Land gehen und noch einmal in einer anständigen Koje schlafen. Ich bitte mir jedoch aus, daß keine Besäufnisse veranstaltet werden.«

Mehr sagte er nicht. Entscheidungen pflegte Brandenburg erst dann zu begründen, wenn es nicht zu vermeiden war. Ebenso schränkte er Gespräche und Umgang mit seinen untergebenen Offizieren auf das Nötigste ein.

In der Nacht rollte ein schwerer Büssing-Lkw mit Anhänger in den U-Boot-Bunker. Er kam aus Travemünde. Die Fahrer hatten 1500 Kilometer pausenloser Fahrt hinter sich. Zu Tode erschöpft schliefen sie in ihrer Kabine ein und überließen das Abladen dem Werftpersonal mit seinen Hebekränen und Flaschenzügen.

Der Lastwagen hatte Torpedos geladen. Zehn Stück, so viele, wie das Boot aufnehmen konnte, alles neuentwikkelte T 5.

Die Torpedomixer von Brandenburgs Besatzung wurden aus der Kaserne geholt. Gegen Morgen, als der Kommandant im Bunker erschien, glitt gerade der letzte der sieben Meter langen, unter der Fettschicht aluminiumglänzenden Aale durch das Torpedoluk ins Innere des Bootes.

Der Waffenoffizier der 10. Flottille überwachte den Ladevorgang. Ein wenig besorgt wandte sich Brandenburg an ihn: »Sind das etwa schon die neuen LUT?«

»Von außen sieht man es nicht«, meinte der Oberleutnant, »anders ist es bei den Eingeweiden. Schweig stille, mein Herz, das sind ganz andere Welten.«

Er hatte insofern recht, als der neue Torpedo den herkömmlichen zum Verwechseln ähnlich sah. Lediglich den Sprengkopf hatte man rot lackiert, und die Zündpistole hatte eine etwas andere Form, in etwa die einer weitgeöffneten Kralle. Der gegenläufige Doppelpropeller, Seiten- und Tiefenruder hinten, das alles war völlig identisch.

»Der LUT kann aus jeder Lage geschossen werden«, erklärte der Waffenoffizier. »Er sucht sich sein Opfer beinahe von selbst. Er spricht auf Maschinengeräusche und Magnetismus an. Natürlich vollelektrisch. Seine Technik hat mehr Röhren als zehn Radios, insgesamt sechzig, und jede Menge kleiner Stellmotoren.«

»Ganz schön kompliziert, der Dobbas«, meinte Brandenburg. »Wie man damit schießt, das brachten sie uns in der letzten Schulung bei, aber . . .«

»Sie müssen nur bedenken, daß er durch den elektrischen Antrieb nicht so schnell ist wie ein Lufttorpedo und nicht so weit läuft.«

»Ich hörte von sechstausend Metern bei zwanzig Knoten.«

»Plus minus zehn Prozent«, meinte der Waffeningenieur, »eher plus.«

»Und wer soll das komplizierte Gerät warten und regeln? Meine Torpedomixer sind am T 5 nicht ausgebildet.«

Der Waffenoffizier deutete auf einen Mann, der außer Hörweite auf seinem Seesack hockte. Er trug Blau mit den Goldlitzen eines Maats am Kragen. Trotz seiner Jugend wirkte er wie ein auf die Spitze gestelltes Dreieck, als er nach einem Wink des Waffenoffiziers herüberkam.

»Das ist Ihr Experte«, sagte der Waffenoffizier zu Brandenburg. »Er wurde extra von der TVA abgestellt.«

»Torpedomaat Reutter meldet sich an Bord kommandiert«, schnarrte der Unteroffizier und grüßte so militärisch zackig, wie es nur noch bei Heimatverbänden üblich war.

»Steigen Sie ein«, sagte Brandenburg, »übergeben Sie dem II WO Ihre Papiere, und lassen Sie sich eine Koje anweisen.« Dann wandte er sich wieder an den Waffenoffizier: »Wir sind also eine Art Versuchskaninchenstall.«

Der Waffenoffizier der 10. Flottille lächelte über diese Bemerkung nur. »Manche Kommandanten würden dafür bis Tripsdrill marschieren. Es ist eine besondere Auszeichnung für Sie, Kamerad Brandenburg.«

Brandenburg ahnte, wem er das verdankte. Die Frage, ob es mit den neuen Torpedos auch gutging, stellte er sich gar nicht erst, denn schon wenig später kam der Auslaufbefehl für Dämmerungsbeginn 19.00 Uhr.

U-Brandenburg verholte in die Schleuse. Das übliche Brimborium begann. Die Freiwache war im nagelneuen grauen Lederzeug an Deck angetreten. Eine Marinemusikkapelle spielte »Blau ist das Meer«. Mädchen standen mit Blumensträußen da und warfen sie auf das Boot.

Bald war der Spuk zu Ende. Als der Wasserspiegel in der Schleuse sich dem in der Hafeneinfahrt angepaßt hatte, machten sie die Leinen los. Die Maschinen gingen langsame Fahrt voraus. Der obligatorische Sperrbrecher und ein mit Flak bespicktes Vorpostenboot nahmen U-Brandenburg auf. Sie bildeten Geleitschutz bis ins tiefe Fahrwasser.

Indessen war Kapitän zur See Carlsen von der Schleuse zu einer bei den Schuppen wartenden Limousine gegangen und schob sich hinein. Im Fond saß ein Admiral.

Dönitz, Befehlshaber der U-Boote, sagte: »Damit hätten wir ihn auf den Weg gebracht.«

»Ein neues Boot, die neuen schlauen Torpedos, eine motivierte Besatzung, ein tüchtiger Kommandant. – Und das Glück hat er auch gepachtet.«

»Schon Fridericus Rex forderte von seinen Offizieren: Ich will, daß Sie Glück haben, Messieurs.«

»Nach meinem Gefühl«, äußerte Carlsen, »wird der Junge mal einer von den ganz Großen.«

Dönitz gab dem Fahrer ein Klopfzeichen. Der schwere Mercedes wendete, rollte durch das Hafengelände und durch die Stadt nach Kernevel.

»Sigurd Brandenburg«, nahm Dönitz das Gespräch wieder auf, »liegt mir sehr am Herzen. Von dem Tag an, als ich diese Wikinger-Gestalt zum ersten Male sah, habe ich seine Karriere verfolgt und dirigiert. Ich gebe zu, daß ich mit ihm bestimmte Pläne habe.«

Carlsen verstand seinen Chef. »Sie meinen, wir brauchen einen neuen strahlenden Helden.«

»Ja, einen jungen Sieger mit einem Ruf wie Donnerhall. Besonders jetzt, wo die alten Recken müde werden. Die

Luftwaffe hat ihren Mölders, ihren Hartmann, die Panzer haben ihren Guderian, und was haben wir? Prien kränkelt, Endraß ist vermißt, Lützow wegen Insubordination nur noch Heizmaterial im Osten. Wir müssen dafür sorgen, daß die Heimatbevölkerung und ebenso die oberste Führung merken, daß es uns noch gibt. Gerade heute, wo die Erfolge nachlassen. Das neue Bauprogramm wird Milliarden verschlingen.«

Sie hatten das Sardinenschlößchen erreicht, hatten zu Abend gespeist, nahmen noch ein Glas roten Bordelais und gingen nach Vorlage der letzten Meldungen zu Bett.

Draußen auf See verabschiedeten der Sperrbrecher und der Flakbewacher sich von U-Brandenburg. An Bord begann die Kriegsmarschroutine.

»Zweimal halbe Fahrt!« befahl Brandenburg, was etwa vierzehn Meilen pro Stunde entsprach.

Der gestreckte Bootskörper durchschnitt wie ein Messer die See. Dabei warf er eine Bugwelle, die, auf beiden Seiten sich verbreiternd, langsam auslief. Alle vier Stunden wurde ein Diesel abgestellt, damit die Abgasventile eingeschliffen werden konnten. Dies, um zu verhindern, daß sich Ölkrusten bildeten, durch die bei Tauchfahrt Wasser eindrang. Funksprüche gingen hin und her. Bis jetzt ganz normale, die von den Funkern selbst entschlüsselt werden konnten. Nur die Offiziers- und Kommandantenfunksprüche mußten zweimal durch die Kodiermaschine gedrückt werden.

Gegen Morgen kam Atlantikdünung auf. Das Boot arbeitete schwerer. Brandenburg sprach mit seinem Obersteuermann: »Wann ungefähr sind wir da? Aber stellen Sie erst mal Ihre Tasse ab. Wir halten hier kein Kaffeekränzchen.«

»In zwei Tagen, Herr Kaleu!«

Ihr Operationsgebiet war die nördliche Irische See, wo fast alle englischen Geleitzüge durchkamen.

»Distanz siebenhundert Meilen«, rechnete der Obersteuermann. »Genaue Anmarschzeit vierundvierzig Stunden. Wenn wir nicht tauchen müssen.«

Gegen Morgen ließ Brandenburg das FU-MB, die Radarmeldeantenne, auf die Brücke stecken. Immer wieder schärfte er der Wache ein: »Achtet mir auf alles. Besonders auf Flugzeuge. Beim geringsten Radarimpuls sofort auf Tiefe gehen.«

Jedermann wußte, daß der Seebereich zwischen Bretagne und Cornwall schärfstens überwacht wurde. Mehrmals täglich suchten britische Fernaufklärer alle Planquadrate ab. Gegen Mittag meldete der Mann im Funkraum ein feines Radarpeilsignal. Brandenburg ließ sofort tauchen. Dies aber friedensmäßig, ohne Alarm.

»Auf siebzig Meter gehn!«

Die Besatzung sollte ausspannen, ein wenig schlafen. Brandenburg zog sich in sein Schapp hinter dem grünen Filzvorhang zurück. Dort lag er auf der Koje und döste mit geringstem Energieverbrauch vor sich hin. Dabei dachte er an vieles, in der Hauptsache aber an sein sprichwörtliches Glück, das er in überreichem Maße besaß und von dem er hoffte, daß es ihn nie verlassen würde. Möglichst sein ganzes Leben lang nicht. Da es für jeden Menschen immer nur eine gewisse Menge Glück gab, schien es fast so, als würden jene Portionen, die die anderen verließen, sich auf sein Glück aufpacken.

Schon mit der Geburt hatte es angefangen. Sein Vater, Eigentümer von Gut Trieboff am Schweriner See – eintausendzweihundert Hektar Acker, Viehweiden und Wald –, war aktiver Offizier gewesen. Die Niederlage im Ersten Weltkrieg hatte er nie verwunden und noch weniger die Schmach des Versailler Vertrages. Schon früh war er dem deutschnationalen Stahlhelm beigetreten und 1929 der NSDAP. Er war stolz auf seine sehr niedrige Mitgliedsnummer. Die Familie Brandenburg zählte zu den persönlichen Freunden Hitlers. Noch im Jahr 1917 hatte seine Mutter dem Hauptmann Brandenburg einen Sohn geboren. Kaum auf der Welt, galt Sigurd als der Schönste. Er wuchs zu einem nordischen, wie von Arno Breker gemeißelten Jüngling heran. Es wäre so gut wie unmöglich gewesen, seinem Aussehen, seinem Charakter und seinen Fähigkeiten noch ein besonderes Attribut hinzuzufügen. Er war perfekt. In der Schule war er Primus, auch bei den Leibesübungen. Nach dem Abitur kam er auf eine Napola, eine nationalsozialistische Ausleseschule am Starnberger See. Danach holten sie ihn auf die Eliteordensburg Vogelsang. Schon im Jahre 1935, als er seine erste Segelregatta auf dem Schweriner See gewonnen hatte, stand sein Berufsziel fest. Er wollte Seeoffizier werden. Nach achtzehn Monaten bei der Marine wurde er Leutnant und Kommandant eines Schnellbootes. Doch die im Aufbau befindliche U-Boot-Waffe lockte ihn sehr. Inzwischen hatte er sein eigenes Boot. Er galt als scharfer Hund, aber auch als mutig, linientreu und zuverlässig. Was ihm noch fehlte, waren das Ritterkreuz und eine Frau. Die hatte er auch schon auserwählt, nämlich eine wunderhübsche blonde ostpreußische Baronesse. Im nächsten längeren Urlaub wollte er sie heiraten. – Doch erst mußte der Halsorden, das Ritterkreuz, her.

Daran dachte Brandenburg und war ganz sicher, daß sich sein Glück bald in irgendeiner Form zeigen würde. Vermutlich durch den Turmausguck oder den Horcher, indem sie einen dicken Frachter meldeten.

Sechzehn Stunden später war es soweit. Auf 05 Grad West, an der Tangente der Cardigan-Bay, meldete der Wachhabende: »Silhouette an Steuerbord!«

Es ging auf 23 Uhr. Sie hatten Dreiviertelmond. Er stand aber auf der Landseite, so daß er die See glitzern ließ und das Boot deckte. Brandenburg enterte auf. Alles starrte durch die Nachtgläser.

»Verdammt und zugenäht! Das ist kein Dampfer«, bemerkte Brandenburg hochzufrieden.

»Ein mittelschwerer Kreuzer, Herr Kaleu.«

»Southampton-Klasse«, ergänzte Brandenburg als hervorragender Kenner aller Schiffstypen des Gegners.

»Geschwindigkeit zweiundzwanzig Knoten«, schätzte der WO.

»So was läuft einem U-Boot nur einmal im Leben vor die Rohre«, sagte Brandenburg.

Er bekam ihn aber nur, wenn er direkt auf ihn zufuhr. Dadurch zeigte er ihm die schmale Silhouette. Das war gut so, aber mit E-Torpedos erreichte er ihn nicht auf diese Entfernung.

»Abstand?«

»Achttausend.«

Brandenburg hatte sich entschieden. »Neuer Kurs!« befahl er durch das Brückensprachrohr, »Null-neun-fünf. Beide Maschinen äußerste Kraft voraus!«

Das Boot drehte auf den Gegner zu. Die Diesel wurden hochgefahren und ließen den Rumpf bis zum Schanzkleid erzittern. Wie es aussah, kamen sie näher, wenn auch langsam.

»Zieloptik auf die Brücke. Klarmachen zum Überwasserschuß.« Brandenburg umklammerte ungeduldig ein Stück Eisen der Turmverkleidung.

»An LI! Geben Sie mir, was Sie drin haben. Notfalls E-Maschinen zuschalten!«

Bald hörte es sich an, als rausche die Bugwelle um eine Kadenz höher. Kurz vor Mitternacht hatten sie sich in Schußlage gebracht.

»Rohr eins und drei!« befahl Brandenburg. »Nein, belege das Kommando. Viererfächer Abstand dreitausend. Gegner Geschwindigkeit zwanzig Meilen. Lage Null. LUT, kurze Laufzeit, Tiefeneinstellung sechs Meter.«

Brandenburg wagte den Viererfächer. Schon kamen die Rückmeldungen. Der Maat am Schußrechner zeigte klar: »Deckung!« Der Torpedoraum ebenso. Brandenburg behielt den in spitzem Winkel auf sie zulaufenden Kreuzer, dessen Abstand dadurch geringer wurde, im Fadenkreuz der Zieloptik. Nur noch eine halbe Minute wollte er zugeben.

»Begleitzerstörer nicht erkennbar«, meldete der Ausguck.

»Torpedo Achtung ...! Torpedo los ...!«

Sie drückten die Stoppuhren. Kaum waren die Torpedos draußen, drehte Brandenburg das Boot hart nach Steuerbord, um abzulaufen und notfalls einen Gegner mit dem Hecktorpedo abwehren zu können.

Drunten wurde in höchster Eile nachgeladen. Der neue Torpedomixer, Maat Reutter, leistete erstklassige Arbeit. Die Bestzeit der Besatzung lag bei zwölf Minuten für die vier Bugrohre. Während sie abdrehten, stiegen drüben Wassersäulen hoch. Detonationen dröhnten herüber. Eine ... zwei ... es war nicht zu fassen ... eine dritte und eine vierte. Alle T 5 hatten ihr Ziel gefunden. Stichflammen zuckten empor. Gleich reihenweise. Kleine und eine ganz gewaltige. Das war wohl der Treffer in die Munitionsräume gewesen. Noch eine weitere schwere Detonation erfolgte. Vermutlich kam sie aus den Treibstoffbunkern oder auch von den Wasserbomben an Deck.

Brandenburg dachte nicht an die tausend Männer, die da drüben zerfetzt wurden, die im auslaufenden Öl, das auf dem Wasser brannte, verschmorten. Wenn Kriegsschiffe sanken, dann sanken sie schnell.

Ein Schrei des Achterausgucks ließ ihn herumfahren.

»Zerstörer in Richtung sieben Uhr! Vermutlich auf Rammkurs!«

Kein Wunder, daß man sie entdeckt hatte. Aber das U-Boot zeigte dem Gegner sein giftiges Heck.

»Heckrohr klar zum Überwasserschuß!«

Der Gegner war bestenfalls zweitausend Meter entfernt und näherte sich ihnen mit bestenfalls achtundzwanzig Knoten. So schnell liefen die britischen Zerstörer. Aber der Tommy hatte keine Ahnung von der Treffsicherheit der neuen T 5.

In beherrschter Ruhe gab Brandenburg seine Kommandos: »Torpedo los!«

Diesmal vergingen nicht Minuten, sondern nur Sekunden. Torpedo und Zerstörer rasten mit doppelter Geschwindigkeit, also mit mindestens fünfundvierzig Knoten, aufeinander zu. Die Detonation, das Auseinanderbrechen geschah so nahe, daß sie im Mondlicht die Hinrichtung des Zerstörers in allen Einzelheiten verfolgen konnten. Kanonen, Aufbauten, Rettungsflöße, Menschenleiber wirbelten hoch.

»Jetzt aber nichts wie weg«, entschied Brandenburg.

Er setzte einen Funkspruch ab.

Schon eine Stunde später kam die Bestätigung:

Gratuliere! Im Namen des Führers verleihe ich dem Kommandanten das Ritterkreuz. An Besatzung das EK 1 oder, sofern schon vorhanden, Deutsches Kreuz in Gold. Der Führer erwartet Sie in Berlin. gez. BDU.

Als die Besatzung über Lautsprecher davon erfuhr, hallte Jubel durch das Boot.

Brandenburgs Jagdglück hielt weiter an.

»Rauchfahne am Horizont!« wurde gemeldet.

Einen dickeren Brocken hatte Brandenburg nie zu Gesicht bekommen. Es war ein weißer Passagierdampfer mit voller Beleuchtung. Er hatte nur einen Fehler: Seitlich an der Bordwand trug er riesengroß ein rotes Kreuz, das obendrein noch von Scheinwerfern angestrahlt wurde – ein Lazarettschiff also. Offenbar hatte es über Funk von dem marodierenden deutschen U-Boot gehört, und nun versuchte es, mit Höchstfahrt den nächsten Hafen zu gewinnen. In diesem Fall wohl Swansea am Nordeingang des Bristol-Kanals. Der Himmel war bedeckt, das Barometer fiel, Wind kam auf und kündigte Regen an.

»Der Dampfer mißfällt mir irgendwie«, sagte Brandenburg. »Warum hat er es so verflucht eilig? Als Lazarettschiff ist er doch unantastbar und kann sich Zeit lassen.«

»Name *Margatia*«, entzifferte der I WO. »Vermutlich Cunard-Linie, mindestens fünfunddreißigtausend Tonnen.«

»Lazarettschiffe haben in der Regel Verwundete an Bord«, überlegte Brandenburg halblaut, »wo gibt es derzeit Verwundete? Nur dort, wo gekämpft wird. Und wo ist Kampf? In Nordafrika. Aber dann nimmt er einen anderen Kurs. Nämlich von Südwest herauf und nicht von Nordwest herunter. Irgend etwas stimmt nicht mit diesem Pott.«

Weil ihm, wie allen deutschen U-Boot-Kommandanten, das Lusitania-Trauma in den Knochen steckte, setzte Brandenburg einen dringenden Kurz-Funkspruch an den BDU ab.

Für alle Fälle versuchte er eine vorliche Position zu dem Musikdampfer zu gewinnen. Bei Dunkelheit, gegen 21.30 Uhr, kam die Antwort aus Lorient. Sie lautete lapidar: *Ran! Versenken! Laut Agentenmeldung aus Baltimore ein Munitionsfrachter.*

Ohne Zögern leitete Brandenburg den Endanlauf für einen Fächer ein. Dies mit der üblichen Routine und allen vorgeschriebenen Kommandos. Gespannte Stille herrschte auf dem Turm. Nur ab und zu erfolgte eine kurze Bemerkung.

»Er fährt ohne Begleitschutz, Herr Kaleu.«

»Mit dreißig Knoten ist er zu schnell dafür. Und als angebliches Lazarettschiff fühlt er sich sicher.«

Aus Entfernung Fünftausend schoß Brandenburg. Von vier Torpedos trafen zwei. Es war, als hätten sie ein Gebirge von Dynamit entzündet. Der Vulkanausbruch drüben beutelte sie, haute sie mit seiner Druckwelle fast um. Minutenlang knatterten und sprühten rote Garben gen Himmel, als würden die Silvesterfeuerwerke der nächsten zehn Jahre in dieser Nacht abgebrannt. »Von wegen Lazarettschiff«, lautete Brandenburgs einziger Kommentar.

Da sie bis auf einen Torpedo für Notfälle leergeschossen waren, befahl er die Rückkehr zum Stützpunkt. Gewiß waren sie jetzt hinter ihnen her wie die Hölle nach einer reinen Seele.

Um sich zu entspannen, erzählte der II WO Marinewitze.

»Was gibt es da zu quatschen?« fuhr Brandenburg ihn an.

»Ich erzählte eben, was los war, als U 99 unterging. Das Boot sank unaufhaltsam. Sie standen bis zum Bauch im Wasser. In der Zentrale sangen sie das Deutschlandlied. Im Heckraum aber schon das Horst-Wessel-Lied. Sie fürchteten, sonst nicht mehr fertig zu werden.«

»Waren Sie dabei?« höhnte ihn Brandenburg an. »Ich verbiete solchen Unsinn auf meinem Boot.«

U-Brandenburg war noch nicht in Lorient zurück, da tobte schon die britische und amerikanische Presse los. Ihre Radiostationen rund um die Erde warfen den Deutschen wegen Versenkung eines Lazarettschiffes mit zehntausend Verwundeten an Bord Barbarei vor.

Das hörte aber schnell auf, als der deutsche Botschafter in Lissabon dem amerikanischen Botschafter Fotos vorlegte. Sie zeigten die *Margatia* an einem Verladekai in Baltimore, als sie Munition übernahm. Daraufhin drehte die deutsche Propaganda den Spieß um.

In der Heimat wurde Brandenburg in den Zeitungen, im Radio und in den Wochenschauen als strahlender Sieger gefeiert wie keiner vor ihm. Die Besatzung reiste zum Führerempfang nach Berlin. In offenen Autos fuhren sie vom Anhalter Bahnhof zur Reichskanzlei. Menschenmassen jubelten ihnen zu.

Beim Führer gab es dann Tee und feines Mürbgebäck, was allerdings nicht die passende Verpflegung für schnapsgetränkte U-Boot-Fahrer war.

Hitler sprach mit Sigurd Brandenburg allein in seinem Arbeitszimmer. Dabei redete er ihn als »mein lieber Junge« an, denn er kannte ihn von klein auf.

»Wie gedenken Sie Ihren Urlaub zu verbringen?« fragte

der Führer. »Was haben Sie vor? Fahren Sie hinauf zu Ihrer Familie?«

Daraufhin behielt Brandenburg die Neuigkeit nicht länger für sich.

»Ich möchte heiraten, mein Führer.«

»Wen?« erkundigte Hitler sich leutselig und neugierig.

»Dorothea von Königsau«, sagte der Kapitänleutnant stolz.

»Ach, diese schöne Baronesse«, bemerkte Hitler. »Ich kenne die Familie. Gute Wahl, mein Junge. Alles Glück.«

Die Trauung fand in der barocken St.-Nikolai-Kirche in Schwerin statt. Der evangelische Landesbischof nahm persönlich die Zeremonie vor. Konteradmiral Dönitz war einer der Trauzeugen. Fortan galt sein Schützling, Kapitänleutnant Sigurd Brandenburg, bei der deutschen U-Boot-Waffe als der Mann sowohl fürs Feine wie fürs Grobe und als erste Wahl für schwierige und geheime Operationen.

Das sollte eines Tages zu seinem Schicksal werden.

16

Beginn des Feldzugs gegen Jugoslawien und Griechenland. Der japanisch-sowjetische Neutralitätsvertrag wird geschlossen.

11. April 1941
Die Schlacht um England tobte. Die deutsche Luftwaffe bombardierte in pausenlosen Tag- und Nachtangriffen London. In den Luftschutzbunkern der Ministerien jagte eine Konferenz die andere.

Selbst der Kronrat hatte sich in den Keller des Hauses Downing Street Nr. 10 begeben. Dort schirmten meterdicke Betonwände und Decken die erlauchte Versammlung ab.

»Und so erinnere ich noch einmal an den dritten September neununddreißig, als wir gezwungen waren, Herrn Hitler den Krieg zu erklären . . .«, kam der britische Premierminister zum Schluß seiner Rede, ». . . schon immer habe ich vor diesem Mann gewarnt. Heute, auf dem Höhepunkt seiner Macht, plant Hitler die Invasion nach England. Seine Vorbereitungen für das Unternehmen »Seelöwe« sind so gut wie abgeschlossen. Die deutsche Marine steht bereit, die deutsche Luftwaffe bombardiert uns sturmreif. Tausende von Schiffen, Booten, Kähnen, Kuttern, Loggern und Prähmen sind seeklar. Sogar Schiffe aus Beton, angetrieben mit Flugzeugpropellern, ließ Hitler bauen. In Frankreich und Belgien sind nahezu eine Million Soldaten aufmarschiert, um über den Ärmelkanal zu setzen. Ohne Hilfe unserer amerikanischen Freunde sind wir verloren, verloren, verloren . . .« Noch einmal erhob sich Churchills Stimme, als er zu dem klassischen Ruf ansetzte, mit dem schon Cato Censorius seine Reden vor Senat und Volk von Rom beendet hatte: *»Ceterum censeo Hitlerum esse delendum!«* Schwer atmend setzte sich der Premierminister, wischte mit einem riesigen Taschentuch den Schweiß aus dem Hals und vom Doppelkinn und steckte seine Zigarre wieder in Brand.

Die Gentleman des Kronrats und ihr exklusiver Gast blickten beeindruckt auf den mit grünem Filz bezogenen Rundtisch und blätterten in ihren Akten.

Als erster fand sich der bullige Amerikaner, Sonderbotschafter Henderson, zu einer Stellungnahme bereit.

»Gentleman«, Henderson faßte sich kurz wie immer, »im Namen des Präsidenten der Vereinigten Staaten darf ich Sie versichern, daß wir nicht nur alles tun werden, was in unseren Kräften steht, sondern noch mehr. Also selbst das Unmögliche. Die Einzelheiten müssen bei dem vorgesehenen Treffen zwischen Ihnen, Sir Winston, und Mister Roosevelt, abgeklärt werden.«

Die Vertreter des Kriegsministeriums, der Industrie und der Bank of England präzisierten daraufhin ihre Forderungen, wonach die Lieferungen der USA zu verstärken und auf eine neue Basis zu stellen seien. Jetzt brauche man auch Flugzeuge, Jäger, Bomber und Tanks.

»Man hat mich befugt, Ihnen zu versprechen«, erwiderte Henderson, »daß die USA bis zu einem Punkt gehen werden, der nur noch wenige Millimeter von jener Grenze entfernt liegt, deren Überschreitung den Eintritt in den Krieg bedeuten würde.«

Daraufhin wurde es so still, daß man das Summen des Ventilators und das dumpfe Wummern ferner Flakabschüsse hörte.

Nun ging es um die Durchführung des Treffens zwischen Churchill und Roosevelt. Es führte noch immer die Codebezeichnung »Charta«.

Der Erste Lord der Admiralität war jetzt an der Reihe. Was er erläuterte, klang so, als seien es nur Vorschläge. Dabei hatten Experten seines Stabes wochenlang daran gearbeitet. Admiral Leicester sprach auswendig, ohne Manuskript.

»Gentlemen, für das Treffen von Mister Roosevelt mit unserem Premier wurden vier Möglichkeiten in Erwägung gezogen und überprüft. Als Orte kommen entweder London, Washington oder eine Insel in Betracht.«

Die letzte Möglichkeit, die vierte, behielt er zunächst für sich.

Admiral Leicester fuhr fort: »London fällt aus Gründen, die wir alle kennen, aus. Mister Roosevelt ist nicht von bester Gesundheit. Die Folgen seiner späten Kinderlähmung fesseln ihn an den Rollstuhl. Trotz aller ärztlicher Fürsorge kann er nicht weit reisen. Außerdem ist London zu gefährlich. Es liegt im Waffenberich des Gegners.«

Daß Churchill und nicht Roosevelt der um Hilfe Ersuchende war, ließ der Admiral mit britischer Arroganz unerwähnt. Das wußte ohnehin jeder der Anwesenden. Andererseits wollte Churchill aber auch nicht als Bittsteller nach Washington kriechen.

Mit ruhiger, ein wenig zu fester Stimme sprach Leicester weiter: »Wenn wir also von Washington als Gesprächsort absehen, wo trifft man sich dann? Auf einer Insel. Auf den Azoren? Auf den Bermudas? Die Azoren sind portugiesisch, und Portugal ist neutral.«

»Island?« wurde dazwischengerufen.

Der Lordadmiral nahm die Anregung auf. »Auch Island ist neutral, wenn ich erinnern darf.«

Einem der Zuhörer, dem Befehlshaber der Territorialstreitkräfte, General Ashley, war aufgefallen, daß der Admiral von den vier möglichen Treffpunkten nur drei erwähnt hatte. »Und Ort Nummer vier?« wandte er logischerweise ein.

Nach deutlichem Atemholen kam der Lord nun auch dazu. Sein Vorschlag klang so abenteuerlich, daß er ihn für zuletzt aufgehoben hatte.

»Gentlemen«, er blickte jedem in der Runde einzeln in die Augen, »bitte steinigen Sie mich jetzt nicht, Gentlemen. Aber wir haben analysiert, daß sich der Präsident und der

Premier am besten in der Mitte treffen. Ich weiß, dort ist der Nordatlantik am tiefsten. Dort ist er aber auch am einsamsten, denn er ist bekanntlich kein Dorfteich. Man kann sich da gut verstecken. Um die Gespräche auf einem Panzerkreuzer zu führen, gesichert von Zerstörern, Korvetten und Trägerflugzeugen, wäre das ein absolut optimaler Ort.« Er machte noch eine letzte Bemerkung: »Natürlich strengste Geheimhaltung vorausgesetzt.«

Ein Bombeneinschlag in der Nähe ließ für Sekunden das Licht ausgehen. Als es wiederkam, fragte der Premierminister gelassen: »Tee oder Whisky, Gentlemen?«

Ein schwarzer Bentley rollte durch die brennende City von London Richtung Kensington Palace Gardens. Auf dem Weg zum Marineoberkommando nahm der Stabschef einen Offizier mit, der wenigstens fünf Dienstgrade unter ihm lag. Der Captain würde vermutlich nie Admiral werden. Doch war das gewiß auch nicht seine Absicht. Er war Reserveoffizier, im Zivilberuf Schallplatten- und Filmproduzent.

Eingedenk dessen, daß die gesellschaftliche Position von Captain Kevin Morton eine bedeutend höhere war als die des Admirals, verhielt sich dieser recht leutselig.

»Hier können wir ungestört und unbelauscht reden«, begann Admiral Coster, »die Trennscheibe ist doppelt und schalldicht. Der Fahrer kann nicht mithören, selbst wenn er die Ohren eines Luchses hätte.«

»Darf man rauchen?« fragte Morton und steckte sich eine *Navy Cut* in Brand. Dabei benutzte er ein goldenes, mit Brillanten besetztes Feuerzeug, für das der Admiral ein Jahresgehalt hätte aufbringen müssen. Während der hagere Coster bequem in der Polsterecke des Fonds lehnte, saß Captain Morton wie stets in gerader Haltung da. Dies schon mit Rücksicht auf seine elegante Maßuniform, die aus der Werkstatt des besten Schneiders in der Saville Row stammte.

»Wie geht es Ihrer Frau?« führte Coster das Gespräch weiter.

»Sie befindet sich noch in den Händen der Gestapo, Sir.«

»Damit haben diese Henker ein Druckmittel gegen Sie. Sie erwarten von Ihnen als Abwehroffizier natürlich Informationen.«

»Speziell über ›Charta‹«, bemerkte Morton. »Und sie werden allmählich ungeduldig.«

»Die Amerikaner«, verriet ihm der Admiral, »fürchten, daß es drüben in Washington eine undichte Stelle geben müsse, denn woher sollten die Deutschen das Projekt ›Charta‹ sonst kennen?«

»Zum Glück haben die Deutschen keine genauen Vorstellungen davon, Sir«, erwähnte der Captain.

Längst hatte er sich seinen Vorgesetzten anvertraut und arbeitete nur auf Befehl als Doppelagent.

»Wir müssen es herausfinden«, forderte der Admiral, der gleichzeitig Leiter der Abteilung Gegenspionage war. »Das Loch könnte auch bei uns sein.«

»Aber wie«, gab Morton zu bedenken, »sollen wir vorgehen?«

Zunächst äußerte Coster sich unpräzise. »Machen wir das bekannt infame Spiel, drehen wir das große Rad.« Nach einer Pause fuhr Coster im Klartext fort: »Wir lassen über Sie, Morton, eine Nachricht durchsickern. Dann sehen wir schon, was passiert, ob die Deutschen unserer Information folgen oder einer anderen, möglicherweise der aus ihrer amerikanischen Quelle. Je nachdem also, wie die Jerries reagieren, werden sie sich entlarven und uns den nötigen Hinweis liefern.«

»Eine getürkte Information«, verstand ihn der Geheimdienst-Captain richtig.

»Was also schlagen Sie vor, Morton?«

Morton drückte seine Zigarette im Aschenbecher aus und dachte einige Zeit nach.

»Wir nennen Canaris zunächst das Abreisedatum und

das Ziel Churchills. Aber nicht alles auf einmal, denn das würde sie mißtrauisch machen. Vorerst verrate ich ihnen den Zeitpunkt des Abfluges. Vielleicht dazu als Richtung Island.«

Der Admiral hob beide Hände, als habe er längst eine bessere Lösung.

Der schwarze Bentley mit dem Admiralsstander auf dem Kotflügel mußte unvermittelt anhalten. Die Feuerwehr war dabei, den Schutt eines bombardierten Hauses von der Straße zu räumen. Nur langsam ging es über Ziegelhaufen und Mauerbrocken weiter. Im Wagen begann es nach dem verbrannten Holz von Türen, Fenstern und Dachstühlen zu stinken. Die Insassen achteten nicht darauf.

»Und wie soll das ablaufen, Captain?« erkundigte sich der Admiral. Offenbar hatte er seine eigenen Ideen rasch verworfen.

Am Ende der Straße tauchte das Grün eines Parks auf und nicht weit davon entfernt der rote Backsteinbau der Marineleitung.

»Ich habe eine Adresse in Portugal«, erklärte Captain Morton, eine Telefonnummer. Dort rufe ich an.«

»Bitte umgehend«, drängte der Admiral.

In der Nacht sprach Morton über Seekabel mit Lissabon. Der Teilnehmer meldete sich erst beim zweiten Versuch. Sein Englisch hatte deutschen Akzent. Er nannte seinen Namen nicht und war so mißtrauisch, daß er Mortons Nummer verlangte. Er wollte zurückrufen.

»Wie denn?« fragte Morton. »Seit Tagen werden wir von der deutschen Luftwaffe bombardiert. Die Telefonverbindungen sind zum Teil zerstört. Ich hatte Glück, daß ich überhaupt durchkam. Meine Nachricht ist von allerhöchster Dringlichkeit.«

Allmählich schien der Mann in Lissabon zu begreifen, doch er äußerte Vorbehalte. »Werden Sie nicht abgehört?«

»Nicht bei diesem Chaos.«

»Von wem haben Sie meine Nummer?«

Natürlich wurden alle Gespräche nach Übersee oder zum Kontinent überwacht. Das von Morton war jedoch von der NIC genehmigt. Also gab Morton den Namen preis. »Kennen Sie Oberst Reimers in Paris?« fragte er.

Sofort zeigte sich der andere zugänglich.

»Gibt es ein Codewort?«

»Geben Sie Reimers in Paris den Code ›Charta‹ durch.« Morton buchstabierte das Wort. »Und melden Sie ihm, daß ich über brisante Neuigkeiten verfüge.« Er sagte, er würde sich wieder melden, und legte rasch auf. Morton hatte keinen Zweifel, daß die Neugier der Deutschen nun aufgeheizt sei.

Bei Mortons nächstem Anruf zeigte sich der Kontaktmann in Lissabon erstaunlich gut vorbereitet. Er hatte eine klare Order für Morton. »Unser gemeinsamer Freund in Paris läßt Sie grüßen. Er bittet um Durchgabe Ihrer Nachricht an mich. Ihrer Ehefrau geht es übrigens gut.«

Dies entlockte Captain Morton nur ein Lächeln. »Dann sagen Sie unserem gemeinsamen Freund«, entgegnete er, »daß meine Information nur von Mund zu Ohr, ohne Draht dazwischen, erfolgt. Außerdem verlange ich ein Lebenszeichen meiner Frau und die Bestätigung, daß sie freikommt.«

Morton nahm an, daß es wenigstens achtundvierzig Stunden dauern würde, bis der Mann in Lissabon – vermutlich saß er in der deutschen Botschaft – das Nötige organisiert hatte. Doch er irrte sich. Anscheinend hatten die Deutschen mit Forderungen von seiten ihres Agenten in London gerechnet und entsprechende Vorbereitungen getroffen.

»Kommen Sie nach Irland«, sagte der Mann in Lissabon. »Nach Dublin.«

»Wozu das?«

»Zwecks persönlicher Kontaktaufnahme.«

Morton zögerte. »Ich versuche es.«

»Ab übermorgen wartet in der Kirkpatrick Street im Kildave-Pub jeden Abend ab einundzwanzig Uhr ein Mann auf Sie. Drei Tage lang. Kennzeichen: erstklassiger Dartspieler.«

Diesmal legte der andere rasch auf.

Das alles gefiel Morton nicht. Er mußte also nach Irland, und zwar in den südlichen Teil der Insel, in die freie neutrale Republik.

Bei der Marineleitung sprach er mit Admiral Coster den Einsatz noch einmal durch. Die Navy besorgte ihm einen Platz in der täglich verkehrenden Kuriermaschine, die von Croydon nach Belfast flog.

Am Morgen kleidete Morton sich in Zivil. Mit grauer Flanellhose und dunkelblauem Blazer fühlte er sich weit besser angezogen als in Uniform. Sechs Stunden später war er in Belfast. Ein Dienstwagen der Royal Navy brachte ihn durch die britische Ulsterprovinz bis zur Grenze. Als Geschäftsreisender mit britischem Paß überquerte Morton die Grenze ohne Schwierigkeiten. Für die sechzig Meilen bis zur Hauptstadt Südirlands nahm er den klapprigen Bus.

Auch in Dublin gab es zunächst keine Probleme. Morton quartierte sich privat in einem Bed-and-breakfast-Zimmer ein. Für ein oder zwei Nächte, sagte er zu der Vermieterin.

Bei Dunkelheit marschierte er los. Wie immer um diese Jahreszeit war es an der irischen Ostküste schon sommerlich. Der warme Wind brachte Regen mit. Kurz vor 21 Uhr betrat Morton den Pub an der Kirkpatrick Street. Sein dunkles Bier nahm er mit nach hinten zu der Dartscheibe, wo Arbeiter ihre Pfeile auf die mit Feldern markierte runde Korkplatte warfen. Ein eintöniges Spiel. Wenn einer daneben traf, ging er kopfschüttelnd weg und nahm zu seinem Bier einen Gin. Hatte er gut getroffen, dann ging er ohne Kopfschütteln weg und nahm zum Bier einen doppelten Gin.

Morton wartete bis nach 22 Uhr. Es kam weder zu einem Blickwechsel, noch wurde er angesprochen. Möglicherweise nahm der Kontaktmann nicht an, daß er so schnell von London nach Dublin herüberkäme.

Morton ging also in sein Quartier, schlief lange und

schlenderte am Morgen durch die Stadt von James Joyce, dem weltberühmten Autor des Romans »Ulysses«. – Um 21 Uhr war er wieder in der Kirkpatrick Street. Diesmal löcherte eine andere Gruppe die Dartscheibe. Es dauerte nicht lange, da musterte ihn ein rotgesichtiger Seemann und sprach ihn auch an.

»Sind Sie Morton?«

»Kennwort bitte.«

»›Charta‹.«

Sie setzten sich an einen freien Ecktisch. In der verqualmten Bude ging es laut zu. Iren waren starke Trinker, noch größere Geschichtenerfinder und begeisterte Sänger.

»Erzählen Sie!« drängte der ohne Akzent sprechende Kontakter. »Ehe man uns anquatscht.«

Das Gedränge in dem niedrigen Pub wurde zu einem Schieben und Anrempeln. Mindestens zwei Männer kamen hier auf den Quadratfuß.

»Also«, begann Morton, *»a long story in short.* Churchill trifft Roosevelt. Wann und wo, das erfahre ich noch. Aber so viel steht fest, daß Churchill von London Richtung Neufundland fliegt.«

»Wann?«

»Am fünften Mai.«

Dies war das Datum, das sie in London errechnet hatten.

»Wie?« fragte der Kontaktmann. »Ich meine, womit.«

»Mit einer AVRO *Lancaster.*«

»Einem ihrer schweren Nachtbomber also«, zeigte sich der Ire informiert. »Dachte, Churchill bevorzugt die Handley *Page.*«

Morton hob die Schulter als Zeichen, daß er überfragt sei. »Beide sind Viermotorige, aber die *Lancaster* mit den neuen Rolls-Royce-Motoren ist einen Hauch schneller. Der Bomber wurde, wie man hört, für den Premier umgebaut.«

»Mit Clubsessel, Zigarrenkiste und Whiskybar«, spottete der Ire.

»Und vermutlich Zusatztanks«, ergänzte Morton trokken.

»Nach Neufundland geht es also«, bemerkte der Agent des Amtes Canaris. »Verraten Sie mir noch den Kurs der Maschine. Oder sind es sogar zwei Flugzeuge, zwecks Täuschung des Gegners?«

»Das wäre möglich«, räumte Morton ein. »Doch was den genauen Kurs betrifft, so möchte ich erst meine Frau sprechen und die Bestätigung von Reimers erhalten, daß sie freikommt, ehe ich ihn nenne.«

»Wie stellen Sie sich das vor?« brauste der Ire auf.

»Das ist Ihr Problem«, entgegnete der Captain gelassen. »Die Telefonleitungen von Dublin nach Paris dürften intakt sein. Noch ist Irland neutral.«

Wortlos leerte der Kontaktmann sein Ale-Glas, setzte eine lederne Sixpencemütze auf und erhob sich.

»Bis morgen. Gleiche Zeit, selber Ort.«

Es war Donnerstag, als Captain Morton den Iren noch einmal und zum letzten Mal sah. Wieder wartete der Seemann bei den Spielern und bedeutete Morton mitzukommen. Sie verließen den Pub, gingen um eine Menge Ecken in immer engere Gassen der Altstadt. Schließlich nahmen sie die Treppe im Hinterhof eines alten Hauses.

Die Möblierung der Kammer bestand aus Tisch, Schrank, zwei Stühlen, Bett und Kommode mit Wasserkrug und Waschschüssel. Doch am Boden stand ein schwarzes Telefon. Sie setzten sich und rauchten. Der Ire zog Karten heraus. Nach mehreren Siebzehnundvier-Runden schaute der Ire immer häufiger auf die Uhr. Mit Zeigersprung genau eine Stunde vor Mitternacht schrillte das Telefon.

Der Ire hob ab, meldete sich und reichte den Hörer an Morton weiter. Morton vernahm eine leise, aber ihm vertraute Stimme. Es war die von Nicole. Sie klang gehetzt, offenbar gab man ihr nur wenige Sekunden Zeit.

»Wie geht es dir, Kevin?« . . . »Und wie geht es dir, Nicole?« ... »Wann holst du mich da heraus?« ... »Bald, *mon chérie*« ... »Bitte rasch, Kevin« ... »Ich liebe dich.«

Schon wurden sie getrennt. Oberst Reimers war jetzt dran. »Sie sehen, ich halte mich an unsere Abmachungen, Captain.«

»Ihr Teil ist erst erfüllt, wenn meine Frau frei ist«, erklärte Morton.

»Sie kommt frei. Sie können sie in Paris in Empfang nehmen.«

Dies wollte Morton unbedingt vermeiden, denn er wußte, was er von solchen Versprechungen zu halten hatte.

»Mein Ehrenwort«, versicherte Reimers.

»Ich verlange«, forderte Morton, »daß Sie meine Frau nach Irland bringen. Entweder hierher nach Dublin oder meinetwegen auch nach Kork. Von San Sebastian aus geht jede Woche ein Schiff. Es muß Ihnen ein leichtes sein, meine Frau über die Pyrenäen nach Spanien zu schleusen.«

»Irgendwie schaffen wir das«, versprach Reimers. »Aber nun bitte den letzten Teil der Information. Wohin reist Churchill und auf welcher Route?«

»Der Premier fliegt nach Island, um dort zwischenzutanken.«

»Und weiter?«

Von da an sperrte Morton sich.

»Falls Sie ihn kriegen, reist Mister Churchill nirgendwohin weiter. Kriegen Sie ihn bis Reykjavik nicht, dann ist er Ihnen wohl durch die Lappen gegangen«, äußerte er ironisch.

»Sie hören von uns«, sagte Reimers.

Nach einem metallischen Klicken brummte es im Draht.

»Ende?« fragte der irische Kontaktmann.

»Nur für heute«, erwiderte Kevin Morton.

17

Die jugoslawischen Truppen kapitulieren. Roosevelt läßt grönländische Stützpunkte besetzen. Wissenschaftler vermuten sonnenähnliche Wasserstoffmaterie im Erdkern.

13. April 1941

In Schützenlinie, Sichtweite von Mann zu Mann, suchten sie die tundraähnlichen Wälder nördlich der Biebriza-Sümpfe ab. Mit scharfgeschliffenen Spaten schlugen sie sich durch das dichte Unterholz, meist bis zu den Knöcheln im schwarzen Moorwasser wartend, denn es hatte getaut. Vorige Woche war die Eisdecke endlich aufgegangen.

Die Männer der ersten Gruppe des zweiten Zuges im Strafbataillon 99 besaßen als einzige Waffe den Spaten. Nur ihr Gruppenführer, SS-Unterscharführer Benzberg, verfügte über Maschinenpistole und Gewehr. Die MPi gegen plötzlich auftauchende Partisanen, das Gewehr, um jeden Sträfling, der zu fliehen versuchte, auch aus größerer Entfernung noch zu treffen. An seinem Koppel baumelten außerdem mehrere Stielhandgranaten.

»Zusammenbleiben!« schrie er immer wieder die Linie entlang. »Ihr elenden Bastarde!«

Links außen, am nördlichen Flügel, schloß Lützow die Gruppe ab. Die Zusammensetzung der Gruppe war gemischt. Um Flucht- oder Aufstandspläne zu durchkreuzen, hatte man Lützows Besatzung auf den ganzen Zug verteilt. So litten sie, gemeinsam mit Kriminellen, mit Deserteuren und Saboteuren, unter unmenschlichen Bedingungen. Doch immerhin waren LI Behrens und der II WO noch bei dem Haufen. – *Morituri te salutant!*

»Lützow!« schrie der Gruppenführer. »Nicht zurückhängen, du Pflaume. Willst du etwa abhauen? Dann reiße ich dir persönlich den Arsch bis zum Genick auf, Mann. Bis zur Halskrause.«

Flucht war so gut wie unmöglich. Entweder die Feldgendarmerie fing jeden wieder ein und hängte ihn auf, oder man geriet zu den Partisanen. Die hängten einen auch auf, aber nur wenn man Glück hatte. Vorher folterten sie einen brutal, ehe sie ihm den Rest gaben. Sie hatten Kameraden gefunden, nackt, ohne Geschlechtsteile, ohne Augen, ohne Zunge, einen sogar enthäutet.

Lützow hatte es aufgegeben, über seine Lage nachzudenken. Es war sinnlos eingedenk der Zahl jener Männer, die es bereits erwischt hatte. Doch immer öfter spielte man Selbstmordmethoden durch. Jeden Abend beim Zählappell im Lager Dabrowa fehlte einer. Entweder war er von Scharfschützen abgeknallt, von Minen zerfetzt worden oder krank. Krankheit, das bedeutete hier die Ruhr und soviel wie den Tod. Es gab keine Medikamente. Sie gingen mit ihnen um wie mit Vieh, denn an Nachschub bei Gefangenenmaterial mangelte es nicht.

»Lützow!« schrie Benzberg erneut und deutete nach links voraus. »Der dunkle Punkt dort muß eine Hütte sein. Durchsuchen! Aber aufpassen!«

Lützow näherte sich ihr mit aller Vorsicht. Solche primitiven Hütten hatten sich schon als Maschinengewehrnester entpuppt. Wegen der Feuchtigkeit im Boden knackte kein Ast. Als Tür besaß die Hütte nur einen Rupfenvorhang. Er blinzelte hinein und sah, wie sich im gefleckten Licht der Ecke etwas bewegte.

Den Spaten schlagbereit erhoben, ging er hinein. Seine Augen, von der U-Boot-Fahrerei gewohnt, rasch von Hell auf Dunkel zu schalten, erkannten einen Menschen. Ein junges Mädchen kauerte am Lehmboden. Es war fast nackt. Der graue Rock aus wattiertem Tuch reichte gerade bis zu den Schenkeln. Der Pullover war durchlöchert, als hätten Ratten ihn angefressen. Kleine weiße Brüste schimmerten durch. – Trotz des verdreckten Gesichtes erkannte er, daß das Mädchen höchstens sechzehn war. Sie versuchte tiefer in die Ecke zu kriechen. Offenbar hatte sie sich verletzt, denn sie zog einen Fuß nach.

Lützow ließ den Spaten sinken und nahm seine paar Brocken Polnisch zusammen.

»Los, hau ab!« sagte er, und dasselbe noch einmal.

Aus den runden Augen in dem slawisch flachen Gesicht wich für einen Augenblick die Angst. Lützow drehte sich um. Ohne daß ihm in den Rücken geschossen wurde, was alles schon vorgekommen war, trat er ins Freie.

Unterscharführer Benzberg stand nur wenige Meter entfernt.

»Was gibt's?«

»Leer.«

»Mit wem hast du gesprochen?«

»Mit einem Hund. Er haute durch ein Loch in der Bretterwand ab.«

»Sogar Köter sind hier Heckenschützen«, schimpfte der Gruppenführer. »Du mußt alles erschlagen, was kreucht und fleucht.«

Am späten Nachmittag, ehe sie den Rückmarsch zum Dabrowa-Lager antraten, erwischte es den 2. Torpedomixer von U 136. An einem Baum entdeckte er einen Zweig mit sprießenden Palmkätzchen. Er reckte sich hoch, um ihn abzureißen. Aber es war eine Handgranatenfalle. Sekunden später erfolgte die Detonation. Der Ast war vermutlich über eine schwarze Schnur mit einer Eierhandgranate verbunden. Sie hatte in einer Astgabel gelegen. Durch den Zug war sie zu Boden gekollert. Nur zwei Fadenwindungen hatten sich gelöst und den Federbügelabzug freigegeben. Dem Matrosen wurde der Kopf abgerissen.

Der Gruppenführer reagierte eiskalt. »Dieser Blödmann!« sagte Benzberg. »An Birken wachsen keine Weidenzweige. – Was soll's, einer weniger.«

Schon nächtelang dröhnten auf der Rollbahn, die wenige Kilometer vom Lager Dabrowa entfernt zur Grenze verlief, pausenlos Lastwagen, Panzer und motorisierte Artillerie.

»Was haben die vor?« fragte einer von Lützows Leuten, von Schlaflosigkeit geplagt.

»Bestimmt ein Manöver«, meinte ein anderer.

Alle erwarteten sie von Lützow Aufklärung.

»Da läuft ein riesiger Aufmarsch«, vermutete der Exkommandant. »Sieht nach Offensive aus.«

»Gegen wen, Herr Kaleu?«

»Stoßrichtung Rußland.«

»Dachte, Stalin und Hitler seien jetzt dicke Kumpels.«

Von einer oberen Pritsche meldete sich der ehemalige Koch von U 136 zu Wort. »Habt ihr bei der Verpflegung nichts festgestellt?«

»Sie ist beschissen wie immer.«

»Aber die Wurstscheibe war größer. Sonst kriegen wir hundert Gramm Gummipreßsack pro Woche. Diesmal war es die doppelte Ration.«

»Ja, sie päppeln uns auf fürs Massengrab.«

»Genau das ist des Rätsels Lösung«, sagte der Smutje.

»Was ist des Rätsels Lösung, Smut?«

»Mann, Smut, mach die Schnauze auf, oder wir schieben dir einen Fußlappen rein.«

Der Smutje, gelernter Koch und bei der Marine extra noch für U-Boot-Kombüsen ausgebildet, berichtete aus seinem reichen Erfahrungsschatz mit Proviantdepots. »Manchmal trennen sie sich von ihren Brühwürsten und der Frischware.«

»Wann, bitte, ist manchmal?«

»Immer dann, wenn das Lager geräumt werden muß. Entweder, weil sie es verlegen, oder weil neuer Nachschub kommt.«

»Du meinst, damit die alte Ware nicht vergammelt.«

»Und weil sie den Bestand ändern. Bei Wurst gibt es drei Kategorien: Frischwurst, Dauerwurst und Konserven. Die

Brühwurst wird zwar angeräuchert, hält sich aber nicht ewig.«

»Klar, nur im Winter. Und der geht zu Ende.«

»Mag sein«, räumte der Koch ein, »daß das einer der Gründe ist. Ich glaube aber, daß sie die Frischwurstbestände räumen, weil eine Offensive bevorsteht, wie der Kaleu gesagt hat. Einen Angriff, wenn er rasch vorwärtsstürmt, können sie nicht mit Lyoner oder mit Göttinger führen. Da wird die Truppe stets mit Hartwurst, mit Konserven oder geräuchertem Speck versorgt. Und genauso ist es. Glaubt mir. Wir dürfen die Reste auffressen, weil sie Raum für den Nachschub brauchen.«

»Beim Vollfressen bin ich gerne dabei«, meinte einer.

In der nächsten Nacht bekamen sie Alarm.

Vom kilometerweiten Hin- und Rückmarsch zu einem mit polnischen Minen verseuchten Grenzstreifen waren sie todmüde auf die Strohsäcke gefallen. Doch nach Mitternacht pfiff man sie schon wieder heraus.

»Abrücken mit Spaten und Minensonden!« hieß es. »In fünf Minuten.«

Immer kamen blitzartig Gerüchte auf. Diesmal lautete die Latrinenparole, daß Partisanen ein Waffenlager der IX. Armee bei Bialystok überfallen und große Mengen an MGs, Munition und Sprengmitteln erbeutet hätten. Wie stets waren Strafaktionen im Verhältnis eins zu zehn die Folge. So auch in dieser Nacht.

Mitte April wurde die Lage kritisch. Die Partisanen schossen mit Granatwerfern und Haubitzen Transportzüge zusammen. Sie sprengten Brücken und legten kilometerweit die Masten von Telefonleitungen um. Wenn dann Reparatureinheiten anrückten, machten sie diese aus dem Hinterhalt mit Maschinengewehren nieder. Reguläre Truppen, Feldgendarmerie und auch Strafgefangene erlitten schwere Verluste. Meist beim Minenräumen an den Bahnlinien oder auf Flugplätzen.

Die 1. Kompanie des Strafbataillons 99 marschierte nach

Osten, immer auf die mächtige schwarze Wolke zu, die unweit der Demarkationslinie gen Himmel stieg. Dort brannten Polizeieinheiten zur Vergeltung ganze Dörfer nieder. Die Männer der Gruppe Benzberg mußten einen Graben ausheben. Er war fünfzig Meter lang, sechs Meter breit und vier Meter tief.

»Los, Männer! Volle Schaufeln, keine Pause! Nicht müde werden!« trieb der Gruppenführer sie an. »Oder ich trete euch in die Eier.«

»Was wird das?« fragte einer, »wenn es fertig ist?«

»Ein Panzergraben«, meinte LI Behrens. »Er hat die richtige Größe, daß ein T 34 rein, aber nicht mehr herauskommt.«

Wessel, der II WO, schlug mit dem Spaten Wurzelwerk aus dem Humus.

»Irrtum, großer Herr Ingenieur«, sagte er wie immer mit der Feinfühligkeit eines Nashorns, »das wird nämlich kein Panzergraben, sondern ein Massengrab. Panzergräben sind an einer Seite angeschrägt.«

»Und woher weißt du das, du Schlauberger?«

»Aus der Marinedienstvorschrift, das Verhalten auf Segelschiffen betreffend«, witzelte der Exleutnant angestrengt.

»Was sagen Sie dazu?« fragte Behrens den Kaleu.

Lützow schwitzte, daß er in der Kälte dampfte.

»Ich glaubte immer, wir seien die Hexenmeister und er der Zauberlehrling. Fürchte, wir werden umdenken müssen, LI.«

Das war bei Beginn der Abenddämmerung. Sie dachten schon, sie seien für diesen Tag fertig, da kamen die Lastwagen mit den verbrannten, erschossenen und erschlagenen Leichen. Rücksichtslos hatte die SS alle niedergemacht. Männer, Frauen, Kinder und Greise. Viele waren noch nicht einmal tot. – Die Körper wurden von den Lkw-Pritschen einfach in die Grube gekippt. Manche davon fielen nicht ins Massengrab, sondern daneben.

Angeekelt wandte Lützow sich ab und konnte nichts tun. Als er wieder einmal hinsah, glaubte er, die junge Frau aus der Hütte im Wald zu erkennen. Sie hatte eine klaffende Schläfenwunde von einem Kolbenhieb oder von einem Streifschuß. Sie atmete noch.

Im selben Moment schrie Benzberg einen Namen. Er meinte den jüngsten der Truppe, den kaum achtzehn Jahre alten Matrosen Schneider. Mit schierem Wohlgenuß zog der SS-Unterscharführer seine Luger 8 aus der schwarzen Koppeltasche und hielt sie Schneider hin. Gleichzeitig deutete er auf das hübsche Partisanenmädchen.

»Leg sie um! Das wird dein Jungfernschuß.«

Fassungslos stand Schneider da und verstand nichts.

»Mach die Hure kalt!« schrie Benzberg. »Oder ich mache dich kalt. Erst sie, dann dich.«

Schneider hatte die Waffe, streckte den Arm aus, zielte und schaute weg. »Das kann ich nicht«, keuchte er mühsam. »Sie könnte meine Schwester sein.«

Noch einmal befahl ihm Benzberg, es zu tun. Schneider jedoch war wie gelähmt. Wütend entriß ihm Benzberg die 08, zog ihm den Lauf quer über den Schädel und schoß dem Mädchen eine Kugel zwischen die Augen.

Da verlor LI Behrens die Beherrschung. Lützow wollte ihn noch zurückhalten, doch Behrens riß sich los und stürzte sich mit einem Wutschrei auf den Unterscharführer. Der sah ihn mit erhobenem Spaten auf sich zutaumeln. Der Spaten traf den SS-Mann zwischen Stahlhelm und Schulter.

Er blutete noch gar nicht, da schoß er schon. Benzberg feuerte den Rest des Magazins in das linke Bein von Behrens. Der machte noch ein paar Schritte und brach zusammen. Mit schmerzverzerrtem Gesicht lag er im Dreck.

»Schmeißt ihn hinterher!« befahl Benzberg.

»Und was schreiben Sie in die Verlustmeldung?« fragte Lützow. »Es gibt Zeugen.«

»Dann nehmt ihn mit«, entschied der SS-Mann. »Krepiert sowieso, das Aas.«

Der Arzt im Lager Dabrowa, Dr. Weigel, war ein schmieriger, heruntergekommener Typ. Gewöhnlich hatte er bei den siebenhundert Männern der vier Kompanien nur Infektionen von Läusebissen zu kurieren, kleine Wunden, Verstauchungen und die Ruhr. Medikamente standen ihm so gut wie keine zur Verfügung. Er hatte lediglich das, was ihm die medizinischen Armeedepots zuteilten, nämlich Teersalbe, Jodtinktur, ein paar Mullbinden und Aspirin. Als sie LI Behrens zu ihm in die Baracke trugen und auf den Tisch legten, stand der Doktor ratlos da.

Endlich befahl er, dem Verwundeten die Stiefel auszuziehen und die Hose aufzuschneiden. Behrens' Bein zeigte vier Einschüsse. Zwei davon waren ohne Austrittsöffnung. Die Kugeln steckten also noch im Fleisch und hatten dabei Knochen zerstört. Der völlig apathische Doktor schien nicht zu wissen, was zu tun war.

»Wollen Sie die Wunden nicht säubern?« fragte Lützow.

Erstaunt blickte der Arzt ihn an. »Und wer sind Sie, bitte?«

»Los, die Wunden säubern, die Kugeln sondieren und herausholen«, forderte Lützow.

Langsam nahm der Arzt die Drahtbrille ab. »Da gibt es nur eines. Nämlich amputieren.«

»Moment mal. Wollen Sie ihm etwa das Bein . . .?«

»Ja, absägen. Ohne Narkose«, entschied der Mediziner. »Nicht mal Schnaps gibt es zur Betäubung. Wir binden ihn auf den Tisch und schieben ihm einen Holzkeil zwischen die Zähne. Sonst brüllt er wie am Spieß und fährt uns an die Gurgel.«

»Übersteht er das denn, Herr Stabsarzt?«

»Wohl kaum«, antwortete Dr. Weigel.

Lützow nahm ihn beiseite. »Doktor!« beschwor er ihn. »Dann ist der Mann ja zeitlebens ein Krüppel.«

»Im besten Fall.« Der Arzt zeigte seine nikotingelben Zähne. »Garantieren kann ich natürlich nichts, schon gar nicht, daß die Operation gelingt. Ich fürchte sehr, daß es ohne Amputation infolge unzureichender medikamentöser Versorgung zu Sepsis, zu Blutvergiftung, kommen wird. Mit jeder Kugel geraten verschmutzte Gewebefetzen in die Wunde. Das führt unweigerlich zu Gasbrand. Gasbrand ist so gut wie unheilbar. Der Betroffene würde unter höllischen Qualen mit unvorstellbaren Schmerzen krepieren.«

Obgleich gewohnt, daß man sie wie Vieh behandelte, unternahm Lützow noch einen Versuch.

»Herr Stabsarzt, Sie haben keine Ahnung, was für ein Experte dieser Mann ist.«

»Dienstgrade und Dienststellungen bedeuten hier Null«, lautete Dr. Weigels Antwort. »Experten gingen hier schon in Massen vor die Hunde. Jägerpiloten, Panzerfahrer, Wissenschaftler, Dolmetscher, was noch ...«

»Herr Stabsarzt«, versuchte Lützow es weiter, »dieser Mann ist leitender Ingenieur auf einer der kompliziertesten Waffen, über die wir verfügen, nämlich auf einem U-Boot.«

Müde winkte der Doktor ab. »Nie mehr im Leben werden Sie und Ihre Leute ein U-Boot auch nur aus der Ferne sehen.«

»Seine Ausbildung hat das Reich Hunderttausende gekostet, Herr Stabarzt«, beschwor ihn Lützow.

»Meine Ausbildung hat meine Familie ebensoviel gekostet«, erwiderte der Arzt.

»Oberleutnant Behrens könnte noch einen erstklassigen Lehrer für technisches Personal, etwa für U-Boot-Maschinisten, abgeben.«

»Vorträge halten«, meinte Dr. Weigel, »kann er auch mit einem Bein. – Falls er Glück hat.«

Er schob die Männer hinaus. Lützow hörte noch, wie er sagte: »Das Glied muß ab. Mindestens am Oberschenkel.«

Auf dem Weg zur Baracke holte sie ein Sanitäter, den Lützow schon im Revier gesehen hatte, ein.

»Übrigens, Kapitänleutnant«, sagte er, »unser Doktor ist gar kein Stabsarzt.«

»Wie bitte, nicht einmal Arzt ist er?«

»Arzt schon, nur kein Stabsarzt. Er gehört nicht zur SS.«

»Was treibt er dann hier? Benutzt er das Straflager als Trinkerheilanstalt?«

»Er ist Strafgefangener wie wir alle«, erklärte der Sanitäter.

»Als Chirurg an der Berliner Charité hat der Professor einen Juden operiert, seinen Lehrer, der vor Jahren sein Chefarzt war und ihn ausgebildet hatte. Das kam raus. Er wurde denunziert. Sie machten ihm den Prozeß und verurteilten ihn. Das stand er nicht durch. Er rutschte ab. Erst war es Kokain, dann der Alkohol. So landete er in diesem Staflager.«

Lützow war stehengeblieben. »Warum erzählen Sie mir das?«

»Damit Sie die Hoffnung nicht aufgeben«, sagte der Sani. »Ich glaube, der Professor will etwas versuchen. Notfalls mit einer Sauerstofftherapie.«

»Ohne Armaturen?« zweifelte Lützow.

»Mit primitiven Mitteln, aber mit Ideen«, deutete der Sani an. »Man kann mit zwei Konservendosen und einem Schlauch auch Schnaps brennen. Ikarus flog ohne Motor der Sonne entgegen. Haben Sie Vertrauen.«

»Wann entscheidet er das?« wollte Lützow wissen.

»Morgen.«

Sie mußten weitergehen; schon Zusammenrottungen von zwei Personen in den Lagergassen waren verboten. Da schossen die Posten auf den Wachtürmen sofort.

Morgen, dachte Lützow, was ist morgen? – Der LI kämpfte um sein Leben, und heute schon war morgen ein alter Hut.

18

Deutsche Truppen besetzen Athen. Fallschirmjäger bereiten sich für die Luftlandung auf Kreta vor. Die Briten nehmen die abessinische Hauptstadt Addis Abeba ein – Ende des italienischen Imperiums.

26. April 1941

Der Kurier war von Kiel nach Hamburg unterwegs. Die einstündige Bahnfahrt kam ihm wie eine Weltreise vor. Das lag am geheimen Inhalt seiner Aktentasche. Sie war innen gepanzert. Außerdem hatte er sie mit Kette und Handschelle an seinem rechten Gelenk befestigt.

Als er den Altonaer Bahnhof verließ, wehte ihm kalter Regenwind entgegen. Draußen am Bordstein wartete ein Mercedes 170 der Werft.

»Wohin?« fragte der Fahrer, der sich als junge Frau entpuppte. Wegen der Kälte trug sie Trainingshosen unter dem Rock.

»Zu Blohm und Voss.«

»Helling, Dock oder Ausrüstungskai?«

»Direktionsbüro«, sagte der Kurier. Damit befolgte er seine Anweisungen. Genau dort hatte er den Inhalt des Kurierkoffers abzuliefern, von dem er nur wußte, daß er eines der größten Rüstungsgeheimnisse darstellte.

Der 170 nahm den Weg über die Billhorner Brücke zum Werftgebiet an der Norderelbe. Im Verwaltungsgebäude von B&V übergab der Kurier die Aktenkassette gegen Quittung.

Eigentlich konnte er nun die Rückfahrt nach Kiel antreten. Doch es war angenehm warm hier. Also rauchte er noch eine Zigarette. Währenddessen sah er hohe See- und Ingenieuroffiziere im Konferenzraum verschwinden. Einem älteren Mann, offenbar Invalide, der hinkend die

Post in den Büros verteilte, bot er eine Juno an. Beiläufig fragte er: »Was ist los da drinnen?«

Der Bürodiener erkundigte sich erst, wer er sei. Als er erfuhr, daß der Kurier von der Konstruktionsfirma in Kiel kam, sagte er: »Es geht um das neue U-Boot, den Typ einundzwanzig.«

»Woher wissen Sie das?«

»Ist alles geheime Reichssache. Aber ich höre mehr als die meisten hier. Ich komme im ganzen Haus herum, erfahre dies und jenes.«

Der Kurier tippte vorsichtig: »Das Boot gibt es also schon?«

»Eines liegt in der neuen Halle auf Helling und ist zu neunzig Prozent fertig. Damit werden wir den Engländern endlich was auf die Rübe hauen.«

»Soll ja ein revolutionäres Modell sein«, deutete der Kurier an.

»Und vor allem kein Tauchboot mehr, das mal oben, mal unten schwimmt. Nein, ein richtiges Unterwasserboot. Die Dieselluft wird über ein Rohr angesaugt. Sie nennen es Schnorchel. Es soll zweitausend Tonnen haben und zwanzig Torpedos mitführen. Die Diesel leisten viertausend PS, die E-Maschinen sogar fünftausend. Es läuft unter Wasser schneller als über Wasser. Neunzehn Knoten, dank seiner Stromlinienform.«

»Haben Sie es schon gesehen?« fragte der Kurier verblüfft.

»Ich nicht, aber mein Schwager. Er ist von Beruf Schweißer und baut daran mit. Nächste Woche, so hörte ich, ist die erste Probefahrt.«

»Da möchte ich nicht unbedingt dabeisein.«

»Denken Sie, ich?« erwiderte der Invalide, tippte einen Gruß an die Mütze und humpelte mit seiner Postkarre weiter.

In der Woche darauf lief der neue Typ XXI, der den

U-Boot-Krieg verändern sollte, zu seiner ersten Werftprobefahrt elbabwärts. Blohm & Voss stellte nur einen Teil des Bedienungspersonals, in der Hauptsache Techniker, zur Verfügung. Im übrigen hatte man um die Bereitstellung einer bewährten Frontbesatzung nachgesucht.

»Kapitänleutnant Lützow«, hatte der Generaldirektor von B & V vorgeschlagen.«

»Er steht leider nicht zur Verfügung«, hieß es von seiten der Marineleitung.

Also hatte man ihnen einen anderen Kommandanten geschickt. Nun fuhr Sigurd Brandenburg mit seiner Besatzung das Boot hinaus in die Deutsche Bucht. In zwei Sonderflugzeugen hatte Dönitz die fünfzig Männer von Lorient nach Hamburg mitgenommen und war bei der Probefahrt selbst mit an Bord.

Schon der zweite Tauchversuch verlief glatt. Mit seiner hydrodynamischen Form sowie den starken Batterien stellte das Boot einen Unterwasserrekord von einundzwanzig Knoten auf. Dann wurde geschnorchelt. Die Diesel saugten ihre Luft durch ein hohles Rohr ein, welches das Boot zur Wasseroberfläche hinaufstreckte. Die Gesichtszüge des Weltkrieg-I-Kommandanten Dönitz zeigten Begeisterung. Nur dann, wenn oben eine Welle das Schwimmerventil des Schnorchels zuschlug, wenn die Diesel für Sekunden ihre Luft aus dem Bootsinneren saugten und den Unterdruck soweit fallen ließen, daß die Trommelfelle flatterten, trat ein etwas schmerzhafter Ausdruck in Dönitz' Gesicht.

Auch Torpedoschießen wurde simuliert. Das Nachladen der acht Bugrohre dauerte nur halb so lange wie auf den alten Typen, denn es erfolgte hydraulisch.

»Mit diesem Boot«, sagte der BDU hell begeistert, »haben wir endlich die Waffe gegen das Radar der Engländer, gegen ihr Asdic, gegen ihre Flugzeugpatrouillen, ihre Hunter-Killer-Groups und ihre Foxer-Geräuschboje.«

»Dazu der neue FAT-Torpedo«, ergänzte Brandenburg. »Jetzt drehen wir ihnen die Luft ab.«

Die Versuchsfahrten verliefen so erfolgreich, daß Hitler nach Hamburg kam, sich die Vorzüge des neuen Bootes erläutern ließ und sofort zweihundertneunzig Stück davon in Auftrag gab. Wie immer nervte er die Werftexperten.

»Wann können diese Boote an der Front sein?« wollte er wissen.

»In achtzehn Monaten, mein Führer«, erklärten sie.

Damit belogen sie Hitler und sich selbst. Jeder wußte, daß kein Boot vor 1944 einsatzbereit sein würde. Doch Hitler forschte erstaunlicherweise nicht tiefer nach. Offenbar hatte er längst andere Projekte im Kopf.

»Also Serienbau!« befahl er und flog zurück nach Berlin.

Von der Sonne brachte Prometheus den Menschen das Feuer. In diesen Jahren sollte die alte Sage Wirklichkeit werden.

In der Nähe einer kleinen Schwarzwaldstadt gruben Männer tief in den Stollen eines Berges nach Pecherz. Die Bergleute trugen gestreifte Hosen und Jacken mit Nummern auf dem Rücken. Es waren KZ-Häftlinge. Ihre Bewacher, Soldaten in feldgrauen Uniformen, hatten schwarze Spiegel mit SS-Runen und silberne Totenkopfabzeichen an den Mützen. Das Erz, das die Gefangenen aus dem Berg hackten, enthielt geringe Anteile eines Minerals, das das chemische Zeichen U trug. Es handelte sich um Uran. Die Radioaktivität war schwach und kaum meßbar. Erst durch Ausglühen des Erzes gewann man geringe Mengen Uranoxyd, ein braunes Pulver, durchsetzt mit schwarzen Kristallen. Nach Weiterverarbeitung nahm das Produkt eine gelbliche Farbe an. Mit Hilfe von noch weitgehend primitiven Verfahren stärker gereinigt, gewann man in einer chemischen Fabrik Uran 308.

Vor sieben Monaten hatte Professor Kant, noch auf freiem Fuß, ein Gespräch etwa folgenden Inhalts mit Professor Hahn geführt:

»Es liegt jetzt zwei Jahre zurück, daß Sie die Kernreaktion entdeckt haben und daß die Atomspaltung ungeheure Energien freisetzt.«

»Etwa zehnmillionenmal größer als bei derselben Menge Kohle«, erläuterte Hahn.

»Ich habe berechnet«, sagte Kant, »daß Uran dreihundertacht aus nur einem Kubikmeter Pechblende bei der Kernreaktion genug Energie freisetzt, um eine Milliarde Tonnen, das entspricht dem Gewicht von einem Kubikkilometer Wasser, binnen eines Sekundenbruchteils siebenundzwanzig Kilometer in die Höhe zu wuchten. Die Energie von einem Kilo Reinst-Uran entspricht der von dreitausend Tonnen TNT. Man stelle sich das in Form von Explosivmaterial für eine Bombe vor. Schauderhaft! Da kann man nur eines tun, nämlich es verschweigen.«

»Neben der Prometheussage«, sagte Hahn, »gibt es noch eine andere Geschichte. Zeus, der Göttervater, erschuf die Pandora. Er schickte sie auf die Erde und gab ihr eine Büchse mit Geschenken für die Menschheit mit. Neugierig öffnete Pandora die Büchse vorzeitig, und alle Übel verbreiteten sich über die Welt. Eines dieser Übel dürfte wohl die Kenntnis um die Vorgänge im Atomkern sein.«

Trotzdem begann man sich die Energie der Atomkerne nutzbar zu machen. Eine kleine Gruppe von Forschern ging daran, im Haigerloch in Südwürttemberg eine sogenannte Uranmaschine zu bauen. Dies unter dem Vorwand, man müsse die Übersicht über die Möglichkeiten der technischen Nutzung der Atomenergie behalten.

In der letzten Aprilwoche wurde Professor Hahn ins Führerhauptquartier gerufen.

Zunächst fanden endlose Vorgespräche mit Albert Speer, dem Architekten des Führers und Reichsminister für Bewaffnung und Munition, sowie mit Fritz Todt, dem Erbauer des Westwalls und Gründer der gleichnamigen Organisation, statt. Im Grunde lief es auf eine Befragung des zivilen Wissenschaftlers Hahn durch die hohen Uniformträger hinaus.

»Kann der Energiegehalt der Atomkerne technisch nutzbar gemacht werden?« fragte Speer.

»Durch Herbeiführung einer Reaktionskette«, erwiderte Hahn anstelle längerer Ausführungen.

»Und wie führt man sie herbei?«

»Indem man die kritischen Mengen reinen Urans in einem Paket zusammenbringt.«

»Auf welche Weise?« wollte Todt wissen.

Hahn erläuterte: »Entweder in einer Uranmaschine, wo man die nuklearen Abläufe durch variable Abstände oder Graphitstäbe steuert. Oder durch radikales Zusammenbringen der entsprechenden Uranmengen.«

»Welche Energien werden dabei frei?«

Hahn nannte die Zahlen ohne Inanspruchnahme seines Rechenschiebers. »Ein Kilo Uran zweihundertfünfunddreißig, also hochrein, enthält etwa neuntausend Quadrillionen Atome. Wenn je Atom rund drei Komma zehn hoch zwölf Meterkilogramm frei werden, ergibt das einen Energiebetrag von siebenundzwanzig Komma zehn hoch fünfzehn.«

»Wie rasch läuft das ab?« erkundigte sich Todt, der immerhin promovierter Diplomingenieur war.

Der Wissenschaftler Professor Hahn wußte, daß er von jetzt ab heißes Eisen anfaßte. »Ist die Reaktion erst einmal eingeleitet, dann wird diese Energie im Zeitraum von weniger als einer Tausendstel Sekunde freigesetzt.«

Nun blieben Todt und Speer offenbar die Spucke weg.

»Damit kann man ja«, bemerkte Speer staunend, »Berlin völlig auslöschen.«

»Oder New York«, ergänzte Todt.

»Sofern man das Ganze in die Form einer Bombe bringt«, schränkte Hahn ein. »Natürlich kann man das Uran auch langsam in einem Kraftwerk arbeiten lassen.«

»Was für ein grandioses Machtmittel«, äußerte Speer begeistert. »Aber sprengt so etwas nicht die ganze Welt in die Luft?«

Professor Hahn war sicher, daß außerhalb des hochreinen Urans keine Kettenreaktion möglich sei. »Eine Kettenreaktion in der freien Natur ist unwahrscheinlich, da wir nirgendwo die nötige Anhäufung von spaltbaren Stoffen vorfinden«, versicherte er.

Speer schwärmte weiter. »Nur eine einzige solche Bombe, und der Endsieg ist unser. Ich muß das sofort dem Führer berichten.«

Todt war noch nicht zufrieden. Ihm ging es um das Beschaffungsproblem des Urans. »Wieviel hochreines Uran brauchen Sie für so einen explosionsartigen Ablauf, Professor?«

»Fünf bis sieben Kilo«, schätzte Hahn grob.

»Ist das industriell herstellbar?«

»Bis jetzt nicht. Es fehlen die nötigen Aufbereitungsanlagen.«

»Nach welchem Verfahren läßt sich die Anreicherung des Urans lösen?«

»Durch Gasdiffusion«, erklärte Hahn, »oder durch Isotopentrennung auf zentrifugale Weise. Die großtechnischen Voraussetzungen dafür müssen erst geschaffen werden. Im Labor lassen sich nur Geringstmengen im Mikrogrammbereich gewinnen.«

»Was würde es kosten«, fragte Speer, »so etwas in industriellem Maßstab zu produzieren?«

Hahn lächelte bescheiden. »Dazu fehlen mir Erfahrung und Phantasie«, gestand er. »Der Aufwand würde jedoch um einiges größer sein als der Bau des Volkswagenwerkes in Wolfsburg plus der Kruppstahlwerke im Ruhrgebiet. Nicht nur eine gigantische Milliardeninvestition wäre nötig, sondern auch die Bindung Tausender Ingenieure und Techniker.«

Speer trat ans Fenster und starrte hinaus in den sonnigen Tag, der ihm offenbar immer weniger sonnig vorkam, denn er seufzte mehrmals. »Diese Waffe übersteigt an möglicher Zerstörungskraft unsere kühnsten Vorstellungen, aber auch unsere technischen Möglichkeiten«, sagte er dann. Die Kriegsindustrie wäre dadurch völlig überlastet. Es wäre erforderlich, eine ganze Fabrikstadt, zum Schutz gegen die Luftangriffe der Engländer, unter die Erde zu verlegen.« Er schüttelte den Kopf. »Ich muß das dem Führer vortragen.«

Im Verlauf der nächsten Tage wurde von Prof. Hahn die schwere moralische Entscheidung, die durch den Befehl zum Bau der Bombe auf ihn zugekommen wäre, genommen.

Zunächst hatte Speer Hitler über den Stand der Dinge wie folgt unterrichtet.

»Bei Haigerloch in Württemberg ist der erste Uranmeiler im Bau, mein Führer. Uran gibt es im Schwarzwald genug. In den Kraftwerken in Norwegen wird von Niels Bohr das nötige schwere Wasser produziert. Um genügend reine Mengen Uran für eine Kettenreaktion zusammenzubringen, muß das Uranerz gereinigt, oxydiert und zu gelbem Kuchen verarbeitet werden. Nach weiteren komplizierten Verfahren erhält man Material für eine Bombe von unvorstellbarer Sprengkraft.«

Hitler, zwar ein technischer Laie, aber mit großer Ingenieurbegabung ausgestattet, hakte sofort ein. »Was kostet das?«

»Mehrere Milliarden, mein Führer.«

»Und wie lange dauert es, bis ich über dieses Wunderding . . . verfüge?«

»Mindestens fünf Jahre, mein Führer.«

In seiner typischen Haltung, mit straff angezogenem Kinn, bemerkte Hitler: »Bis dahin, Speer, gehört mir die halbe Welt.«

Laut »Führerbefehl« wurde die Forschung und Konstruktion neuer Waffensysteme, die nicht in spätestens zwei Jahren frontreif waren, eingestellt. Die Führung konzentrierte sich im Grunde nur noch auf ein Projekt, nämlich auf den Plan »Barbarossa«, den Krieg gegen Rußland. Der Aufmarsch in Ostpolen war so gut wie abgeschlossen. Nach Beurteilung des Gegners rechnete man höchstens mit einem Jahr bis zum Zusammenbruch der Sowjetunion und dem Fall seiner Hauptstadt Moskau. Dann, so kalkulierte man, würde der Krieg zu Ende sein.

Hieraus wiederum zog Hitler seine Konsequenzen. »Ich fordere«, entschied er, »ab dem Jahr 1943 schon die allmähliche Umstellung der Rüstungsindustrie auf Friedensproduktion.«

In diesen Apriltagen des Jahres 1941 fielen eine Reihe folgenschwerer Fehlentscheidungen, die Großdeutschland von der absoluten Höhe seiner Macht in den Abgrund reißen sollten.

19

Deutsche Fallschirmjäger landen auf Kreta. Die Iraker erheben sich gegen die Engländer. Hitler trifft den Außenminister der Regierung Pétain, Admiral Darlan, wegen der Nahostfrage.

4. Mai 1941
Auf der Fernschreiberlinie Berlin – Nordnorwegen lief am Abend ein Geheimbefehl, der als Gekados gekennzeichnet und verschlüsselt war.

Der Militärkommandeur im Raum Narvik – Kirkenes, General Harald Nordstein, hatte seine Nachrichtenoffiziere angewiesen, jeden Funkspruch, jedes Telegramm und jedes FS, das aus dem Reich in seinen Militärbezirk ging, abzufangen. Auch solche an Marine und Luftwaffe waren ihm vorzulegen. So erhielt General Nordstein vom Einsatzbefehl für das KG 200 früher Kenntnis als die Besatzung der Ju 390.

Sofort telefonierte er mit dem Kommandanten des Fliegerhorstes in Kirkenes, einem Oberst von Greifenhahn.

»Muß Sie sofort treffen«, wünschte Nordstein.

»Ich ahne, um was es geht, Herr General.«

»Um so besser, Greifenhahn. Doch wir können es keiner Drahtleitung anvertrauen.«

Der Kommandeur des nördlichsten Platzes, auf dem sich deutsche Flugzeuge befanden, ließ seine Kuriermaschine volltanken. Um 20 Uhr deutscher Sommerzeit startete der *Fieseler Storch* zu dem fünfhundert Kilometer langen Flug nach Narvik. Um diese Jahreszeit waren die Nächte schon so hell, daß man um Mitternacht im Freien Zeitung lesen konnte. Deshalb vermied es Oberst Greifenhahn, jenseits der Tundra schwedisches Territorium zu berühren.

Gegen Mitternacht traf er General Nordstein am Flugplatz Fanernes bei Narvik. Nordstein zog ihn in seine Horch-Limousine.

Nachdem er den Fahrer weggeschickt hatte, begann er: »Nur hier können wir offen reden. Was halten sie davon, Greifenhahn?«

Der Luftwaffenoberst, ebenso wie Nordstein aktiver Offizier und zum Widerstand innerhalb der Wehrmacht gehörend, versuchte sich eine Zigarre anzustecken. Sie zog nicht, denn das Deckblatt war gesplittert. Also brach er die Hälfte davon ab. »Die Sechs-Mot-Ju soll sich startklar machen. Auftanken, Bombe laden, Munitionieren«, erklärte er im Luftwaffenjargon, »Sitzbereitschaft für die Besatzung ist befohlen.«

»Was bedeutet das im Klartext?«

»Vermutlich einen Start innerhalb der nächsten zwölf Stunden.«

Nordstein überlegte halblaut. »Ein Fernbomber mit einem Tausend-Kilo-Ei voll TNT an Bord. Was steckt dahinter?«

»Das erfahren wir, sobald Kurs und Zielpunkt durchkommen, Herr General.«

»Dann kann es für manches zu spät sein«, fürchtete Nordstein. »Was vermuten Sie, Oberst?«

»Erst würde ich gerne hören, was Sie vermuten, Herr General«, erwiderte der Luftwaffenoffizier.

Zweifellos wußte der General mehr, sonst hätte er Greifenhahn nicht nach Narvik beordert. »Man hört so einiges aus Berlin.«

»Vom OKW?«

»Von Canaris«, eröffnete ihm der General.

»Stichwort Churchill?« tippte der Luftwaffenoberst vorsichtig.

Mit angehobenen Brauen musterte ihn der General. Dann lachte er komplizenhaft. »Die Abwehr in Paris soll einen Englandkontakt aufgebaut haben, über den Canaris erfuhr, daß Churchill den amerikanischen Präsidenten in

Washington besuchen will. Es geht um verstärkte Hilfslieferungen. Churchill fliegt über Island und Neufundland in die USA. Und dies offenbar in den nächsten zwanzig Stunden. Um ihn abzufangen und auszuschalten, hat man den Fernbomber hier oben bei uns geparkt.«

»Demnach weiß man schon länger von diesem Staatsbesuch Churchills.«

Der General fragte: »Kann man das Unternehmen verhindern?«

»Mit Erfolg wohl kaum.«

»Ist Sabotage an der Ju 390 möglich?«

»Die Spezialbesatzung hat ihren eigenen Mechaniker dabei. Der achtet wie ein Luchs auf seine Maschine. Er läßt keinen Fremden auch nur in ihre Nähe.«

»Das Fernschreiben mit dem endgültigen Einsatzbefehl kann man leider nicht verzögern«, bedauerte der General. »Bei Gekados fordert Berlin immer sofortige Rückbestätigung.«

»Wenn dieses Flugzeug nicht zur vorgesehenen Minute einsatzklar vom Boden hochkommt«, äußerte Greifenhahn, »dann rollen Köpfe. Und wer wird zur Verantwortung gezogen? Erst ich, dann Sie, Herr General.«

»Und beide haben wir im Reichssicherheitshauptamt leider keinen Stein im Brett.«

»Ich würde nach Norwegisch Sibirien versetzt, weil ich auf Heydrichs schwarzer Liste stehe«, gestand der Oberst.

»Was glauben Sie, warum ich hier sitze«, wandte der General ein. »Nein, offiziell geht gar nichts. Das RSHA beobachtet uns mit Argusaugen. Sie halten uns für unsichere Kantonisten, können es nur nicht beweisen.«

»Sie hätten aber gern Beweise«, fürchtete der Oberst, »und sie konstruieren sich einen, wenn durch unsere Schuld der Bombereinsatz danebengeht.«

»Es wäre verteufelt günstig gewesen«, meinte der General, »bei späteren Waffenstillstandsverhandlungen sagen zu können: Schaut her, Gentlemen, wir haben vor Jahren schon Churchills Kopf gerettet. Ein fabelhaftes Plus wäre das für uns.«

Der Oberst nahm einen letzten Zug aus seiner verstümmelten Zigarre, kurbelte das Fondfenster der Generalslimousine herab und warf den noch glühenden Strunk hinaus, wo er in einer Pfütze verzischte. Mit kognakrauher Stimme sagte er: »Der Chefmeteorologe vom Kirkenes-Abschnitt gehört zu uns. Ich muß mit ihm reden. Vielleicht läßt sich etwas mit der Wettervorhersage drehen. Eine Stunde Verspätung würde schon genügen.«

Sie schwiegen lange.

»Versuchen Sie es, Greifenhahn«, bat der General. »Viel Glück und guten Rückflug.«

Der Flugplatz bei Kirkenes war seit wenigen Tagen schnee- und eisfrei. Die sechsmotorige *Junkers*-Maschine wurde mit 31250 Litern Flugbenzin – stark verbleit, um es klopffest zu machen – aufgetankt. Der Bordmechaniker, ein Feldwebel, prüfte alle Anlagen noch einmal durch. – Unwillig sprangen die unterkühlten BMW-Sternmotoren an. Erst kamen nur ein paar Zylinder von vierzehn, dann allmählich die anderen. Der Bordwart ließ sie warmlaufen. Er kontrollierte Drehzahlen, Temperaturen, die Luftschraubenautomatik, den Ladedruck, später die Generatoren, die ganze Elektrik, die Umpumpanlage der verschiedenen Treibstofftanks, die Hydraulik, die Navigationsinstrumente und die Waffen. Ein Tieflader kam mit der Bombe aus dem Munitionsbunker herübergerollt. Die 1000-Kilo-Luftmine wurde bei geöffneter Bodenklappe eingehängt und in den Schacht gezogen.

Inzwischen fand in der Baracke die Einsatzbesprechung statt. Anwesend war der Rest der Besatzung, insgesamt sechs Mann. Der Major las das Fernschreiben den KG-200-Leuten vor und erläuterte es.

»Einsatz-Endpunkt ist Island, Flugplatz Kirkenes. Wir müssen präzise um siebzehn Uhr dreißig Greenwichzeit über dem Ziel stehen. Distanz dreitausendneunhundert Kilometer. Das bedeutet bei fünfhundertfünfzig km/h acht Stunden. – Wir fliegen in Maximalhöhe sechzehntausend Meter, wo die *Spitfires* nicht hinkommen.« Der Major wandte sich an seinen Navigator, einen Leutnant: »Sie haben dreißig Minuten Zeit, um die Großkreis-Schnittkurse zu berechnen. Das Wetter holt der zweite Pilot bei den Wetterfröschen ein.«

»Start wann?« fragte der Funker.

Der Major schaute auf seine Fliegeruhr. »Zehn Uhr deutsche Sommerzeit. Das läßt uns einigen Spielraum.«

Der Bordwart kam mit dem VW Kübel herüber und meldete die Maschine einsatzklar.

»Ist sie wirklich klar?« fragte Major Rößner mißtrauisch. »Was verschweigen Sie mir diesmal wieder, Feldwebel?«

»Nur Schnee lag auf den Flügeln, Herr Major. Den hat der Propellerwind weggepustet wie Staubzucker.«

»Zum Frühstück«, erklärte der Kommandant, »bitte ich mir keinerlei blähende Nahrung aus. Rührei, Weißbrot, wenig Kaffee. Mit halbvollem Magen übersteht man Bauchschüsse leichter.« Damit hatte er sich in einen Zynismus verstiegen, der selten bei ihm vorkam. Major Rößner, ein einsilbiger Typ ohne Witz und Charme, hatte seine Drögheit längst auf die Besatzung übertragen. Sie funktionierten wie Roboter, lustlos, aber perfekt.

Bei der Wetterstelle erfuhr der zweite Pilot vom Meteorologen, daß sich vor der nordnorwegischen Küste ein starkes Sturmtief mit Gewittern zusammenbraue. Der Meteorologe riet zu späterem Start oder zu einem Umweg.

»Direkter Durchflug scheint mir wenig ratsam«, sagte er.

»Lassen Sie das unsere Sorge sein, Doktor«, erwiderte der Hauptmann. »Wir sind mit Druckkabine ausgerüstet. Damit kommen wir bis auf eine Höhe von sechzehntausend Metern. Da oben herrschen keine Gewitter mehr.«

Mit Zeigersprung zehn Uhr schob der erste Pilot die sechs Gashebel auf der Konsole nach vorn. Die insgesamt

12000 PS der BMW-Motoren brausten wie eine Orkanbö. Die sechzig Tonnen schwere Maschine zitterte, bis sich die acht Reifen des Fahrwerks aus dem Matsch gelöst hatten und die Maschine rollte. Weit draußen auf Startposition schien sie noch einmal Atem zu schöpfen. Dann startete sie. Bei einer Geschwindigkeit von neunzig Stundenkilometern zündete der Major die Zusatzraketen. Ohne sie wäre die überladene Ju 390 nie von der Erde weggekommen. Mit langem Feuerstrahl beschleunigten die Starthilfen das riesige Flugzeug und drückten es himmelwärts.

Bald geriet es in der Wolkendecke des aschgrauen Polartages außer Sicht.

Der II. Pilot stellte die automatische Kurssteuerung auf 255 Grad und schaltete sie ein. Noch überflogen sie gebirgiges Land. Doch bald kam das grüne Nordmeer.

»Erster Anlaufpunkt Jan Mayen«, meldete der Navigator. Damit meinte er die kleinen Inseln weit draußen im Eismeer. »Flugzeit zwohundertzehn Minuten.«

An Bord der Ju 390 wurde kein unnötiges Wort gesprochen. Major Rößner beobachtete den Kompaß, die Instrumente für die sechs Motoren, den Treibstoffverbrauch, die Öltemperaturen sowie den Höhenmesser. Ab und zu blinkte eine Lampe auf. Flughöhe jetzt 9000 Meter. Fortan atmeten sie das Sauerstoffluftgemisch der Druckkabine.

Unter ihnen und um sie herum war nichts, absolut gar nichts. Kein Mensch, kein Geist, kein Ort, keine Straße, kein Licht. Nach Erreichen der Marschflughöhe hatte der Fahrtmesser sich auf 545 km/h eingependelt. Der Major trimmte das Höhenruder präzise aus. Die Stellhebel der Triebwerke nahm er um eine Spur zurück. Die Kühlerklappen wurden nur so weit gespreizt, daß die Motoren nicht unter Betriebswärme absanken.

»Vereisung!« meldete der II. Pilot. »Leichte.«

Die linke Tragfläche zeigte weiße Stellen. Das Eis war nur zu brechen, wenn sie heruntergingen. Doch lieber nahmen sie es hin. Der Navigator arbeitete wie stets ohne Pause. Immer wieder kletterte er in sein Astronom, eine halbkugelförmige Kuppel aus Plexiglas. Dort schoß er jene Sterne, die hier auch bei Tag zu sehen waren, und errechnete seine Standlinie. Gekreuzt mit der Funkpeilung, ergab das den Ort des Flugzeugs.

»Noch dreitausend Kilometer.«

Sie hielten absolute Funkstille. Einsam hingen sie hoch über den Wolken am Rand der Stratosphäre. Die Augen fanden keinen Bezugspunkt mehr. Es schien, als hätten sie endlos Zeit, als liefe alles langsamer ab als auf der Erde. Manchmal glaubten sie in den Himmel zu steigen, dann wieder steil nach unten zu stürzen. Alles nur eine Täuschung der Sinne. Die Instrumente bestätigten die korrekte Lage der Maschine.

Es gab keinen Horizont, nur dunkles Blaugrau. Sie kamen sich vor wie blind. Eine blaßgelbe Kugel tauchte auf. Der Mond. Träge flossen die Stunden dahin.

Endlich meldete der Navigator: »Zielraum in vierzig Minuten.« Dazu nannte er die Kursänderung.

Die Temperatur von Motor Nr. 4 gefiel dem Major nicht. Sie stieg an, sank ab, kletterte wieder und war auf Dauer zu hoch. Rößner wollte schon den Motor abstellen, als von hinten eine Durchsage erfolgte. »Zielraum erreicht!«

Major Rößner drosselte die Triebwerke. Er schloß die Kühlerklappen und verringerte die Geschwindigkeit auf vierhundertfünfzig ... vierhundert ... dreihundertfünfzig ...

Weit unten, durch Wolkenlöcher, wo die Küste sich mit weißem Dünungsgischt der See entgegenstemmte, war Land zu sehen.

Island.

Der Navigator nannte die Kurse bis zum Zielablauf, dazu laufend die nötigen Höhen. Sie mußten auf weniger als tausend Meter herunter – zweifellos die gefährlichste Phase ihres Einsatzes.

»Jetzt wird es ernst«, sagte der Major. »Ruhe bewahren, Leute. Auf Island gibt es weder Flak noch Jäger.«

Sie bekamen Peilung vom Radiosender Reykjavik. Tiefer gehend, stießen sie durch die lockere Wolkendecke. Trotz Dunst machten sie die Bucht, den Hafen und die Stadt aus.

Sie waren nur wenige Minuten zu spät, also nahezu pünktlich. Ihr Ziel, der britische AVRO-*Lancaster*-Bomber mußte bereits gelandet sein und auf dem Rollfeld stehen.

In weitem Bogen kurvte Major Rößner zum Endanflug auf die Piste von Reykjavik ein. In neunhundert Meter Höhe donnerten sie auf den Flugplatz zu. Über dem Rollfeld drückte der Major noch tiefer. Die Sicht betrug achtzig Prozent. Doch den angekündigten AVRO-*Lancaster*-Bomber konnten sie weder auf der Landebahn noch auf dem Vorfeld ausmachen.

Um ihn in einem Hangar zu verstecken, waren die Hallen zu klein.

»Das war der berühmte Schuß in den Ofen«, bemerkte der II. Pilot.

Major Rößner schob die Gashebel wieder vor. Die Motoren heulten auf. Startleistung! Er zog die Ju 390 hoch.

»Was jetzt?« überlegte er laut genug zum Mithören in der Bordverständigungsanlage. »Kann er sich verspätet haben?«

»Von London bis Island schon möglich«, sagte der Navigator, »das ist eine Wetterfrage.«

»Der für uns am schnellsten erreichbare Heimatflughafen«, fragte der Major, »ist . . .?«

»Nach wie vor Oslo.«

»Flugzeit und Spritverbrauch bis Oslo?«

Der Navigator hatte es in seiner Tabelle stehen. »Dreitausendachthundert Kilometer. Verbrauch knapp siebentausend Liter.«

»Einschließlich Reserve?«

»Ohne Reserve. Mit Reserve achttausend Liter.«

»Wieviel haben wir noch in den Tanks?«

Die Peilung nahm mehrere Sekunden in Anspruch. »Dreizehntausend Liter«, meldete der Bordwart.

»Also genug, um eine Stunde zu kurven und noch mal wiederzukommen«, entschied der Kommandant und ging weiter auf Höhe.

Unerreichbar für Flugabwehrgeschütze oder Jäger blieben sie bis 18.45 Uhr Greenwichzeit oben. Erneut leitete Major Rößner Sink- und Anflug ein. Sie drosselten die Motoren, fuhren die Klappen aus. Der Bombenschütze kniete am Zielgerät, bereit, die Luftmine zu werfen.

Es war nahezu die gleiche Prozedur wie siebzig Minuten zuvor. Nur war es jetzt etwas dunkler und diesiger geworden. In Reykjavik waren die Lichter angegangen. Am Flugplatz brannte sogar die Landebahnbefeuerung. In 800 Meter Höhe raste die sechsmotorige *Junkers* über den Platz. Mit ihren Zeissgläsern starrten sie nach unten.

»Fehlanzeige!« meldete der Bordschütze aus der Bodenwanne. »Absolute Fehlanzeige!«

Landebahn und Vorfeld waren leer bis auf kleine Sportflugzeuge. Kommentarlos zog Rößner wieder hoch und nahm Kurs Ost. Auf 96 Grad kamen sie direkt nach Oslo.

»Fertigmachen zum Notwurf!« befahl Rößner dem Bombenschützen.

»Mit dem dicken Brocken an Bord können wir nicht landen.«

Draußen über dem Nordatlantik wurde der Bombenschacht geöffnet und die Luftmine ausgelöst. Sie trudelte in die Tiefe. Weit unter ihnen schlug sie im Meer auf. Dabei erzeugte sie nur einen kleinen Gischtkreis, denn der Zünder war nicht aktiviert worden.

Noch im Steigflug begriffen, wandte Rößner sich an den Funker. »Meldung an Leitstelle KG 200 Berlin: Nach zweimaligem Überflug Zielobjekt nicht erkennbar. Bombennotwurf über See. Treten Rückflug Oslo an.«

Überlegungen zur Lage waren müßig, fanden aber trotzdem statt.

»Unser Agent in London soll die Startvorbereitungen der *Lancaster* beobachtet haben. Sonst hätten sie uns nicht losgejagt«, äußerte der II. Pilot.

Der Bordwart sagte: »Man hätte ihnen die Bombe aufs Haupt werfen sollen.«

»Wem? Den Isländern? Das wäre Neutralitätsverletzung gewesen.«

»Wenn ein britischer Bomber bei ihnen landet, ist das etwa keine Neutralitätsverletzung, Herr Major?«

Die Diskussion fand ein rasches Ende. Der Navigator meldete aus seinem Astronom: »Feindliche Jäger im Anflug!«

»Aus welcher Richtung und wie viele?«

»In vier Uhr. Ich erkenne eine Rotte.«

Vier Uhr, das war von schräg rechts hinten.

»*Spitfires!*« fügte der Navigator noch hinzu.

Das schien unmöglich zu sein. Wo kamen die her? Außer auf Island gab es hier keine Startplätze.

»Es muß sich um Trägerflugzeuge handeln.«

»Verdammt, haben die etwa auf uns gewartet?«

Die Worte wurden ihnen von den Lippen gefetzt. Schon fing die Ballerei an. Die Jäger schossen aus allen Rohren. Das deutsche Zwillings-MG und die 2-cm-Oerlikon antworteten. Als die 104-Einzelschußkanone, die *Münchhausen*, loslegte und eine *Spitfire* voll erwischte, bebte der ganze Bomber.

»Treffer!« schrie der Bordschütze.

Aber auch die *Junkers* hatte es erwischt. Die MG-Garben der *Spitfires* schlugen in Rumpf und Flächen. Verkleidungsbleche rissen weg.

Major Rößner gab Vollgas und versuchte sich auf Maximalhöhe zu retten. Der kranke Motor Nr. 4 überhitzte rasch. Rößner achtete nicht darauf . . . Um sie herum zischten Leuchtspurbahnen, Schatten tänzelten, Einschläge peitschten. Der Bordschütze im Heck schrie getroffen auf. Und dann erwischte das Geschoß einer *Spitfire*-Kanone den linken Außenmotor. Sofort fing er zu brennen an. Flammenzungen wehten wie rotgelbe Feuerfahnen nach hinten; schwarz quoll Ölrauch heraus. Einige Treffer hatten auch die Kabine durchlöchert. Der Überdruck zischte weg.

Der Besatzung wurde übel bis zur Kotzgrenze. Sie setzten Sauerstoffmasken auf. Das Feuer an Motor 6 breitete sich aus und griff auf den Flächentank über. Sie versuchten noch umzupumpen. – Zu Spät. Im Rumpf verbreitete sich der Gestank von Flugsprit. Der Bordmechaniker kletterte nach hinten und taumelte, völlig von Benzin durchnäßt, wieder nach vorn.

»Einer der Zusatztanks, Herr Major!« keuchte er.

»Dachte, die seien selbstschließend.«

»Er schließt aber nicht, Herr Major.«

Rößner fluchte. »Dieses elendige Scheißhaus von einem Flugzeug!«

Auf viertausend Meter Höhe bemerkte Rößner voll Entsetzen, daß die Maschine immer unsteuerbarer wurde.

»Funkspruch!« schrie er. »Notruf! Angriff von *Spitfires*. Vermutlich Trägermaschinen . . .«

Seine letzten Worte gingen unter. Eine Sauerstoffflasche war explodiert. Die Luftfeuchtigkeit in der Kanzel kondensierte schlagartig zu Wasserdampf. Es war wie in einer Waschküche. Sie konnten nichts mehr sehen.

Die Ju 390 ging in unkontrollierten Sturzflug über. Um 20.58 Uhr DSZ schlug sie bei 62 Grad Nord und 19 Grad Ost auf. Erst rissen die Motoren ab, dann die Flächen. Anschließend brach der Rumpf in mehrere Stücke. Der größte zu dieser Zeit gebaute Fernbomber fand binnen weniger Minuten sein Grab im kalten Nordmeer.

Keiner der sieben Mann Besatzung kam lebend heraus. Nur der Bordwart trieb noch einige Stunden tot in seiner Schwimmweste, ehe auch er absoff.

Der Ju-390-Fernbomber kehrte von seinem geheimen Island-Einsatz nie zurück. Eine norwegische Küstenfunkstation der Wehrmacht hatte noch einen stark verstümmelten Funkspruch aufgefangen. Aber der klang schon stark nach Weltuntergang. Weder vierundzwanzig noch achtundvierzig, noch zweiundsiebzig Stunden später erreichte ein Lebenszeichen der Besatzung Rößner irgendeine Insel oder Küstenstellung. Seenotrettungsflugzeuge der Staffeln in Bergen und Christiansand suchten bis weit hinaus zu den Faröer- und Shetland-Inseln das Meer ab.

»Man muß davon ausgehen«, bedauerte der Kommandeur des KG 200 bei der Lagebesprechung im Amt Canaris zu Berlin, »daß wir sie auf die Vermißtenliste setzen.«

Der letzte Funkspruch der Ju 390 war längst ausgewertet. Admiral Canaris persönlich erläuterte die Analyse.

»Auf dem Rollfeld in Reykjavik stand also mit Sicherheit nicht Churchills Flugzeug.«

»Vielleicht wurde die Startzeit geändert. Die *Lancaster* war entweder schon aufgetankt und wieder fort oder noch nicht da.«

»Oder Churchill hatte gar nicht die Absicht, über Island und Neufundland weiter in die USA zu fliegen«, lautete seine Erklärung.

»Dann wäre das Ganze eine Finte gewesen«, meinte ein Offizier aus dem Stab des Admirals.

»Finte, Falle, wofür? Zu welchem Zweck? – Um einen einzigen deutschen Bomber plus Besatzung abzufangen? Wo liegt da der Witz, bitte«, wandte der Kommandeur des KG 200 ein.

»Der Sinn liegt in dem Versuch, etwas herauszufinden, etwas ganz Bestimmtes, nämlich wieweit wir bereit sind, uns auf dubiose Agentenmeldungen einzulassen«, mutmaßte Canaris.

»Und wo kamen die *Spitfires* so schnell her?« wurde eingeworfen.

»Es können nur Trägerflugzeuge gewesen sein. Selbst die Entfernung zu den westlichsten Faröer-Inseln schafft eine *Spitfire* nicht einmal mit Zusatztanks.«

»Also Trägermaschinen«, kommentierte der Admiral. »Wo standen die Träger? Auf wen, auf was warteten sie? – Um unseren Bomber abzuschießen, damit der Doppelagent in London geschützt bleibt?«

Dazu gab es mehrere Meinungen. Der Diskussion müde, faßte Canaris zusammen: »Meine Herren, wir sind offenbar einer Falschinformation aufgesessen. Man ließ uns ins offene Messer laufen in der Hoffnung, das Messer würde lautlos töten. Nun, so fürchte ich, werden wir dem RSHA gegenüber einiges erklären müssen. Und das fällt uns verdammt schwer.«

Der Admiral beendete die Sitzung, um sich nach Paris zu begeben.

20

Rudolf Heß fliegt mit einer Me-110 nach England, angeblich um Friedensvorschläge zu unterbreiten. Britische Truppen ziehen in Bagdad ein. Picasso schreibt sein einziges Bühnenstück. Titel: »Der Wunsch beim Schwanz ergriffen.«

11. Mai 1941
Die militärische Grundausbildung des Matrosen Jakob Baureis in Holland ging zu Ende. Daß Baureis die Funkerlaufbahn einschlagen würde, stand fest.

Schon Wochen vorher erhielten die Reserveoffiziersanwärter Gelegenheit, sich Bordkommandos auszusuchen. Angeboten wurden: Vorpostenboote, Mienensucheinheiten, Sperrbrecher und U-Boote. Die feinen Zerstörer, Schnellboote und Dickschiffe, wie Panzerkreuzer etwa, blieben für die Aktiven reserviert.

Baureis bevorzugte den lässigen Gammel auf einem zum Vorpostenboot umgebauten Fischdampfer. Wenn für ihn etwas nicht in Frage kam, war es ein Todeskommando auf U-Booten. Obwohl man seine hohe Qualifikation erwähnte und andeutete, daß er bei entsprechender Einsatzfreude in fünfzehn Monaten zum Leutnant befördert würde, lehnte er ab.

Nachts, wenn er nicht schlafen konnte, wanderten die Bilder wie in einem rückwärts laufenden Filmprojektor bis in den Winter. Baureis sah sich vor dem großen Kasernentor stehen, dem Tor seiner Schiffsstammabteilung, irgendwo in den weiten Ebenen Hollands.

Sein kleiner Koffer enthielt dasselbe, was auch die Koffer, Taschen und Pappkartons der anderen bargen: letzte Erinnerungen an das Leben eines Zivilisten, etwas Wäsche, Rasierzeug, einige unnütze Dinge, weil jeder etwas Unnützes am meisten liebt . . . Man stellte sich in Reihe auf, wurde namentlich verlesen, registriert, der Größe nach eingeteilt. Zug eins, zwo, drei, vier. Die Gruppe eins von Zug zwei bekam den Bootsmaat Rohleder zugeteilt. Rohleder kam, sah und besiegte sie, dank des Umstandes, daß er ihr Ausbilder wurde.

Mittelgroß, den Kopf vorgeneigt, die Hände meist in die Seiten gestützt, wirkte er drahtig und hart. – Zur Begrüßung erst einmal: Hinlegen! Aufstehn! Hinlegen! – Es hatte geregnet. Wasserpfützen standen auf dem Kompanieplatz. Ihre Anzüge waren einheitlich dreckig beige. Die erste Uniform.

»Wegtreten!«

»Da haben wir einen echten Humanisten erwischt. Prost Mahlzeit«, meinte einer.

Die anderen Gruppen schliefen längst. Gruppe eins machte noch Reinschiff.

»Abiturienten sind immer die saudümmsten!« schrie Rohleder und goß noch zwei Eimer Wasser in die Gänge.

Aufwischen und trocknen bis zum Umfallen. – Macht Spaß, Soldat zu sein. – Warum bist du eigentlich Soldat? – Warum ist Krieg? – »Damit die Germanen die Welt salonfähig machen«, meinte Baureis.

»Gute Nacht, Kamerad. Wie heißt du?«

Der andere schnarchte schon.

Die nächsten Wochen zeigten, daß der erste Tag eine sanfte Einstimmung war. Drill wie in Friedenszeiten. Gewehrgriffe: Präsentiert das Gewehr! Gewehr ab! Gewehr über! Links schwenkt marsch! Rechts um! – Erlernen der Dienstgradabzeichen, das Grüßen Vorgesetzter, das Benehmen an Land. – Das Zerlegen des Maschinengewehrs achtunddreißig mit verbundenen Augen. Gasalarm. Immer im Laufschritt. – Morgens um sechs, reise reise aufstehn! Schrilles Pfeifen. Rohleder in Turnhose. Sport. Marsch ins Gelände. Tiefflieger von links. Schützenreihe. Angriff. Deckung.

»Ich springe, du schießt!«

Schweiß, Erschöpfung, Verzweiflung. Singen unter Gasmaske. Pause. Eine Zigarette lang. Bootsmaat Rohleder beobachtet seine Gruppe, wie sie geschunden im Heidekraut liegt. – Die Matrosen lachen.

»Was gibt es zu lachen?«

Einer hat einen Witz gerissen.

»Los, erzählen Sie, Baureis.«

»Was ist das? Es hängt an der Wand, macht ticktack, und wenn es runterfällt, ist die Uhr kaputt.«

Rohleder überlegt.

»Weiß ich nicht. Was ich nicht weiß, kann es auch nicht geben. Wollt ihr mich verarschen?«

Die Gruppe feixt und brüllt vor Lachen.

»Gruppe eins fertigmachen!«

Jetzt geht es rund. Im Laufschritt! Singen! Gasalarm. Stundenlang.

Wenn es runterfällt, ist die Uhr kaputt, und Rohleder ist in Hochform. Er schreit Kommandos. Als seine heisere Stimme müde wird, nimmt er die Pfeife. Ein Pfiff: hinlegen. Zwei Pfiffe: aufstehn. Drei Pfiffe: Laufschritt und so weiter, bis zum Nachmittag.

»Ich könnte ihn umlegen«, jammert einer.

»Wir haben nur Platzpatronen.«

»Leider.«

Keuchen, Quälen, Schweiß überall. Es wird dunkel vor den Augen. Ein Fußtritt und drei Pfiffe, schon geht es weiter.

»Aber wir kriegen ihn dran. Ganz bestimmt. Intelligenz gegen Sadismus.«

Sie rennen bis zum Umfallen.

»Wenn das meine Mutter wüßte.«

»Sei froh, daß sie keine Ahnung hat.«

»Diesem Schwein kotze ich morgen beim Kaffeeholen in die Kanne.«

»Für mich auch eine Portion mit.«

»Ein Lied!«

»Es ist so schön Soldat zu sein . . .«

Exerzierdienst. Gewehr in Vorhalte! Hüpfen! Hüpfen im Kreis, dazu Sprechchor:

»Mit mir hat die Marine einen guten Fang gemacht.«

Vierzig Männerstimmen. Wie der Chor der Rachegöttinnen in der griechischen Tragödie:

»Mit uns hat die Marine einen guten Fang gemacht!«

»Heute ist er reif, das Rohlederschwein.«

Da will einer nicht so recht. Er lacht beim Häschen-hüpf-Spiel.

»Lachen Sie mich an oder aus, Sie Würstchen?« schreit Rohleder.

»Ich lache Sie aus. Verzeihung – an, natürlich, Herr Bootsmaat.«

»Die ganze Gruppe Laufschritt! Hinlegen! Auf marsch marsch bis zum Horizont! Halt! Weiter! Halt! Weiter . . .«

Des Bootsmaats Stimme wird leiser. Sie ist kaum noch zu vernehmen. Außerdem haben sie Gegenwind.

»Hast du was gehört?«

»Ich? Nein. Von wem?«

»Wie lautet der Befehl?«

»Laufschritt bis zum Horizont.«

»Horizont, wo ist der?«

»Los, vorwärts!«

Heute bekommen sie ihn dran. Sie laufen und rennen ohne Pause bis zu den Pappeln. Einer will haltmachen.

»Weiter, Kumpel, wir führen nur Befehle aus. Wo der deutsche Soldat steht, da steht er. Und wo er läuft, da läuft er.«

Der Weg zum Horizont wird unterbrochen. Ein Kanal liegt dazwischen. Hinein und durch. Das Gewehr in Hochhalte.

Das ist die erste richtige Gaudi bei dem Haufen. – Der Kanal ist tief. Sie schwimmen.

»Ein Lied!«

»Du kannst mich mal.«

Weiter! Endlich kommt der Horizont. – Denkste!

Mit triefendnassen Klamotten verschnaufen sie drüben am anderen Ufer.

»Was mag Rohleder wohl machen?«

»Es hat ihn zerrissen.«

»Phantastisch! Ich werde mir ein Stück von ihm besorgen, ein Stückchen Rohleder, und als Absatz verwenden.«

Dann kommt er angekeucht, weit drunten über die Kanalbrücke. Er hat sich ein Fahrrad besorgt. Rohleder tritt in die Pedale. Fuchtelt wild mit der freien Hand . . .

Die Kompanie steht längst auf dem Kasernenhof. Peinlich. Macht aber nichts. Eins zu null für uns.

Seine Zigarre vom Kompaniechef hat er weg.

Rohleder wird noch härter, sein Zug härter im Nehmen. Der passive Widerstand wächst. Rohleder überschlägt sich schier und läuft sich dabei tot. Seine Drillmethoden werden immer ausgeklügelter, scheitern aber an der Zuggemeinschaft. An einem dienstfreien Nachmittag erfindet er eine neue Perversität. Rohleder hat auf dem Speicher der vierstöckigen holländischen Kaserne ein altes Klavier von sieben oder acht Zentnern Gewicht entdeckt. Gruppe eins, die immer auffällt, wird in die Mache genommen.

»Gruppe eins, raustreten zum Sinfoniekonzert!«

Sie steigen auf den Dachboden, holen das Klavier, schleppen es treppab bis in den Keller. Gute Arbeit. Achtzehn Minuten. – Dann wieder rauf mit dem Klavier unter das Dach. Fünfundzwanzig Minuten. –

»Eine Mundharmonika wäre leichter.«

»Aber ein Klavier ist vornehmer.«

»Wenn es um Vornehmheit geht, dann ist eine Orgel nicht zu schlagen.«

»Wäre aber jammerschade um eine Orgel, wenn sie kaputtgeht.«

»Wieso kaputtgeht?«
»Wart's nur ab«, sagt Baureis.
Rohleder wandert hinter dem Klavier her vom Dach in den Keller, vom Keller ins Dachgeschoß.
»Ihr wachsweichen Wichser, das geht mir zu langsam. Das nächste Mal schaffen wir es in der halben Zeit.«
Zwanzig Mann an einem Klavier: Hau ruck! Halt, meine Finger! Mensch paß doch auf! Mein Fuß ist dazwischen! Ich kann nicht mehr! Jetzt schon die vierte Runde!
Sie schnaufen und asten, heben und drücken, schieben und rollen.
»Aufpassen, sonst macht sich der Vogel selbständig!«
»Soll er doch!«
Wieder runter in den Keller. Die halbe Kompanie steht dabei und sieht kopfschüttelnd zu.
»Dieser Rohleder ist verrückt geworden.«
»Ein Glück, daß der Kompaniechef nicht im Hause ist.«
Die anderen gehen an Land.
Dachboden, vierter Stock, dritter Stock. Noch eine halbe Treppe.
»Wir können nicht mehr, Herr Bootsmaat.«
»Schlappschwänze! Jetzt erst recht.«
Weiter! Anheben! Gemeinsam: Hau ruck!
Treppenabsatz. Rollen! Abwärts mit der Kiste! Fünfte Sinfonie . . . Da passiert es.
Rohleder ist nur kurz in seiner Stube verschwunden, um Zigaretten zu holen. Das Klavier steht an der Treppenkante zum zweiten Stock. Sie lehnen erschöpft an der Wand. Schweißnaß tropfend, geschunden, mit blutenden Abschürfungen. Keiner kann mehr lachen. Keiner hat mehr einen Witz drauf. Nur Baureis hat noch einen, einen letzten Klavierwitz.
»Geh mal aus der Bahn, Kumpel!«
»Warum?«
»Was kostet so ein Klavier?«
»Vielleicht um zweitausend.«

Baureis stemmt sich gegen die Wand, den Rücken am Klavier.

»Dann nehme ich das hier. Bahn frei!« Er schiebt an.

»Bahn frei! Wahrschau ihr Seeleute!« Ein Druck. Es will nicht. Noch ein Druck. Das Klavier kantet auf der obersten Stufe. Hände helfen nach, anonyme Männerarme. Dann ist der Kasten frei. Er bewegt sich endlich mal von allein. Er schlittert, nimmt Fahrt auf, trudelt, taumelt, fällt in die Tiefe.

»Bahn frei!«

Krachen, splittern, schrille Töne. Das schöne alte Mahagoniklavier fällt in Zeitlupe auseinander. Erst bauen die Deckel ab, die Seitenwände. Die Tasten regnen ins Parterre. Dann wird der schwere Gußrahmen sichtbar. Saiten wimmern ihren letzten Ton, ehe sie springen. Ein höllisches Konzert. Neunte Sinfonie. – Noch nie ist sie so wunderbar erklungen.

Putz bröckelt ab. Die Mauer bekommt Schrammen. Staub wirbelt.

Endlich Stille und hurra!

Auftritt Rohleder.

Der Bootsmaat ist kalkweiß, voll Entsetzen. Die Zigarette fällt ihm aus dem Gesicht.

»Wer war das?« ächzt er.

»Die Physik, Herr Bootsmaat.«

»Wer?«

»Das Gesetz der Schwerkraft«, antwortet Baureis.

»Das Gesetz der Schwerkraft waren Sie, Matrose Baureis.«

Baureis lacht mühsam.

»Die Schwerkraft, auch Massenanziehung genannt, ist die Kraft, die auf jedweden Körper infolge der Anziehung der Erde ausgeübt wird.«

Blind vor Wut glotzt Rohleder Baureis an. Jetzt hat er endlich seinen Gegner. Die Gruppe als Ganzes ist eine gleichwertige Macht. Aber nun hat er einen einzelnen Gegner vor sich, auf den sein ganzer Haß sich konzentrieren kann: den Matrosen Baureis.

Holland. Vierzehnte Schiffsstammabteilung. Rosendaal/Bergen op Zoom. Windmühlen, Kanäle, Pappelalleen, Musikautomaten. Sie dudeln immer: *»Ich kannte einst 'ne Señorita, oh, oh, oh, Aurora . . .«* Die Tage der Auseinandersetzung mit Rohleder sind gekommen. Wer verholt sich auf Reinschiffstation? – Matrose Baureis. Wer klappt nach bei »Gewehr über!«? – Matrose Baureis. Immer Baureis, der Sündenbock der ersten Gruppe. – Aber Baureis' Sturheit wächst im Quadrat zu Rohleders Schikanen.

Eine neue Gemeinheit wird trainiert: Das sogenannte »Flagge-Luzi-System«. – Was das ist? Die Signalflagge L, oder auch Luzi, ist quergestreift blau-weiß-blau. In der Praxis sieht das so aus: Man nimmt eine Gruppe Matrosen. Rohleder hat eine davon. Er pfeift sie auf den Kompanieplatz. Bei der Marine wird alles gepfiffen.

»Wir spielen jetzt ›Flagge Luzi‹, weil ihr so saudumme Aborenten seid und ein vergammelter Haufen, der keinen Admiral von 'nem Portier unterscheiden kann.«

»Ist auch schön schwer bei soviel Gold mit etwas Blau.«

»Wenn ich pfeife, dann stürmt ihr auf die Stube. Jeder zieht folgendes an: Sportanzug, einmal weißes Arbeitszeug, dann Ausgehanzug blau darüber.«

Pfiff. Wegtreten! Nach Minuten erneut Pfiff. Raustreten! Kontrolle. Blau-weiß-blau. Stimmt. Nur einer hat gemogelt. Er hat die Turnhose vergessen. Drei Tage Ausgangssperre. Mindestens.

»Jetzt genauso wie eben, nur Sportzeug über Blau.«

Man muß sich total umziehen, das Sportzeug als letztes über den Ausgehanzug streifen.

In fünf Minuten raustreten. Pfiff!

Dann Arbeitsanzug über Blau. Dann Feldgrau über Schlafanzug. Dann Feldgrau über Schlafanzug, Arbeitszeug und Blau. Wie soll man sich da noch auskennen.

In fünf Minuten raustreten!

Und das eine Stunde lang oder zwei. »Flagge Luzi« ist zermürbender als alles. Und die Klamotten gehen kaputt. Deshalb ist »Flaggi Luzi« eigentlich auch verboten. Aber wer kümmert sich darum.

»Herr Bootsmaat, ich bitte melden zu dürfen, daß ›Flagge Luzi‹ verboten ist«, sagte Baureis.

»Schnauze halten, Sie müde Träne!«

Noch eine Stunde extra. Und das am Samstagnachmittag. Ein Mädchen wartet, oder man wollte Billard spielen. Statt dessen »Flagge Luzi« bis zur Vergasung. Von dreizehn bis sechzehn Uhr. – Wer jetzt noch Lust hat, der darf sich eine Urlaubskarte holen. Keiner hat Lust. – Nur Matrose Baureis. Er meldet sich beim U. v. D. Er wird dreimal zurückgeschickt. Neues Taschentuch, der Kamm ist nicht sauber, die Schuhsohlen nicht geputzt. – So stur wie ich können die gar nicht sein, denkt er. Dann endlich die Urlaubskarte.

Durch das Tor. Einmal tief geatmet. Spaziergang in die Stadt. Plötzlich hat er keine Lust mehr. Irgend etwas fehlt heute. Sind es die Kameraden, oder ist es so, daß man eine Sache nicht mehr begehrt, wenn man zu lange um sie kämpfen mußte?

Baureis schlendert planlos durch die Straßen. In Finders Cafeteria ist Betrieb wie in einem Bienenhaus. Eine Bumskneipe ist das, denkt er, eine Kneipe wie eine Westernbar. Wenn man reinmarschiert, dann rechte Hand auf die Nullacht, die Linke an der Brieftasche.

Matrosen, Gefreite, Unteroffiziere. Mädchen aller Kaliber und Musik. Genever, Palaver an den Tischen. Einer schüttet sich Dünnbier über die Hose und schreit: »Hochwasser!«

Baureis hat genug. Um sechs wird es Nacht. – Er geht ins Kino. »Jud Süß« läuft. Auch nicht das Richtige. Kaum ist der Film halb vorbei, hat er schon die Nase voll. Er zwängt sich durch die engen Reihen. Nur raus. – Nacht ist es und windig. Was tun mit dem angebrochenen Abend, der schon am Nachmittag eine Fehlgeburt war. – Was soll man aufreißen. Ein Mädchen? – Die netten sind daheim und sperren die Türen zu. Die anderen? Mein Gott, die anderen sind ebenso arme Luder, wie du selbst eines bist, und haben meist den Tripper.

»Dann gehen wir essen, Baureis«, sagte er zu sich.

Das Essen, Kartoffeln mit Rührei, ist schäbig. Der einsame Abend wird dadurch nicht besser. Ein ganz mittelprächtiger verkorkster Abend ohne Charakter.

Er wandert zum Ende der kleinen Stadt, durch irgendeine Straße. Er hört Schritte. Es sind die eigenen. Eine Gaslaterne. Eine Gegend wie in Soho. Nur der Nebel fehlt.

Aus einer Kneipe dringt Licht, mit dem Licht auch leise Musik. Er tastet nach der Tür, findet sie, drückt und tritt ein.

Eine Bar. Gedämpfte Beleuchtung. Zwei Mädchen warten auf Gäste oder auf nichts. Die eine strickt, die andere rasiert ihre Beine. Wie kann man sich in einer Vorstadtbar verstecken und so nett aussehen. – Sie ist blond, trägt weiße Bluse und einen engen schwarzen Rock, von einem Lackgürtel unterbrochen. Ihr Haar fällt wie eine Welle zur Nakkenrolle.

»Einen Genever . . . bitte!«

Sie serviert stumm. Sie sind höflich, aber sie sehen Deutsche nicht gern.

Aus dem Plattenspieler ein Slowfox. »Bel-ami.« Er würde gerne tanzen.

»Noch einen Genever, bitte!«

Er trinkt.

»Haben Sie Sekt?«

»Nein.«

»Mögen Sie welchen?«

»Nein.«

»Eine Zigarette?«

Sie schaut sich um. Er ist der einzige Gast. »Eine Zigarette schon. – Danke.«

Nach einer Woche kommt er wieder. Meist ist er der einzige Gast. Er kommt öfter. Sooft es geht. Er bestellt seinen Genever, trinkt, raucht eine Zigarette und geht wieder. Immer wieder erklingt ein neuer Slowfox. »C'est si bon!« Einmal fragt er die Blonde, ob sie mit ihm tanzen will. Sie schaut sich um wie immer, ob es auch keiner sieht. Wer schon? – Dann sagt sie ja.

Sie tanzen wie ein gutes Paar. Langsam, eng und aufeinander abgestimmt.

»Danke, es war wundervoll, Meisje.«

Sie nickt nur.

Die nächste Platte. Eine Rumba. Dann ein Swing. Ein Tango. Wieder ein Slowfox.

Sie sehen sich an. Er fragt nicht mehr. Kaum merklich ist ihr Kopfnicken. Sie tanzen wieder. Er ist beglückt. Etwas Gemeinsames ist für ihn und das Mädchen entstanden. Ein kaum hörbares »Ja«, wenn sie tanzen will.

Sie tun es nur, wenn keine anderen Gäste in der Bar sind. Sie tanzen heimlich miteinander. Es ist wie heimliche Liebe, die den Tag scheuen muß.

Er denkt öfter an Sigrid als an Augi in München. Kaum Erinnerungen tauchen auf. Keine Gefühle. Keine Erinnerung an Gefühle. Wenn er an Land geht, dann eilt er zu Sigrid. Er hofft, daß sie ihn erwartet.

Gäste sind in der Bar. Sie können heute nicht tanzen. Das wäre ja Kooperation mit dem Feind. Als sie ihm seinen Genever einschenkt, fragt sie: »Hast du schon mal geliebt?«

Er ist überrascht. »Ja, ab und zu.« Was sollte er auch sagen. »Nein« war eine Lüge und »ja« war auch eine Lüge.

Es dauert lange, bis die paar Gäste verschwinden. Der stille deutsche Matrose, der Junge, der in der Ecke auf einem Barhocker sitzt und trinkt, fällt schon gar nicht mehr auf. – Der letzte Holländer ist nach Hause gegangen. Sie verschließen die Tür. Das Mädchen, das immer strickt, ist müde, gähnt und geht schlafen.

Seit zwei Tagen haben sie nicht miteinander getanzt. Jetzt wollen sie es nachholen.

»Um Mitternacht muß ich weg«, bedauert Baureis.

»Das ist noch eine Stunde«, sagt Sigrid.

Ihre Schatten wandern langsam über die roten Tapetenwände.

»Ich sag dir etwas, wenn du darüber schweigst«, flüstert sie.

»Ich verspreche es dir«, antwortet er.

»Ich liebe dich.«

Sie löschen das Licht. Sie zieht ihn durch das Dunkel über eine Treppe in den ersten Stock.

In ihrem Zimmer glimmt Holz im Kamin. Schon den ganzen Abend scheint er gebrannt zu haben. Sektgläser stehen auf dem niedrigen Tisch zwischen den Sesseln. Er weiß, daß sie ihn in dieser Nacht erwartet hat. Das macht ihn glücklich.

Sie zieht sich aus, dann ihn. Sie ist die erste Frau in seinem Leben. Sie zeigt ihm alles, was man mit heißen Körpern tun kann, alles, was es gibt.

Vor Morgengrauen klettert er über die Kasernenmauer und gelangt unbemerkt in seine Stube.

Zwei Stunden später ist Wecken. – Reise, reise aufstehn! Dienst. Rohleder.

Von Auguste Lorenzo aus München kommt ein Telegramm. Ihr anfangs reger Briefwechsel ist nicht eingeschlafen, er hat sich nur normalisiert. Doch immer schreibt sie, wie sehr sie ihn vermisse und begehre. Körperlich. Nun hat sie Gelegenheit, nach Amsterdam zu fliegen. Ihr Vater hat dort geschäftlich zu tun.

Die Lufthansa Ju 52 landet gegen Mittag in Schiphol. Mit dem Zug kann sie am Nachmittag in Breda und bis zum frühen Abend in Rosendaal sein. Sie kommt pünktlich an. Baureis hat Urlaub bekommen und holt sie ab. Am Bahnhof eilt sie auf ihn zu, fällt in seine Arme. Endlose Küsserei.

Wie geht es dir? Du siehst gut aus. Aber du bist mager geworden, Jack. Das miese Hotel, wo er ein Zimmer reserviert hat, liegt nur eine Straße stadteinwärts am Kanal. Augi hat kaum Gepäck. Nur eine Reisetasche. Die wirft sie oben im Zimmer aufs Bett, verschwindet im Bad, kommt erfrischt, gekämmt und parfümiert wieder.

»Da bin ich. – Und jetzt?«

Wortlos hängt sie an seinem Hals, preßt sich von den Knien bis zur Stirn an ihn. Dazu sagt sie: »Ich möchte nicht mehr warten, Jack.«

»Auf was?«

»Auf das, weshalb ich gekommen bin.«

Sie nimmt seine Hand und streift damit ihren schottisch gemusterten Rock hoch. Baureis fühlt die nackten Schenkel, den nackten Po und vorn das entblößte krause Schamhaar.

»Du trägst kein Höschen. Es ist erst Anfang Mai.«

»Ich hab es schon im Zug ausgezogen«, gesteht sie. »Ich weiß nicht, wie man das nennt. Vielleicht Geilheit. Ich bin wild auf dich.«

Sie tritt zurück, zieht die Vorhänge zu, macht Licht und entkleidet sich. Erst die Bluse, dann den BH, den Rock, die Strümpfe. Sie legt sich hin und öffnet sich wie eine Kamerablende bei schwachem Licht. – Baureis kann nicht mehr anders. Was sie bisher nur steif gefühlt hat, das sieht sie jetzt, als er die letzten Marineklamotten ablegt. Das Ding enttäuscht sie nicht. Im Gegenteil, es kommt ihr bedrohlich groß vor.

»Du bist noch Jungfrau«, stottert er. »Wir dürfen das Laken nicht beschmutzen. Ich hole ein Handtuch zum Unterschieben.«

»Vergiß das«, sagt die vollreife schöne Großbürgerstochter aus München, »das habe ich vorsichtshalber schon besorgt.«

»Was?«

»Meine Defloration.«

»Wie denn?«

»Selbst«, sagt sie.

Als er in sie eindringt, stöhnt sie wollüstig wie beim Erleben eines bisher nie gekannten Gefühls. Sie treiben es bis zur Dunkelheit, dann die ganze Nacht, bis zur Erschöpfung. Als es dämmert, hat Augi immer noch Lust auf ihn.

Baureis hat seinen Urlaub um sechs Stunden überzogen. Am Morgen klettert er draußen bei der Exerzierhalle wieder über den Zaun des Kasernengeländes. Am Abend treffen sie sich noch einmal zum Tee. Sie halten sich bei den Händen und schwören sich ewige Treue . . .

Augi muß den Abendzug nach Amsterdam kriegen.

Zwei Tage später spürt Baureis beim morgendlichen Urinlassen ein Brennen. Er meldet sich im Revier. Der Stabsarzt untersucht ihn und diagnostiziert grinsend: »Eine Träne klar wie Gold dem Seemann aus der Nülle rollt. Haben Sie gegen den Wind gepißt, Matrose Baureis?«

»Nein, eigentlich wie immer«, antwortet Baureis verdattert.

»Dann haben Sie schlichtweg den Tripper. Ganz einfach Gonorrhöe. Geschlechtsverkehr ausgeübt? Wenn ja, wann und mit wem?«

Daß er Augi nennt, ist unmöglich.

»Mit einer Holländerin, Herr Stabsarzt.«

»Bravo! Abschuß mit leichter Feindeinwirkung«, spottet der junge Stabsarzt und schiebt Baureis ein streichholzdünnes dunkelbraunes Stäbchen tief in die Harnröhre. Es brennt so ungeheuer, daß es Baureis schier die Wände hochtreibt.

»Das ist alle sechs Stunden zu wiederholen«, befiehlt der Arzt, »der nächste Herr, dasselbe Leiden!«

Baureis ist erschüttert, tief unglücklich, nahezu verzweifelt. Die blonde Holländerin hat ihm den Tripper verpaßt, und er hat ihn an Augi weitergereicht. Darüber besteht kein Zweifel. In seiner seelischen Not trifft er einen verheerenden Entschluß. Wie, um sich selbst zu kasteien und zu bestrafen, meldet er sich freiwillig zur U-Boot-Waffe. Das findet der Kompaniechef so prima, daß er Baureis kommen läßt.

»Tapfer, Baureis«, sagt er. »Hätten wir bloß mehr solcher Leute. Gerade von Ihnen habe ich das erwartet, denn Ihr Hobby ist Kryptologie. Sie werden zu einem Funklehrgang nach Aurich in Friesland abkommandiert, verbunden mit einem Spezialkurs für Entschlüsselung. Danach geht es weiter nach Flensburg auf die U-Boot-Schule. Dort findet das übliche Exerzitium statt. Übung im Tauchtopf, am Tauchretter, Ausbildung in Erster Hilfe, Einweisung auf U-Boot-Funk. Wenn Sie sich am Riemen reißen, sind sie in zwei Jahren Offizier.«

Wenn ich es überlebe, setzt Baureis in Gedanken hinzu.

In einem langen Brief versucht er Auguste Lorenzo alles zu erklären. Wie es zu der Ansteckung gekommen sei und daß er, vor die Wahl gestellt, Selbstmord zu begehen oder den Tod bei der U-Boot-Waffe zu suchen, sich für letzteres entschieden habe. Sie möge ihm verzeihen und vergeben. Bitte!

Jakob Baureis hört nie mehr etwas aus München.

21

Der Schlachtkreuzer Bismarck wird versenkt. Der Soldatensender Belgrad spielt zum ersten Mal das Lied: »Lili Marleen«, gesungen von der unbekannten Lale Andersen.

14. Mai 1941

Die Bantry Bay lag an der irischen Südwestküste. Auch bei Springtide, einem Wasserstandsunterschied von fünfzehn Metern zwischen Ebbe und Flut, war das Fahrwasser immer noch tief genug. Laut Segelhandbuch war die Bay problemlos bis Bantry zu befahren. Auch nachts. Die Küstenbefeuerung brannte friedensmäßig.

Deshalb wurde die Bantry Bay für diese Operation ausgewählt. Captain Morton sollte in einer bestimmten Bucht zu einer bestimmen Uhrzeit zur Stelle sein. Und zwar ab Donnerstag.

Morton fuhr von Cork aus hin. Im Dunkeln wartete er von 23.00 bis 2.00 Uhr. Als die Flut kenterte, zog er sich zurück. – In der Nacht zum Samstag wartete er wieder. Abermals vergebens. An Aufgeben dachte er aber nicht.

Die Deutschen hatten versprochen, ihm Nicole zu bringen. Auf welche Weise dies geschehen sollte, hatten sie nicht erwähnt. Morton nahm an, daß es mit einem Unterseeboot erfolgen würde. Vertraut mit den Unabwägbarkeiten des Krieges und der See, wartete er auch in der dritten Nacht. Vom Sonntag zum Montag wurde seine Ausdauer belohnt. Das stürmische Wetter hatte sich gebessert. Über der lang auslaufenden Atlantikdünung schaukelte ein trübes Licht näher. Den ungestümen Bewegungen nach zu urteilen, mußte es ein kleineres Fahrzeug sein. Vermutlich ein Schlauchboot.

Es dauerte endlos, bis Morton in der Dunkelheit die Umrisse rudernder Männer erkannte, deren Oberkörper über einen dicken schwarzen Gummiwulst ragten. Von dem Boot, das sich nun dem Strand näherte, kam ein Blinksignal herüber. Kurz, lang, kurz, in unverwechselbarer Folge.

Captain Morton antwortete wie verabredet mit zweimal kurz und zweimal lang. – Das Boot hatte offenbar draußen verharrt. Nun wurde erneut kräftig gepullt. Als er das Klatschen der Paddel hörte, knirschte das Boot schon auf den kiesigen Sandstrand. Ein Mann sprang heraus, einer blieb im Boot.

Warum, fragte sich Morton, sind es nur zwei?

Der erste aus dem Boot, er trug Offiziersepauletten an der knielangen Lederjacke, watete aufs Trockene.

»Captain Morton?«

»Der bin ich.«

»Sind Sie allein?«

»Keine Frage. Wo ist meine Frau?«

»Ich bin Leutnant Seegers, II WO. Wir trauten Ihnen nicht und waren nicht sicher, ob Sie sich an die Konditionen halten. Ihre Frau befindet sich an Bord. Kommen Sie mit uns.«

»Ich denke nicht dran«, erwiderte Morton mißtrauisch.

»Ich weiß, Captain, daß die Lieferung frei Strand vereinbart war. Doch es hat sich einiges geändert.«

»Das ist Ihre Sache«, antwortete Morton scharf. »Ich bestehe auf Erfüllung der Abmachung.«

Der Offizier lachte leise, aber hörbar. »Mein Befehl lautet, Sie an Bord zu bringen. Oder wir nehmen Nicole Pinette wieder mit zurück nach Frankreich. Es ist Ihre Entscheidung, Sir.«

»Ich halte das für äußerst unfair«, keuchte Morton.

»Fairneß gegen Verräter«, erwiderte der junge Offizier. »Was erwarten Sie eigentlich von uns?«

Morton bluffte. Rasch wandte er sich um und ging weg. Da hörte er den Spannschieber einer Pistole knacken. Mit wenigen Schritten war der Offizier hinter ihm und stieß ihm den Lauf ins Kreuz.

»Mitkommen, Morton, oder ich knalle Sie ab.«

Da wußte Kevin Morton, daß er diese Runde verloren hatte. Mit Gegnern, die mehr Mittel hatten als der liebe Gott, durfte man sich eben nicht einlassen.

An Bord des ölmiefigen U-Bootes begrüßte ihn der Kommandant. Sein Mützenbezug war graufleckig, aber sein Ritterkreuz blitzte wie nagelneu.

»Mein Name ist Brandenburg«, schnarrte er. »Betrachten Sie sich als mein Gefangener.«

»Wo ist meine Frau?« begehrte der Engländer auf und riß sich aus dem Polizeigriff des stämmigen Maates los.

Brandenburg hob nur kurz die blonden Brauen.

»An Bord befindet sich kein weibliches Wesen.«

»Man hat mich betrogen!« schrie Morton. »Ich verlange sofort die Aufnahme von Funkkontakt mit der Abwehr in Paris.«

Brandenburg würdigte ihn keines weiteren Blickes, sondern erteilte eine Reihe von Kommandos. In einem eleganten Manöver drehte er das Boot nach Süden.

»Kurs eins-neun-null! Maschine langsame Fahrt voraus. Frage: Wassertiefe?«

»Dreißig Meter«, wurde vom Echolot gemeldet. »Jetzt vierzig und zunehmend.«

Der Ebbstrom, in den sie jetzt gerieten, erhöhte die Geschwindigkeit des Bootes nahezu auf das Doppelte.

»Bear-Leuchtfeuer in Sicht. Kommt querab auf«, meldete der WO vom Turm.

»Klarmachen zum Tauchen!«

Die Diesel wurden abgeschaltet. Nach kurzer Stille setzte das Summen der E-Maschinen ein. An den Regel- und Trimmventilen bezog der Zentralmaat seine Positionen. Die Zentralegasten standen bei den Entlüftungshebeln bereit, um sie nach Befehl aufzureißen.

»Brückenwache einsteigen!«

Vom Turm glitten die Männer an der Leiter so schnell herab, als ließen sie sich fallen. Der WO schlug das Turmluk zu und drehte es dicht.

»Tauchen!«

Die übliche Hektik setzte ein. Luft entwich aus den Tauchtanks, Wasser drückte nach und machte das Boot schwer.

»Tiefenruder beide unten!«

»Boot schneidet unter! Turm schneidet unter! Vierzehn Meter«, wurde gemeldet.

»Auf dreißig Meter abfangen.«

Der Pabenberg – der Feintiefenmesser – zeigte knapp neunundzwanzig Meter, da wurde die Lage des Bootes wieder waagerecht.

Meldung des I: »Boot ist durchgependelt!«

Morton nahm an, daß Kapitänleutnant Brandenburg jetzt ansprechbar sei, und verschärfte seinen Ton.

»Ich bin deutscher Geheimagent«, behauptete er.

»Sie sind in erster Linie Engländer«, entgegnete Brandenburg. Als genüge ihm diese Tatsache, befahl er, den Captain zu fesseln und auf seiner Koje in der O-Messe hinter dem Vorhang festzubinden. Dort hatte Morton Gelegenheit, wie noch kein britischer Navy-Offizier vor ihm, den Einsatzablauf auf einem deutschen U-Boot zu beobachten. Wie es aussah, ließ sich U-Brandenburg auf keine Kriegsspielchen ein. Es nahm direkten Kurs auf die bretonische Küste, als handle es sich bei dem Gefangenen um ein Wertpaket mit Eilzustellung.

Morton hatte die Distanz ungefähr im Kopf. Er schätzte sie auf sechshundert Seemeilen. Einmal lief U-Brandenburg getaucht, dann wieder im Überwassermarsch. Dabei mochte ein Schnitt von zwölf Knoten herauskommen. Gesamtfahrzeit also zwei Tage.

Morton beschloß, kein Wort mehr zu sagen, bei diesem Brandenburg half nur noch ignorieren, dafür hieß es, um so mehr aufzupassen. Auf diese Weise bekam er eine Menge mit. Durch den Vorhangspalt sah er, wie der II WO an der Enigma – der Schlüsselmaschine – saß, wie er die gezahnten Walzen herausnahm, die Tageseinstellung vornahm und ein FT dechiffrierte. Vermutlich handelte es sich um einen Offiziers-Funkspruch.

Bei Tauchvorgängen zählte Morton die Sekunden, um die Manöverzeiten in Erfahrung zu bringen. Er merkte sich alle Befehle. So brachte er in achtundvierzig Stunden einiges an Informationen zusammen. Einmal konnte er mit der Armbanduhr-Kamera schräg in den Funkraum fotografieren, denn zum Essen wurden ihm die Fesseln abgenommen. Er bekam Tee oder Apfelsaft zu trinken, zu essen Kommißbrot mit kalter Wurst, die angenehm würzig schmeckte. Zweimal pro Tag durfte er auf das WC. Darüber hinaus kümmerte sich niemand um ihn.

Einige Male mußte das Boot alarmtauchen. Vermutlich wegen britischer Aufklärungsflugzeuge. Am Morgen des dritten Tages nach Verlassen der Bantry Bay stoppte das Boot. Dümpelnd wartete es mehrere Stunden, über Sprechfunk fand ein Wortwechsel statt. Offenbar nahm Geleitschutz das U-Boot auf und brachte es in einen Hafen. Es wurde durchgeschleust. Nach dem Festmachen holten sie Morton. Mit verbundenen Augen wurde er auf den Turm bugsiert, von dort an Deck und über die Stelling auf die Pier, wo ein Fahrzeug wartete.

Der Wagen fuhr sieben Stunden. Als er endlich hielt, stand er vor dem Hotel Lutetia in Paris, dem Sitz der deutschen Abwehr.

Dasselbe Zimmer im selben Stockwerk, derselbe Mann. Es war der beamtenhafte Oberst Reimers. Doch diesmal fehlte sein Assistent, Hauptmann Lang. Im Hintergrund stand ein Offizier in schwarzer SS-Uniform. Offenbar übte die Gestapo zunehmend mehr Einfluß auf die Organisation Canaris aus.

Überraschend hart packte Reimers den Engländer an.

»Sie sind nicht nur Doppelagent«, begann der Oberst, »Sie sind auch ein Doppelverräter. Nur haben Sie uns das Falsche verraten.«

Morton suchte automatisch nach Zigaretten, bis ihm einfiel, daß man sie ihm weggenommen hatte. Weder Reimers noch der SS-Offizier boten ihm eine an.

»Ich war immer loyal zu Ihnen«, erklärte er standhaft.

»Seitdem wir Nicole Pinette haben«, höhnte der kleine Reimers.

»Sie versprachen meine Frau nach Irland zu bringen, Colonel.«

»Doch wohl nicht als Gegenleistung für eine so verlogene Information. Oder glauben Sie das im Ernst?« erwiderte Reimers. »Was Sie uns durchgaben, war nicht nur Bockmist, es war eine absichtliche Falschmeldung.«

Morton stellte sich überrascht und unschuldig. »In bezug auf was, Herr Oberst?«

»Stichwort Island.«

»Ich gab Ihrem Kontaktmann weiter, was ich wußte.«

»Was man Ihnen zu wissen befahl und weiterzuleiten erlaubte, Captain Morton.«

»Wie, bitte, darf ich das verstehen, Herr Oberst?«

Reimers blickte zu dem im Halbdunkel stehenden SS-Obersturmführer hin, als suche er bei ihm Rat. Dann wandte er sich wieder an den Engländer: »Churchill flog nie nach Island.«

»Ich nahm Einblick in die Reiselogistik«, versicherte Morton.

Reimers öffnete eine Akte und schloß sie wieder.

»Churchill war am fünften Mai, die Tage vorher und die nachher in London. Leider erfuhren wir es zu spät. Was in aller Welt wollte CIC London damit erreichen, daß man uns in die Irre führte?«

»Das alles ist mir ein absolutes Rätsel«, verteidigte sich Morton, gut gespielt, worauf Reimers lostobte: »Wollte man uns zu einem Neutralitätsbruch gegen Island provozieren? Wollte man eine der neuen Ju 390 in die Hand bekommen? Wollte man herausfinden, wie weit wir zu gehen bereit sind, um das Haupt unseres gefährlichsten Gegners auszuschalten, oder wie weit wir blindlings auf Informationen reagieren?«

Morton gab sich den Anschein totaler Ahnungslosigkeit. »Ich bin fassungslos, Herr Oberst.«

»Man hat uns getürktes Material geliefert«, fuhr Reimers wütend fort.

»Vielleicht hegte man schon einen Verdacht gegen mich«, machte Morton den Versuch einer Erklärung. »Möglicherweise wußte man in London, daß Sie meine Frau haben oder daß Sie mich abfingen. Wenn man in London befürchtete, daß Sie mich umdrehten, dann allerdings . . .«

»Was dann, Captain?«

»Dann hat man mich drüben enttarnt. Man wird mich anklagen, verurteilen und hängen, wenn ich zurückkehre.«

Nun äußerte der SS-Mann in der dunklen Ecke zum ersten Male ein Wort. In korrektem Englisch bemerkte er: »Keine Bange. Sie werden niemals zurückkehren, Captain Morton.«

Sie brachten Morton in den Keller des Hotels Lutetia. In der Nacht hörte er die Schreie von Gefolterten. Aber wie er die trickreichen Deutschen einschätzte, konnte es sich auch um Tonaufnahmen handeln, die man zur Abschreckung per Lautsprecher in die Kellergänge übertrug.

Nach zwei Tagen in Dunkelhaft, ohne Essen und Trinken, brachten sie Morton durch Paris zum Gefängnis von Frèsnes, wo die Gefangenen der Résistance auf ihre Hinrichtung warteten. Schattenhaft sah Morton sie hinter den Fenstergittern ihrer Zellen stehen, mit verhärmten, unrasierten Gesichtern und Haß in den Augen.

Die Bewacher führten Morton durch Höfe in einen Parterreraum der weitläufigen Anlage. Hinter ihm trat Oberst Reimers ein. Als sie Licht machten, erschrak Morton bis ins Innerste. Der kahle Raum enthielt nichts als ein etwa fünf Meter hohes Gestell aus dunklem Holz. Von einem massiven Block am Boden ragten zwei Balken senkrecht empor. An den Innenseiten hatten die Balken gefräste Führungen. Oben zwischen ihnen hing etwas metallisch Glänzendes, ein schweres Stück Eisen mit um fünfundvierzig Grad abgeschrägter Kante. Die Kante war messerscharf geschliffen. Seitlich führte ein Seil nach oben zu einem Mechanismus, mit dem man das Eisen hochziehen und auslösen konnte. Es war ein Fallbeil und das Ganze eine Guillotine. Unten am Block hatte man zwecks Aufnahme des Halses der Todeskandidaten eine Kerbe ausgespart. Davor stand ein Korb, in den das Haupt des Geköpften zu rollen hatte.

»Mit diesem klassischen Gerät«, sagte Oberst Reimers, »wurden schon französische Könige geköpft und auch Dreyfus, wenn Sie sich an diese Affäre erinnern. Sie alle haben hier ihr kostbares Blut verspritzt. Im Grunde ist es für jeden Delinquenten eine Ehre, sich hier das Haupt vom Rumpfe trennen zu lassen. Sie, Captain Morton, werden nicht dieses Vorzugs teilhaftig werden. Sie werden wir schlichtweg aufhängen. Eine andere Person hingegen wurde zum Tod unter dem Fallbeil begnadigt.«

Auf Reimers Zeichen hin öffnete sich eine zweite Tür. Wächter stießen eine Frau herein. Sie war barfuß und trug ein graues, sackähnliches Kleid. Man hatte sie kahlgeschoren. In der verdreckten übel zugerichteten Gefangenen war Nicole Pinette fast nicht mehr zu erkennen.

»Mein Gott!« keuchte Morton.

Sie blickte auf, sah ihn an und versuchte unter Tränen zu lächeln. Der Henker riß den Ausschnitt des Gewandes bis zu den Brüsten auf, so daß er weit genug war, um den langen Hals freizulegen.

»Damit das Fallbeil keinen Widerstand findet«, erklärte

Reimers zynisch. »Sonst kommt es zu einer äußerst schmerzhaften Prozedur. Es gab schon Fälle, da mußte wegen des Haares oder des Stoffgewebes das Fallbeil dreimal zuschlagen.«

Nach einem letzten verzweifelten Blick auf ihren Ehemann wurden der Pinette die Augen verbunden, und sie wurde zu dem Block geführt. Sie mußte sich hinknien und den Hals in die Kerbe legen, die rot war von den Blutpigmenten unzähliger Opfer.

Nun schien alles auf das Zeichen von Reimers zu warten.

Der steckte sich erst noch eine R6 an und wandte sich noch einmal an Morton. »Sie haben es in der Hand, Captain. Erst den Tod der Pinette, dann Ihrer.«

»Oder ich rede«, verstand ihn der Engländer.

»Sie haben eine Minute Zeit, Mister.«

Schon Sekunden später hatte Morton sich entschieden.

»Kooperation«, schlug er vor.

»Rückhaltlos?« zweifelte der Oberst.

Morton taumelte. Ihm wurde schwarz vor Augen. Sie mußten ihn stützen. Er bekam noch mit, wie sie Nicole in ihre Zelle zurückbrachten, ehe man ihn wieder ins Hotel Lutetia fuhr. Dort ging das Verhör sofort weiter. Die Deutschen wollten seinen Schockzustand ausnutzen.

»Legen Sie ein Geständnis ab!« forderte der Oberst. »Noch einmal gibt es keine solche Alternative.«

Mühsam sammelte Morton seine Kräfte. »Welche Garantien habe ich in bezug auf meine Frau?«

»Folgende«, erklärte Reimers. »Bei meiner Ehre als Oberst der Abwehr. Zwar haben Sie beide die Freiheit verwirkt, aber gemeinsam mit Ihrer Ehefrau kommen Sie in ein Internierungslager nördlich der Vichy-Linie.«

»Akzeptiert«.

Oberst Reimers begann nun dort zu sondieren, wo die Wurzeln seines Verdachtes lagen.

»Ihre Dienststelle in London weiß, daß Sie in Paris nur

freikamen, wenn Sie fortan mit uns zusammenarbeiteten«, stellte er klar.

»Diese Meldung war meine Pflicht«, antwortete Morton sichtlich erschöpft.

»Als Rückversicherung. Dabei dachten Sie weniger an Ihre Ehefrau, denn früher oder später mußten wir Ihr Doppelspiel herausfinden.«

»Darin bestand mein Risiko«, antwortete Morton. In kleinen Tropfen trat kalter Schweiß auf seine Stirn.

»Sie arbeiteten also lustig weiter gegen uns und ersannen diese Islandgeschichte, um unsere Neugier bezüglich ›Charta‹ zu bedienen.«

Morton nickte nur.

»Das kostete sieben unserer besten Flieger das Leben«, ließ Reimers nicht unerwähnt.

»Krieg ist Krieg«, entgegnete Morton weniger resignierend als trotzig.

»Und Hinterlist ist Hinterlist. Für diese Falschmeldung, hofften Sie, würde ich Ihnen die Pinette auf einem silbernen Tablett servieren. Denn diese Deutschen sind ja so dämlich. Aber es ging daneben, Sir. Ich stelle Ihnen jetzt Fragen, Morton. Sofern mir Ihre Antworten annehmbar erscheinen, bleiben Sie und Madame am Leben. Andernfalls . . .«

»Los, fragen Sie!« keuchte Morton tonlos.

Reimers spitzte den Bleistift für seine Notizen.

»Was bedeutet ›Charta‹?«

»Ein Treffen Churchills mit Roosevelt. Daran hat sich nichts geändert.«

»Wo treffen sie sich?«

»Churchill wird sich mit einem Kreuzer der Royal Navy zu einem bestimmten Punkt im Nordatlantik begeben.«

»Und Roosevelt?«

»Er benutzt seine bequeme Staatsjacht.«

»Was ist Ihnen über die Koordination des Treffpunkts bekannt?«

Morton zuckte mit den Schultern. »Man spricht von einer Bay vor Neufundland. Darüber wird mit den USA noch verhandelt. Dabei gibt es verschiedene Gesichtspunkte abzuwägen.«

»Wann wird das Treffen stattfinden?« bohrte Reimers.

Es war das letzte As, das Morton im Spiel hatte. Er stach damit nur zögernd.

»Im August.«

»Der August hat einunddreißig Tage«, wandte Reimers ungehalten ein.

»Im August, wenn das Wetter günstig ist, Herr Oberst.«

»Was bedeutet günstiges Wetter bei euch?«

»Ungünstiges«, vermutete Morton, »für Flugzeuge und U-Boote.«

Immer wieder fing Reimers von vorne an. Er stellte Quer- und Fangfragen. Das Verhör dauerte Stunden, bis zum Nachmittag. Der SS-Offizier war stets als Zeuge anwesend. Schließlich glaubte Oberst Reimers alle Untiefen bei seinem Exagenten ausgelotet zu haben. Er schloß die Akte mit den Notizen und blickte zu dem SS-Sturmführer hin.

Aus den Augenwinkeln sah Morton, daß der Gestapo-Mann die rechte Faust ballte und den Daumen nach unten hielt.

Mit dieser Geste hatten schon römische Kaiser den Tod von Gladiatoren gefordert.

Captain Kevin Morton war als Agent unbrauchbar geworden. Bei der Abwehr nannten sie das »verbrannt«.

Gemeinsam mit seiner Ehefrau wurde er zwei Tage später abgeschoben. Sie saßen sich in dem klapprigen Renault-Gefangenentransporter gegenüber. Beide waren sie gefesselt. Sie durften aber miteinander sprechen. Die Transportbegleiter, zwei ältere deutsche Soldaten, spendierten ihnen sogar einen Schluck Kaffee und eine Zigarette.

Nicole Pinette trug das Abendkleid, in dem man sie verhaftet hatte, nur wirkte es jetzt so schäbig wie die abgewetzte Uniform eines Ausschreiers in einem Wanderzirkus. Nicole versuchte sich durch die vergitterten Fenster zu orientieren. Die Fahrt ging am Bois du Boulogne, dann ein Stück an der Seine entlang durch die Vororte Sèvres und Chaville.«

»Richtung Versailles«, sagte Nicole. »Ile de France.«

»Nach Westen also.«

»Rouen oder Chartres«, vermutete die Sängerin. Wenn sie lächelte, fiel auf, daß man ihr einen der perlmuttweißen Schneidezähne ausgeschlagen hatte.

Der grauhaarige Landser schien Nicoles letzte Worte verstanden zu haben.

»Rennes«, sagte er und meinte damit wohl ihr Ziel.

»Mon dieu!« entfuhr es der Sängerin. »Das Todeslager.«

»Bist du sicher?« fragte Morton.

»Leider ja.«

Natürlich kannte Nicole das Lager Rennes. Lange genug hatte sie mit der Résistance zusammengearbeitet. Morton beugte sich vor, um mit seinen gefesselten Händen ihre Hände berühren zu können.

»Wir überstehen auch das«, tröstete er sie.

»Das nicht«, erwiderte sie ohne Hoffnung.

»Übrigens«, flüsterte Morton, »ein Wagen folgt uns.«

»Seit wann?«

»Schon seit Paris. Ein grüner.«

»Niemand weiß von unserer Verlegung«, gab Nicole zu bedenken.

»Sie wissen doch immer alles«, sagte Morton, ohne selbst daran zu glauben.

Er schien sich geirrt zu haben. Auf einer langen pappelgesäumten Geraden, zwischen Le Mans und Lavalle, überholte sie der Lieferwagen und geriet außer Sicht. Doch wenig später traten bei dem Gefangenentransporter, so plötzlich wie Donner aus heiterem Himmel, Schwierigkeiten auf. Es lag nicht am Motor, der lief rauh und dröhnend, aber der Kastenaufbau schwankte heftig. Der Wagen fuhr

Schlangenlinien. Der Fahrer hatte Mühe, ihn zu halten. Er und sein Beifahrer stiegen aus. Bald hörte man sie fluchen. Offenbar hatte der Wagen einen Plattfuß. Sie gingen nach hinten und klopften, bis die Begleiter die Tür des Kabinetts öffneten.

Der Fahrer sagte: »Wagenheber und Ersatzreifen. Wir haben einen Stahldorn aufgesammelt. Los, macht schon und helft uns gefälligst.«

Es dämmerte bereits. Der Fahrer und zwei Mann bockten den Transporter auf und machten sich an den Radwechsel. Der vierte Soldat sicherte, das Gewehr schußbereit auf den Unterarm gelegt, die Umgebung. Es war abendlich still. Kaum Verkehr. Ein sanfter Luftzug wehte würzig von den Feldern herüber. Ein Vogel zwitscherte. Der Soldat mit dem Gewehr mußte austreten und verschwand im Gebüsch. Er kam nicht wieder.

Einer der Radwechsler rief: »He, Oskar, pennst du, Alter?«

Da keine Antwort erfolgte, suchte er ihn. – Auch er kam nicht zurück. Plötzlich knallte es zweimal peitschend.

»Gewehrschüsse«, sagte Morton, »dem Klang nach Gewehrschüsse.«

Schon tauchten bärtige Gesichter unter Baskenmützen auf.

»Kommando René, Madame«, stellte einer der Untergrundkämpfer sich vor und schnitt die Fesseln der Gefangenen auf. Sie sprangen ins Freie. Im Wegrennen sahen sie, daß die zwei deutschen Soldaten vorne, nahe der Wagenachse, am Boden lagen. Blut sickerte aus ihnen.

»Die anderen haben wir im Wald erledigt«, erklärte der Chef vom Kommando René. »Die Stahldorne stammen übrigens von uns. Bewegen Sie sich bitte so schnell, wie Sie können. Bei Saint-Jean-sur-Erve steht ein Auto. Es bringt Sie zur Küste.«

Mit letzten Kräften erreichten sie den Peugeot. Inzwischen war es dunkel geworden. Der Chef des Kommandos

René küßte der Chansonette die Hand und sagte höflich: »Wir danken Ihnen, Madame, für Ihre Lieder, für alles. Au revoir bis nach dem Krieg. Bewahren Sie Ihre Schönheit, Ihren Mut und Ihre Kunst.«

Vor Morton salutierte er nur. »Sir!«

Schon war er verschwunden.

Normannische Fischer brachten einige Nächte später das Ehepaar Morton bei schwerer See mit Gewitterregen von der Seine-Mündung hinüber zur Isle of Wight. Die Sturmfahrt über den Ärmelkanal dauerte sieben Stunden. Im Hafen von Rhyde holte sie dann ein Schnellboot der US-Navy ab.

Tagelang blieb Nicole Pinette-Morton allein in der Londoner Wohnung. Der Captain hatte pausenlos zu tun. Es ging um seine Erfahrungen während der Überfahrt auf U-Brandenburg. Jede Einzelheit wurde notiert, analysiert und ausgewertet.

In den kurzen Nächten, die dem Ehepaar blieben, sagte Morton immer wieder: »Ich liebe dich, Darling. Erhole dich, pflege dich. Außerdem ist Arbeitslosigkeit ja auch nicht so übel, wenn man nicht am Hungertuch nagt.«

Immer wieder fanden Gespräche mit Admiral Coster im Ziegelbau der Admiralität in Whitehall statt.

»Wie es aussieht«, meinte der Admiral, »dürfte die amerikanische Quelle der deutschen Abwehr versiegt sein. Hätten sie sich sonst auf das Island-Abenteuer eingelassen?«

»Sie meinen also, Sir, die undichte Stelle in Washington gäbe es gar nicht.«

»Wir wollen es«, sagte der Admiral, »zum Besten unserer Freunde drüben hoffen.«

Captain Morton warnte vor voreiligen Schlüssen. Sein Rat lautete, die Amerikaner noch stärker auf Geheimhaltung einzuschwören. Doch der Admiral winkte ab.

»Die hören sowieso nicht auf uns.« Er zuckte die Achseln. »Im übrigen, wie geht es Ihrer schönen Frau? Vor kurzem fand ich in einem Musikladen in Mayfair die neueste Platte von ihr. *C'est si bon.* Ich bin hingerissen. Darf ich Sie und Madame an einem der nächsten Weekends auf mein Landgut bitten?«

Obwohl Morton ahnte, daß Nicole als Berühmtheit nur den alten Tanten vom Landadel vorgeführt werden sollte, heuchelte er Begeisterung.

»Madame wird entzückt sein, Herr Admiral.«

22

Kroatien gründet einen neuen Staat. Der erste elektronische Digitalrechner wird gebaut. Das Lied »We will hang our washing on the Siegfried Line« ist britischer Topschlager.

22. Mai 1941
Binnen weniger warmer Tage hatten sich in den Biebriza-Sümpfen Milliarden von Stechmücken entwickelt. Nordwestwind trieb sie in dunklen Schwärmen auf das Lager Dabrowa zu, wo sie die Gefangenen des Strafbataillons 99 bei Tag und Nacht peinigten. Um der Infektionen Herr zu werden, fuhr der Lagerarzt unter Bewachung zum Medizinaldepot der 4. Armee. Er kannte dort den Generalarzt.

Trotzdem teilte man ihm nur das Allernötigste an Medikamenten und Material zu, und dies noch aus überlagerten Beständen. »Jodtinktur«, zählte der dünnhaarige Professor Doktor Weigel mit den gelben Nikotinzähnen auf. »Albucid gegen Furunkel, schwarze Schuhcreme, Ichthyolsalbe genannt, gegen Entzündungen, viel zuwenig Morphium für den Fall, daß ich operieren muß, ein paar Mullbinden, Watte, Aspirin und ein Kanister Lysol. Können Sie das verantworten?«

Der Generalarzt war in Berlin einst Chirurgiekollege des berühmten Professor Weigel gewesen. Entsprechend loyal fiel seine Antwort aus: »Mann, Weigel, du weißt doch, wie mir die Hände gebunden sind. Leute in den Strafbataillonen sollen arbeiten und nicht krankfeiern.«

»Und sollen auch nicht operiert werden, sondern krepieren.«

Weigel bekam zusätzlich noch ein paar Liter reinen Alkohol. »Aber nicht zum Saufen«, drohte der Generalarzt spöttisch.

»Bitte noch ein paar Spritzampullen Chloraethyl für Wundvereisung.«

»Ein Gefangener spürt keinen Schmerz. Chloraethyl nur für die Feldlazarette der kämpfenden Truppe.«

»Und wo kämpft sie, bitte?«

»Das darf ich dir nicht verraten, Weigel«, sagte der Generalarzt. »Wir rechnen aber bald mit sehr hohen Verlusten.«

Eigentlich wollte der Generalarzt den Kollegen, der auch nur Strafgefangener war, loswerden, doch Professor Weigel hatte noch ein besonderes Anliegen: »In meinem Krankenrevier in Dabrowa liegt ein Mann mit Gasbrand am Bein.«

»Dann schenke ihm einen sanften Tod«, riet der Generalarzt.

»Er ist ein hochqualifizierter U-Boot-Ingenieur, hat alle Auszeichnungen bis zum Deutschen Kreuz in Gold. So ein Offizier kann, wenn es mal anders wird, sehr wichtig sein.«

»Es wird niemals anders werden«, resignierte der Generalarzt, sein Monokel polierend. »Und gegen Gasbrand, das weißt du doch, Weigel, gibt es keine Therapie.«

»Ich habe es mit Sauerstoff versucht. Was fehlt, ist Perubalsam.«

»Nicht verfügbar«, bedauerte der Generalarzt. »Wann tritt heutzutage schon noch Gasbrand auf.«

Weigel zeigte sich äußerst hartnäckig. »Ich würde dem Mann gerne helfen.«

Seufzend erhob sich der Generalarzt, ging zu seinem privaten Medikamentensafe, sperrte ihn auf und entnahm ihm eine weiße Schachtel ohne Aufdruck. »Das Neueste von Bayer Leverkusen.«

Der Inhalt bestand aus einer braunen Flasche mit weißen Tabletten. Weigel entstöpselte sie und roch hinein. »Stinkt nicht, duftet nicht. Was ist das?«

»Sulfonamide«, sagte der Generalarzt, »gegen kaputte Immunabwehr infolge stark toxischer Vergiftungen. Das

Medikament ist streng geheim und noch gar nicht auf dem Markt.«

»Hilft es gegen Wundbrand?«

»Versuch es.«

»Und die Anwendung?«

»Oral«, sagte der Generalarzt, was soviel wie durch den Mund bedeutete, »oder in Aqua destillata aufgelöst als Infusion. Du kannst es auch spritzen. Intravenös. Dazu fehlt es aber an klinischen Erfahrungen.«

Weigel wußte, daß er seine kollegiale Verbindung damit bis zur Grenze ausgereizt hatte. Er bedankte sich.

»Falls du den Patienten durchbringst, schreib mir einen kurzen Bericht«, bat der Generalarzt noch.

Mit zwei Kartons Material, sie hatten ihm noch einiges gegen Ruhr und grippale Infekte dazugelegt, fuhr Dr. Weigel von Bialystok ins Sumpflager zurück. Sofort machte er sich bei Behrens an die Anwendung der Sulfonamide. Die Wunde knisterte schon. Ein Zeichen von Gasbildung und Absterben des Gewebes.

Alle zwei Tage schaute Lützow im Revier vorbei. Wie immer stellten seine Augen die gleiche stumme Frage.

»Ein Wunder«, erklärte der Lagerarzt, »es geht ihm besser. Nicht viel, aber einen kleinen Zacken.«

Lützow durfte Behrens sehen. Er war weitgehend fieberfrei und schöpfte Hoffnung.

»In einer Woche darf ich austehn«, krächzte der LI.

»Lassen Sie sich Zeit«, riet ihm Lützow aus bestimmten Gründen, die er nicht näher erwähnte.

»Ich kann schon sitzen.«

»Lassen Sie sich Zeit«, sagte Lützow noch einmal.

Bald wurden Lützows Befürchtungen bestätigt. Beim morgendlichen Zählappell, bevor die Kompanien zur Arbeit ausrückten, verlas der Lagerkommandant noch einen Zusatz zum Tagesbefehl. Er lautete:

»Aufgrund mir übertragener Disziplinargewalt habe ich den Gefangenen Nummer neunfünfundvierzig, Behrens,

zum Tode durch Erschießen verurteilt. Dies wegen eines tätlichen Angriffs auf das Wachpersonal. Das Urteil wird nach Genesung des Gefangenen vollstreckt.«
Stillgestanden! Rechtsum marsch! Ein Lied! –
Sie sangen »Auf der Heide blüht ein kleines Blümelein.«

In dem Zug, der aus Gefangenen von U 136 gebildet war, dachte man ständig darüber nach, wie dem LI zu helfen sei. Fluchtpläne wurden geschmiedet und als undurchführbar verworfen, neue wurden erdacht.

»Er müßte tagelang durch die Tundra rennen«, gab Lützow zu bedenken. »Vielleicht schafft das ein olympischer Marathonläufer. Behrens gewiß nicht.«

Einmal am Abend sprang plötzlich die Tür auf. Mitten in der Baracke stand ein SS-Sturmführer. Sein Unternasenbart erinnerte ein wenig an Hitler. Mit schnarrender Stimme legte er los: »Sieg Heil, mein Volk! Sieg Heil, Kameraden!« Mit vorgerecktem Kinn fuhr er fort: »Ich war das älteste von neun Kindern und das blödeste von allen. Deshalb habe ich mich entschlossen, Politiker zu werden. Heute bin ich der Führer des Großdeutschen Reiches. Sieg Heil!«

Erst allmählich erkannten sie ihn. Er riß den Bart ab und verbeugte sich lässig.

»Gestatten, mein Name ist Wessel, nicht Horst, sondern einfach Wessel, ohne Fahne hoch.«

Alle applaudierten begeistert.

»Mann, Zwei-WO«, staunte Lützow, »das ist ja wohl das heißeste Ding, seitdem sich Hitler die Hakenkreuzbinde an den Ärmel genäht hat.«

»Alles für den LI«, betonte Wessel.

»Woher haben Sie die Uniform?«

»Klaumeister und Söhne. Ich bin Aufklarer in der Wachbaracke.«

Er hatte die Klamotten mitgehen lassen und entwickelte nun seinen Plan.

»Mit dieser feinen Garderobe kann Behrens glatt durch das Lagertor marschieren.«

Lützow hätte ihm gerne zugestimmt, aber er mußte Wessel enttäuschen.

»Marschieren? Sie Optimist. Behrens kann nicht länger als eine Minute ohne Krücken auch nur stehen.«

»Die paar Schritte wird er schon schaffen.«

»Das wäre für ihn wie ein Marsch durch dicke Butter.«

»Scheiße! Dann wird er die Sonne nicht mehr oft aufgehen sehn.« Wessel ließ sich auf die Pritsche fallen. »Eine echte Nullidee war das, wie mir scheint.«

»Die Idee war bestens«, tröstete ihn Lützow.

Noch einmal sprach er mit dem Arzt.

»Halten Sie mich nicht für plemplem«, bat Lützow, »aber jetzt müssen wir die Genesung von Behrens verzögern. Theoretisch meine ich.«

»Wie lange?«

»Sobald er genesen ist, erschießen sie ihn.«

»Erst wenn er allein stehen kann. Sie erschießen keinen Mann im Rollstuhl oder auf einem Hocker, wie die Russen es tun. Er muß gerade und aufrecht am Rande seines Grabes verharren. Doch das wird er, so fürchte ich, noch für längere Zeit nicht können.«

Als der LI Lützow sah, winkte er ihm, stand auf und warf die Krücken weg.

»Was sagen Sie jetzt, Herr Kaleu!« rief er, immer noch leichenblaß, aber mit neuer Energie und voller Hoffnung.

»Lassen Sie sich Zeit«, sagte Lützow wieder einmal.

Anfang Juni füllte sich der Abschnitt nahe der polnisch-russischen Grenze bis zum Bersten. In einem Streifen von dreißig Kilometern Tiefe, angeblich reichte er vom Baltikum bis ans Schwarze Meer, war die größte Truppenansammlung aller Zeiten aufmarschiert. Vier Millionen Soldaten, 600000 Pferde, 500000 Kraftfahrzeuge, Pioniermaterial, Munition und Verpflegung waren mit 17000 Eisenbahnzügen aus dem Reich nach Osten gekarrt worden. Dazu kamen Panzer, Flugzeuge und Artillerie in unvorstellbaren Massen. 126 kriegsstarke Divisionen, aufgeteilt in Heeresgruppen, Panzergruppen und Luftwaffengeschwader, waren zur Offensive bereit. Die Artillerie stand Rohr bei Rohr. Die Generäle hatten Namen wie Leeb und Rundstedt, Höppner, Guderian, Hoth und Kesselring. Die Flügel der römischen Schlachtordnung bildeten jeweils die Hilfsvölker auf Karelien und Rumänien sowie 28 verbündete Divisionen. Die Operation Barbarossa wartete nur noch auf den Startschuß aus Berlin. Doch der verzögerte sich aus strategischen und politischen Gründen.

Endlich, am Sonntag, dem 22. Juni, morgens um fünf Uhr dreißig, tönte die Stimme von Joseph Goebbels aus allen Lautsprechern. Der Reichspropagandaminister verlas eine Erklärung Hitlers, in der dieser die Gründe für seinen Angriff auf Rußland darlegte. Sie endete: »Und so habe ich mich entschlossen, das Schicksal des deutschen Reiches wiederum in die Hände unserer Soldaten zu legen.«

Das Aufmarschgebiet entleerte sich wie ein durch Überdruck berstender Kessel. Die deutschen Armeen wälzten sich hinein in die endlosen Steppen Rußlands.

Der Kommandant des Strafbataillons 99 erhielt Befehl, das Lager für eine Verlegung nach Osten vorzubereiten. Darüber hinaus gab es noch einen weiteren Befehl.

Wegen der hohen Anfangsverluste der kämpfenden Truppe brauchte man jetzt jeden Mann. Dies auch bei den Strafkommandos. Denn Rollbahnen mußten gebaut, das Hinterland mußte von Partisanen gesäubert werden. Neuerdings bestand das OKW auch auf Schonung besonders hochspezialisierter Gefangener.

Damit war die Vollstreckung des Urteils an Behrens

ausgesetzt. Der um sein Vergnügen gebrachte Lagerkommandant warf Behrens daraufhin in Einzelhaft. Dort lag der kaum Genesene in einem Käfig von zwei Quadratmetern Fläche.

23

Der deutsche Angriff auf die Sowjetunion beginnt mit Anfangserfolgen. Zeiss Jena entwickelt das Elektronenmikroskop mit bis zu millionenfacher Vergrößerung.

25. Juni 1941
Auf der Party, die Senatorin Gloria Capland in Georgetown gab, herrschte ein Thema vor.

Seit achtundvierzig Stunden wurde in den Salons und Zirkeln von Washington, in den Redaktionen der Zeitungen und Rundfunksender, in den Ministerien und bis hinauf zu den höchsten Regierungsspitzen im Weißen Haus von nichts anderem gesprochen als von Hitlers Überfall auf Rußland. So auch in der Villa Capland.

»Leider lügen die Russen in ihren Frontberichten«, sagte ein General. »Die Rote Armee ist überall auf der Flucht. Hitlers Offensive kommt gut voran. Sie erreicht alle Tagesziele.«

»Wie konnte Hitler das nur tun?« fragte eine pummelige Diplomatenfrau die elegante Senatorin von Texas. »Kam er etwa Stalin nur zuvor?«

»Beide sind Hasardeure«, sagte Gloria Capland und kümmerte sich um einen Kreis von Schriftstellern und Schauspielern, in dem es heute auffällig gedämpft zuging. Niemand schien sich noch für Hollywood-Klatsch, für die Affären der Stars oder für Bücher, die demnächst erscheinen sollten, zu interessieren.

Einer der Künstler, ein Maler, so abstrakt wie schwul, hielt die Senatorin am Ellbogen fest. »Gloria, Darling, Ihre Meinung bitte. Wird das alles zu einem Zweiten Weltkrieg führen? O Gott, doch bitte nein.«

»Der Präsident versichert, daß keiner unserer Boys in

Europa auch nur einen Tropfen Blut vergießen wird«, erklärte sie.

»Das hat Wilson 1917 auch versprochen«, bemerkte ein Journalist zynisch.

»Kein Tropfen Blut unserer Boys in Europa«, schränkte ein junger Komponist, der aussah wie Beethoven, ein. »Doch wie wird es in Asien? Angenommen, die Japaner brechen bis China, bis Südsibirien durch und vereinigen sich östlich des Urals mit den deutschen Armeen.«

»Das sind doch nur wilde Theorien«, tat es die Senatorin ab.

Ein als allgemein gut informierter Reporter von der *Washington Post* entgegnete jedoch: »Immerhin ist zu spüren, wie Japan die Lage im Pazifik absichtlich zuspitzt. Dazu die Truppenkonzentrationen und Bewegungen in Fernost. Geheimagenten wollen beobachtet haben, daß riesige Transportflotten zusammengezogen werden.«

»Wo?« fragte die Senatorin ungläubig.

»In den unzugänglichen Buchten der japanischen Inseln. Hokkaido, Hondo und so weiter.«

»Welche Agenten welchen Landes«, hinterfragte die Senatorin, »verbreiten solchen Schwachsinn?«

Da lächelte der Reporter nur. »Wer von uns beiden ist eigentlich Mitglied des Nationalen Sicherheitsrates, Madam?«

Mit der Behauptung, sie wisse nichts von solchem Quatsch, zog sich Gloria Capland aus der Klemme.

Inzwischen war der weißhaarige Senator Jim Bayswater angekommen. Rechts das Glas bis obenhin voll Scotch, zog er die Gastgeberin in eine Ecke und berichtete aufgeregt.

»Diese Rußlandgeschichte macht alle verrückt, bis hinauf ins Oval Office. Jetzt hat Roosevelt vor, Edward Stettinius zum neuen Außenminister zu ernennen.«

»Erst muß er den alten Außenminister absetzen«, wandte Gloria Capland innerlich beklommen, aber lächelnd ein.

»Das wird er tun, fürchte ich. Und mit Stettinius, diesem Arschloch, werden wir den schlechtesten Außenminister in der Geschichte der Vereinigten Staaten kriegen.«

»Warum hat der Präsident es dann vor?«

»Angeblich, weil es dem Secretary of State bisher nicht gelang, die politische Entwicklung vorherzusehen und mit diplomatischen Mitteln zu konterkarieren. Dazu kommen Animositäten und Kungeleien der First Lady, Madam Eleanor.«

»Unglaublich!« entgegnete Gloria mit Wut im Bauch, doch immer noch lächelnd.

»Sie könnten das verhindern, Gloria«, forderte der Senator.

»Wie denn?«

»Sie sitzen im Nationalen Sicherheitsrat und im Strategieausschuß. Überzeugen Sie Ihre konservativen Freunde, und verhindern Sie es. Sonst sehe ich schwarz.«

»Wofür?«

»Daß Roosevelt uns doch noch in diesen Scheißkrieg hineinziehen läßt.«

»Wir befinden uns bereits auf dem Weg dahin«, bemerkte die Senatorin, beruhigte dann aber sofort ihren alten Freund Bayswater. »Sie können auf uns zählen, Jim. Wenn der Präsident Stettinius zum Außenminister beruft, verweigern wir ihm die nötigen Mittel für andere Programme. Und was Japan und Rußland betrifft, in dieser Richtung wird bereits etwas unternommen.«

Bayswater setzte sein Glas an und schüttete den harten Drink in einem Zug hinunter. Die Gäste begannen nach Goodman-Swing zu tanzen. Trotz viel Alkohols kam nicht die richtige Stimmung auf. Schon vor 24 Uhr verabschiedeten sich die meisten Gäste.

Gloria Capland war es nur recht. Sie hatte noch viel vor in dieser Nacht.

Sie ging nach oben in ihr Schlafzimmer und wechselte das kleine Schwarze gegen einen weißen Segelrock, weißen

Pullover und marineblauen Blazer. Im Bad machte sie sich frisch. Sie legte Make-up nach und bürstete die blonde Prinz-Eisenherz-Frisur glatt, die Arie so sehr an ihr liebte. Dann holte sie den Cadillac aus der Garage und fuhr hinunter zum Potomac, wo ihre Jacht lag.

Auf schleichende Weise hatte Glorias Liebhaber, Arie Goldstern, sich verändert. Sie versuchte herauszufinden, woran es lag. Zwar war er aufmerksam wie immer, im Bett klappte es besser denn je, doch er war ernster geworden. Mit seinem charmanten deutschen Akzent versprühte er nicht mehr soviel Witz und ironischen Spott wie einst.

An Bord ihrer 90-Tonnen-Motorjacht nahm sie Arie stumm in die Arme. Sie küßten sich, bissen sich die Lippen blutig. Sie leckten sich geradezu ab, rieben ihre Körper aneinander. Gloria holte eine neue Flasche Champagner aus dem Frigidaire, denn eine war bereits leer.

»Hast du dich gelangweilt?« fragte sie besorgt.

Arie trug ein buntes Holzfällerhemd, abgewetzte Cordhosen und Slipper. Sein Tweedjackett hing über dem Sessel, der Trenchcoat draußen am Niedergang zum Salon. »Ich habe gearbeitet.« Dabei deutete er auf beschriebene Notizblätter.

»An deinem Roman?«

»Das Ende schreibe ich schon zum neunten Male.«

Gloria wußte, daß er damit Probleme hatte. Es lag am Stoff, der Liebesgeschichte zwischen einem preußischen König und der Ehefrau eines seiner Minister. Sie handelte in Berlin und Mecklenburg. Das Schreiben daran erinnerte Arie an seine Heimat, die er als Jude hatte verlassen müssen.

»Bald ist es geschafft«, tröstete sie ihn.

Um ihn abzulenken und aufzuheitern, fädelte sie einen Film in den Tonprojektor. Während er die Flasche öffnete, schob sie über dem Kamin ein Holzpaneel zur Seite. Darunter befand sich die Leinwand.

»Was ist es für ein Film?« fragte er. »Marke Hollywood?«

»Mehr Marke Frankreich.«

»Mit wem?«

»Alles unbekannte Darsteller. Du wirst gleich sehen, warum.« Noch erwähnte sie nicht, daß es einer jener verbotenen und heimlich ins Land geschmuggelten Sexfilme war. Zwischen den einzelnen Spulen des perversen Streifens, der alle nur denkbaren Praktiken der Liebe deutlich zeigte, tranken und tanzten sie. Dabei heizten sich ihre Körper auf wie ein Lincolnofen.

Einmal fragte er verwundert: »Wie lange hältst du das noch aus, Darling?«

»Schon längst nicht mehr«, gestand die schöne Senatorin. »Aber schaun wir uns erst noch die letzte Rolle an.«

Während sie lief – der Film zeigte in Details die von Marquis de Sade beschriebenen masochistischen und sadistischen Spiele –, saß sie auf seinem Schoß. Ihre Hand tastete in seinem Hemd bis unter die Gürtellinie. Längst hatte er ihren Slip heruntergestreift und wühlte tief zwischen ihren Schenkeln.

Die letzte 16-mm-Spule war zu Ende. Gloria ließ den Projektor weiterlaufen und flüsterte: »Heute darfst du mit mir treiben, was du willst.«

»Und was immer *du* willst«, verbesserte er sie.

»Auch das. Wir sehen uns viel zu selten. Ich brauche dich eigentlich jede Nacht ... Ich leide schon unter animalischen Träumen.«

»Und genießt sie«, vermutete Arie.

»Neulich ging es ganz besonders schlimm zu.«

»Erzähl mir«, bat er.

Sie zögerte, zierte sich nur zum Schein. »Es ist kaum in Worte zu fassen«, flüsterte sie.

»Liebst du nicht solche Worte?«

»Du lagst in der Badewanne«, begann sie zu erzählen, »ganz nackt. Ich stieg in die Wanne, kniete über dir und habe auf dich gepinkelt. Dabei wurde dein Glied so groß wie eine rosa Runkelrübe.«

»Gefiel es dir?« wollte er wissen.

»Es hat mich fürchterlich hochgepeitscht«, gestand sie, »erst recht dann, als wir die Positionen wechselten. Ich lag jetzt in der Wanne, du standest über mir und hast . . .«

»Und eine Blume wuchs aus deiner Möse«, sagte er.

Sie stöhnte: »Schau doch nach.«

Es gab nur noch wenig auszuziehen. Dann waren sie nackt, sie mit ihren langen Schenkeln und dem kleinen Busen, und er, schlank wie ein Fisch, trotzdem muskulös, mit schwarzen Locken überall. Sie vollführten ihre Rituale. Die Senatorin mochte es hart und zunehmend härter. Sie genoß sein Zustoßen bis zur Schmerzgrenze ohne Ende. Danach schliefen sie ein, erwachten, tranken, begannen von neuem bis zum Morgen.

Bei Sonnenaufgang fuhren sie den Fluß hinunter zur Chesapeake Bay. Ohne Badeanzüge schwammen sie weit hinaus und wieder zurück. Dann gab es Frühstück. Rührei mit Speck, körnigen Weichkäse, alle möglichen Sorten Kuchen und Brot, Marmelade, Saft, dazu Unmengen von Kaffee.

Arie, der emigrierte Jude aus Berlin, kaute lustlos und sprach wenig.

»Ich weiß, unser Kaffee ist eine lapprige Brühe gegen den im Romanischen Café in Berlin.«

Arie reagierte verlegen.

»Oder liegt es an der Heimlichkeit unseres Verhältnisses?« fragte sie.

»Du weißt, daß es so besser ist«, erwiderte er.

»Ich würde dich heiraten, Arie, auf der Stelle.«

»Die Senatorin Capland, reichste Frau von Texas, ehelicht einen emigrierten armen jüdischen Schriftsteller aus Nazi-Deutschland. Das geht nicht gut. Außerdem bringt ein schlechter Wurf keinen guten Wolf hervor.«

Er schwieg so lange nachdenklich, bis sie sagte: »Es wird nicht ewig so bleiben, Darling.«

Offenbar hatte sie damit jenen Punkt getroffen, der seine Aufmerksamkeit erregte.

»Niemals werde ich meine Heimat wiedersehen. Hitler kommt in der Ukraine verdammt gut voran. Wenn nichts gegen ihn unternommen wird, sitzt er eines Tages auf dem Thron dieser Welt.«

Sie führten die gleiche Debatte wie jedesmal.

»Die amerikanische Rüstungsindustrie ist bereit anzulaufen«, erklärte die Senatorin.

»Die deutsche Rüstungsindustrie läuft schon seit acht Jahren«, entgegnete Arie.

»Wir werden auf der Hut sein. Der Krieg darf sich nicht weiter ausbreiten.«

»Hitler und die Japaner vergrößern längst ihre Einflußgebiete.«

Nervös steckte Gloria sich eine Zigarette an. »Eigentlich darf ich nicht darüber sprechen«, sagte sie, »aber im Strategieausschuß gibt es Pläne für eine gigantische Waffenhilfe. Erst helfen wir den Engländern, dann Stalin. Wir haben ja Zeit. Der Krieg wird nicht am kommenden Dienstag zu Ende sein.«

»Gibt es schon Konkretes?« tippte Arie vorsichtig.

Erst zögerte die Senatorin noch, dann gab sie ein Geheimnis preis: »Roosevelt trifft Churchill.«

»Das will er schon seit dem Winter.«

»Im August. Endgültig.«

»Erst war es für Mai vorgesehen, jetzt im August.«

Vertrauensvoll fuhr Gloria Capland fort, Staatsgeheimnisse auszuplaudern: »Ich habe dir von ›Charta‹ erzählt. Jetzt ist es soweit. Es geht um einen Waffenlieferungs- und Beistandspakt in Milliarden-Dollar-Höhe. Wir werden England die Kredite zinslos gewähren und die Rückzahlung fünfzig Jahre lang stunden. Die Paragraphen sind in Arbeit. Roosevelt und Churchill werden persönlich den Feinschliff daran vornehmen.«

»Roosevelt kann wegen seiner Lähmung nicht reisen«,

wandte Arie ein. »Churchill wird also nach Washington kommen müssen.«

Gloria tupfte Marmelade von den Lippen. »Das kann man den Briten nicht antun. Als kniefällige Bittsteller in gebückter Haltung zu kommen, das würde ihren Stolz verletzen. Deshalb wird Roosevelt die Staatsjacht nehmen und Churchill zu dem Treffpunkt entgegenfahren. Der britische Premier reist auf dem Kreuzer Prince of Wales.«

»Hat den der Kampf mit der Bismarck nicht schwer beschädigt?«

»Man versicherte uns, er würde bis Anfang August klar sein und die Fahrt von Schottland bis Halifax wohl auch schaffen. Sie bauen schon eine Kabine für Churchill ein.«

In den Morgenstunden des Montags brachte Gloria Capland ihren Latin Lover, wie sie Arie Goldstein zärtlich nannte, zum Schnellzug nach New York. Beim Abschied hatte sie wie immer feuchte Augen.

Zurück in seiner Wohnung im New Yorker Stadtteil Greenwich Village, schlief Arie Goldstein bis zum Abend. Dann kochte er einen Topf Chiligemüse, in das er Corned beef schnitt. Später baute er mit geübten Handgriffen sein Radio zum Sender um, verband ihn mit der Hochantenne und wartete die Kontaktzeit ab. Sie lag bei 23.00 Uhr US-Ostküstenzeit. – Am Tirpitzufer in Berlin war es jetzt 6.00 Uhr morgens.

Den Text hatte der deutsche Spion bereits komprimiert und verschlüsselt. Doch er bekam keine Verbindung mit der Relaisstation. Meist lag über der Frequenz starkes Rauschen. Er versuchte es über die Notfrequenz, erhielt aber auch hier kein Signal, daß sie empfangsbereit sei.

Am nächsten Abend probierte er es wieder. Die Störung hatte sich nicht gebessert.

Nun gab es mehrere Möglichkeiten einer Erklärung. Entweder amerikanische Abhörstellen hatten seine Funkverbindung geortet und störten sie ihrerseits, oder die Relaisstation auf dem Fischdampfer vor Island existierte nicht mehr. – In solchen Fällen blieb ihm nur der zweite Weg: das Telefon.

Obwohl die Gefahr bestand, daß man ihm auf den Fersen war, schlenderte er am nächsten Morgen hinunter nach Manhattan. Auf dem Weg zur Ecke First Avenue/22nd Street achtete er darauf, ob er verfolgt oder beschattet wurde, konnte jedoch nichts Derartiges erkennen. Also betrat er das Post Office und bestellte ein Transatlantikgespräch nach Lissabon.

»Eine Stunde Wartezeit«, sagte die nuttig Geschminkte am Schalter. »Sie werden aufgerufen, Sir.«

Ferngespräche nach Europa liefen über Seekabel. Um diese Zeit drängten sich die Anmelder. Deshalb hatte Arie Goldstein auch die Hauptgeschäftszeit gewählt. Zweifellos hörte die Abwehr in die Fernleitungen hinein. Auch wenn sie von einem neutralen Land in ein anderes neutrales Land liefen.

Es dauerte nur fünfundvierzig Minuten.

»Mister Goldstein, Kabine sechs!« wurde ausgerufen.

Kaum hatte er abgenommen, meldete sich der achttausend Kilometer entfernte Teilnehmer. Zwar lag ein Brummen im Draht, aber die Stimme der Frau kam deutlich.

»Hallo, Cousine Lolita! Wie geht's?« fragte er auf englisch.

Lolita war sein Erkennungszeichen.

Offenbar hatte sie mit seinem Anruf gerechnet.

»Besonders schlecht geht es mir«, sagte die deutsche Canaris-Agentin. »Ich habe fast keine Verbindung zur Außenwelt. Hochwasser hat die Brücke zu meinem Haus weggerissen.«

»Brücke« bedeutete »Funkfrequenz«.

»Das tut mir leid«, bedauerte er.

»Und was treibst du so in New York, Cousin Arie?«

»Ich war in Virginia. Soll dich von Onkel Frank und Tante Winnie grüßen.«

Frank bedeutete Roosevelt und Winnie war Churchill.

»Was machen die zwei Alten?«

Goldstein hielt sich weiter an den vorgefertigten verklausulierten Text, in dem das Wichtigste von dem, was er auf dem Potomac erfahren hatte, zusammengefaßt war.

»Frank und Winnie fahren um den zehnten August herum in Urlaub«, erzählte er in der Hoffnung, sie würde das Datum richtig verstehen. »Um sich zu beschäftigen, nehmen sie ihren Hund, den Neufundländer, mit.«

Damit war Neufundland gemeint.

»Die alte Reykja?«

Reykja stand für die isländische Hauptstadt Reykjavik.

»Nein, Reykja ist tot. Sie mußten sie einschläfern lassen. Jetzt haben sie einen anderen. Sie rufen ihn Hallo-Fox, weil er ungehorsam ist.«

Mit Hallo-Fox hatte Goldstein Halifax umschrieben. Er hoffte, daß sie dahinterkommen würden.

»Nehmen sie ihn im Auto mit?« erkundigte sich die Agentin in Lissabon klugerweise.

»Sogar in Onkel Franks eigenem Kahn. Er ist gar nicht wasserscheu. Aber Tante Winnie, nun, du kennst sie ja, spart wie immer mit jedem Kreuzer. Da ist sie wie die Prinzessin auf der Walnuß.«

Trotz angestrengten Nachdenkens war Goldstein nichts Besseres eingefallen. Sein letzter Satz stellte für die Dechiffrierabteilung zweifellos den härtesten Brocken dar. Aber sie würden schon herausfinden, daß das Wort Kreuzer nicht in den Text paßte. In Amerika hieß das Dollar oder Greenback, Cent oder Dime. Mit der Prinzessin auf der Walnuß war der Kreuzer *Prince of Wales* gemeint.

Cousin Arie und Cousine Lolita tauschten noch Familientratsch aus. Zum Schluß bemerkte die Agentin in Lissabon: »Ich will hoffen, daß die Brücke über den Fluß bald wieder befahrbar ist. Sie bauen schon daran. Laß es dir gutgehn, Cousin Arie. Ich höre gerne wieder von dir. Hoffen wir, daß dieser Krieg bald zu Ende geht.«

Einigermaßen zufrieden bezahlte Goldstein die Gebühr, verließ das Post Office und wanderte Richtung Central Park. Es war ein sonniger Tag mit fröhlichen Menschen auf den Straßen.